MARTIN
SCHEMM

DIE FEUERTORE

HISTORISCHER ROMAN

hansanord

MARTIN
SCHEMM

DIE FEUERTORE

HISTORISCHER ROMAN

hansanord

IMPRESSUM

1. Auflage 2023

ISBN Print 978-3-947145-66-9
ISBN E-Book 978-3-947145-67-6

Cover | Umschlag: Tobias Priessner
Satz: Christiane Schuster | www.kapazunder.de

Für Fragen und Anregungen:
info@hansanord-verlag.de

Fordern Sie unser Verlagsprogramm an:
vp@hansanord-verlag.de

hansanord

hansanord Verlag
Johann-Biersack-Str. 9
D 82340 Feldafing
Tel. +49 (0) 8157 9266 280
FAX +49 (0) 8157 9266 282
info@hansanord-verlag.de
www.hansanord-verlag.de

Inhalt

Für

Ina und Laura

und in Erinnerung an

meine Mutter

»Wir erhalten durch einen Meteorstein die einzig mögliche Berührung von etwas, das unserem Planeten fremd ist.«

Alexander von Humboldt
Kosmos (1845)

»Nach Isidors Meinung werden die [Meteoriten-] Steine durch einen in ihnen wohnenden Dämon beherrscht, nicht zwar von einem bösen, der Materie anhängenden, noch auch einem ganz reinen, sondern von einem jener Mittelwesen, von denen der ganze Äther erfüllt ist.«

Photius I. von Konstantinopel
Bibliotheca (um 850 n. Chr.)

Kapitel 1

Unter einem wolkenlosen blauen Spätsommerhimmel erreichte unsere Kutsche den südlichen Ortsrand von Moisburg. Nach Überquerung eines Bächleins passierten wir erste Häuser sowie Gemüsefelder, Beete und Wiesen. Ein Stück voraus kam der Hexenberg in Sicht, auf dessen Kuppe ich den alten Galgen zu erkennen glaubte. Unten am Fuß des Berges strömte die Este dahin, dort lag malerisch der Ortskern. In diesem Moment riss mich der Ruf des Kutschers aus meinen landschaftlichen Betrachtungen.

»Amtshaus Moisburg«, dröhnte seine Stimme, während die Kutsche zum Stehen kam. Durchs Fenster erblickte ich rechterhand das Gebäudeensemble, das die hiesige hoheitliche Verwaltung des Kurfürstentums Braunschweig-Lüneburg beherbergte. Zwischen zwei niedrigen Häusern direkt an der Straße öffnete sich ein Durchgang zu einem Innenhof. Das feudal wirkende Amtshaus stand mittig zurückgesetzt und wurde von zwei Flügelbauten flankiert. Es war beeindruckend: Hier also schlug das Verwaltungsherz des kurfürstlichen Amtes Moisburg und eben hier würde ich im nächsten halben Jahr meine anstehende Ausbildungsstation als Amtsauditor absolvieren.

Rasch sprang ich aus der Kutsche, entrichtete das Fahrgeld und ergriff meine Reisetasche. Vom Straßenrand aus sah ich dem Gefährt noch eine Weile nach, das in Richtung Este davonrollte und eine Staubwolke hinterließ. Es war früher Nachmittag und die Sonne an diesem letzten Tag im August des Jahres 1784 brannte aufs Land hernieder. Ohne den Fahrtwind der Kutsche und wohl auch ein wenig vor Aufregung trat mir der Schweiß auf die Stirn. Ich atmete tief durch, wischte ihn fort und betrat entschlossen den Durchgang zum Innenhof. Neben einer wuchtigen Tür zum rechten Flügelbau war ein Schild angebracht: Amtsstube der Vogtei Moisburg. Schnell hob ich meinen Hut an, richtete mit den Fingern, so gut es ging, mein Haar und klopfte an.

»Gott zum Gruße«, sagte ich beim Eintreten und musste mich räuspern, da meine Kehle ganz trocken war. Ich verneigte mich vor einem grauhaarigen Herrn mit schiefem Gesicht, der missmutig von seinem Schreibtisch aufsah. »Mein Name ist Jakob Eduard Frahm. Ich soll morgen hier meine halbjährige Ausbildungszeit als Auditor antreten.«

»Ah, der junge Herr Auditor. Ja, Sie waren angekündigt.« Der Beamte, wahrscheinlich ein Amtsschreiber, erhob sich und kam um den Tisch herum. Er trat hinaus in den Innenhof und deutete zum Hauptgebäude in der Mitte. »Dort drüben ist das Wohnhaus unseres gnädigen Herrn, des Amtmanns Johann Ludwig Wolff. Gehen Sie nur hinüber, Sie werden erwartet.«

Als ich auf das eindrucksvolle Gebäude zuging, rief er mir nach: »Ach ja, heute ist übrigens der ehrwürdige Landdrost Herr von dem Bussche zu Besuch. Nicht dass Sie sich wundern …«

Ich hob die Hand zum Dank und setzte meinen Weg fort. Das Haus des Amtmanns war ein zweistöckiges Gebäude mit einem hohen Steildach, für die Gegend typischem Holzfachwerk im Außengemäuer und zahlreichen Sprossenfenstern. Eine würdige Wirkungsstätte für den Vertreter des Kurfürstentums am Ort. Das Amt Moisburg maß in der Fläche zwei auf zweieinhalb Meilen und umfasste 43 Dörfer sowie Höfe. Es war in die drei Vogteien Moisburg, Hollenstedt und Elstorf aufgegliedert. Derlei Details hatte ich mir in Vorbereitung auf meine Station selbstverständlich angeeignet.

Ich zog an der metallenen Klingelschnur, die neben der Eingangstür des Hauses hing. Ein Bediensteter in Livree öffnete und musterte mich und mein modisch eher schlichtes Äußeres mit starrer, leicht abschätziger Miene. Nachdem ich ihm meinen Namen genannt hatte, führte er mich in einen großen Salon, der mit feinstem Mobiliar und kostbarem Zierrat ausgestattet war. Die Familie des Amtmanns und der Landdrost hatten es sich in einem Ensemble aus Chaiselongues und mehreren Fauteuils bequem gemacht und genossen Tee und feines Gebäck. Der Diener räusperte sich und stellte mich den Herrschaften vor, wobei ich mich tief verbeugte.

Sogleich erhob sich ein großgewachsener, hagerer Mann und kam mit ausgestreckter Hand auf mich zu. Er hatte eine feudale, würdevolle Ausstrahlung, trug eine gepuderte Perücke sowie einen samtenen Frack mit Seidenweste und Spitzenjabot. Zugleich wirkte er auf überraschende Weise offenen Sinnes und gutgelaunt. »Ah, unser Auditor Frahm«, sagte er freundlich und reichte mir die Hand. »Herzlich willkommen, junger Mann! Ich bin Johann Wolff, meines Zeichens Amtmann hier im wunderbaren Moisburg.«

Sofort spürte ich das einnehmende Wesen des Amtmannes, sodass ich trotz seines hohen Rangs umgehend Sympathie für ihn empfand. »Haben Sie vielen Dank für den freundlichen Empfang, gnädiger

Herr«, sagte ich mit einer weiteren Verbeugung. »Ich fühle mich zutiefst geehrt.«

»Schön, schön. Kommen Sie bitte einfach mit.« Er deutete hinüber zur Sitzgruppe. »Ich stelle Ihnen die Anwesenden vor. Sie werden sie wohl im nächsten halben Jahr hin und wieder zu Gesicht bekommen.« Er begann selbstverständlich mit dem ranghöheren Landdrosten, einem – um es frei heraus zu sagen – sehr korpulenten Herrn, der zweifellos ein Genießer von Speis und Trank war. Elegant in Samt gekleidet, stützte er sich auch im Sitzen auf einen Gehstock aus exotischem Holz. »Der ehrwürdige Herr Friedrich von dem Bussche, Lüneburger Landdrost der Ämter Harburg und Moisburg.«

Als dieser mir nach meiner tiefen Verbeugung die Hand reichte, spürte ich Schweiß an seinen klobigen Fingern. Auch am Rand seiner Perücke waren feine Tröpfchen auf seiner fleischigen, geröteten Stirn zu erkennen. Von dem Bussche lächelte mir gönnerhaft zu und schob sich ein Praliné in den Mund. »Soso, Auditor sind Sie also, Frahm?«, murmelte er kauend und nickte mir zu. »Na, dann alles Gute für Ihre Zeit hier in Moisburg. Zeigen Sie, was Sie können! Der Kurfürst braucht stets neue fleißige Beamte.«

»Untertänigsten Dank, ehrwürdiger Herr«, erwiderte ich und fühlte mich wahrlich hofiert.

»Als nächstes kommen wir zu meiner holden Gemahlin, der wunderbaren Louise Marie«, sagte der Amtmann und trat neben eine attraktive Dame, die um einiges jünger zu sein schien als er. Sanft berührte er ihre Schulter, während ich den Kopf ihrem huldvoll ausgestreckten Arm entgegenneigte. In dem glänzenden kupferroten Anglaise-Kleid mit feinen Volants bot sie – das sage ich mit aller gebotenen Demut – einen sehr schönen und anmutigen Anblick. Die

Seide raschelte leise bei jeder ihrer Bewegungen und der Duft eines kostbaren Parfums umwehte sie.

»Zu guter Letzt haben wir hier noch meine bezaubernden Töchter Sophie und Leonore. Letztere ist die Ältere und – ich muss Sie warnen – sie ist sehr neugierig und plappert viel.« Der Amtmann trat zu der Chaiselongue, auf der die beiden Fräulein nebeneinandersaßen. Lachend strich er Leonore über das mit einer zarten Spitzenborte hochgesteckte rotblonde Haar.

Die nach meiner Einschätzung etwa Siebzehnjährige setzte gespielt ein beleidigtes Gesicht auf, während ihre höchstens zwölf Jahre alte Schwester belustigt kicherte. »Das ist gar nicht nett, böser Herr Papa«, sagte Leonore beleidigt, doch ihr Schmollen währte nicht lange. Mit einem charmanten Lächeln sah sie mich an. »Herr Frahm, glauben Sie ihm kein Wort.« Sie wies auf einen unbesetzten Fauteuil direkt neben ihr. »Setzen Sie sich bitte und trinken Sie Tee mit uns. Es ist schön, jemand Neuen kennenzulernen – Moisburg ist so langweilig und trist, müssen Sie wissen.« Einladend klopfte sie auf das Sitzpolster. »Bitte, lieber Herr Frahm. Wir müssen uns unbedingt anfreunden, jetzt, da Sie für längere Zeit hier bei uns sein werden.«

»Mein liebes Kind, das wird wohl leider nicht gehen. Der Herr Auditor hat heute noch ein gutes Stück Weges zurückzulegen.« Amtmann Wolff zog seine Taschenuhr hervor, warf einen Blick darauf und nickte mir zu. »Sie wissen es noch gar nicht, Herr Frahm, aber ich habe mir erlaubt, Sie an anderem Ort zu platzieren. Ihre Ausbildungsstation absolvieren Sie in der Vogtei Elstorf.« Er kratzte sich nachdenklich am Kinn. »Dort können wir tatkräftige Unterstützung gebrauchen, denn die Dinge laufen in Elstorf nicht ganz rund letzthin.«

»Mir soll es recht sein, gnädiger Herr«, erwiderte ich und überspielte meine Überraschung. »Umso mehr, wenn ich dem Amt helfen kann.«

»Elstorf?!«, rief Leonore entrüstet. »Zu dem grässlichen Lohfeld? Ist das dein Ernst, Papa? Das ist wirklich grausam!«

»Leonore!«, mahnte die Gemahlin Wolff in schneidendem Tonfall. »Wo ist dein Benehmen! Ich verbiete dir, über einen Mann zu lästern, der mit meiner Großcousine – Gott hab sie selig – verheiratet war und so zu meiner Verwandtschaft gehört. Anstand und Contenance, mein Kind!« Der Landdrost schmunzelte leise und wischte sich rasch Schweißtropfen von der Stirn.

»Ich habe Ihre Reisetruhe schon nach Elstorf bringen lassen und Sie im Hause Ludwigs von Lohfeld angekündigt. Man erwartet Sie.« Der Amtmann überging das kurze Gefecht zwischen Mutter und Tochter. »Ich erzähle Ihnen nachher noch das eine oder andere unter vier Augen, Herr Frahm. Doch nun setzen Sie sich in der Tat erst einmal und trinken Sie Tee mit uns.« Dankend folgte ich der Einladung und nahm auf dem Stuhl neben Leonore Platz.

»Nun, auch wenn Sie heute also nur kurz bei uns sind, müssen Sie mir von sich erzählen«, begann die junge Frau, während Sie mir Tee einschenkte. Ihre flinken grünen Augen musterten mich. »Woher stammen Sie? Wie alt sind Sie? Was mögen Sie? Gibt es bereits eine Frau Frahm an Ihrer Seite?«

»Leonore, also wirklich!« Die gnädige Frau Wolff warf ihrer Tochter einen vorwurfsvollen Blick zu, während der Amtmann laut lachte.

»Ich hatte Sie gewarnt …«

»Ach, das ist schon in Ordnung«, erwiderte ich lächelnd. Ich trank einen Schluck Tee und drehte mich zu Leonore, deren rundes, mädchenhaftes Gesicht sich mir gespannt zuwandte. »Nun, also, ich stamme aus Jesteburg, bin vierundzwanzig Jahre alt und habe in Göttingen Kameralwissenschaft studiert. Ich möchte eines Tages Amtsschreiber werden.«

»Aha, und weiter?« Leonore sah mich in einer Mischung aus Neugier und mädchenhafter Schwärmerei an. »Neigungen, Interessen? Das zarte Geschlecht?«

»Im vierten Semester habe ich mal eine Lesung über die Inquisition besucht – aus irgendeinem Grund kommt mir das gerade in den Sinn.« Ich lächelte sie an, und auch die anderen in der Runde lachten. Doch die junge Frau verzog nur den Mund und starrte mich weiter erwartungsvoll an. »Also gut, ich mag die Musik von Bach und Händel sowie die Bücher der Herren Goethe und Herder. Und … was die holde Damenwelt angeht, so haben sich ihre und meine Wege bisher nicht gekreuzt. Ist das hinreichend?« Ich sah Leonore fragend an und trank von meinem Tee. Sie nickte verschämt, lächelte dabei und schien das Gehörte im Geiste zu notieren.

»Gut. Nach diesem strengen Verhör sollten wir beide uns noch kurz unterhalten, Herr Frahm.« Der Amtmann erhob sich von seinem Stuhl und kam auf mich zu. »Sie müssten dann auch in Bälde aufbrechen, denn nach Elstorf ist es gut eine Meile, also eine bis anderthalb Stunden Wanderung. Begleiten Sie mich, wir gehen in den Garten.« Ich stellte meine Tasse ab, verneigte mich vor den Herrschaften und folgte dem gnädigen Herrn.

Wir traten durch eine Außentür in den Garten hinter dem Amtshaus, der an die Este grenzte. Zwischen Obstbäumen und dem ruhig dahinströmenden Fluss schlenderten wir über schmale Pfade durch grüne Wiesen. Der Ort war eine Idylle. Jenseits der Este ragten die Dächer und der Kirchturm von Moisburg in den blauen Himmel.

»Nun, wie ich schon sagte, lieber Herr Frahm, werden Sie in der Vogtei zu Elstorf als Auditor tätig werden. Was ich jedoch verschwiegen habe, da ich es in der fröhlichen Runde eben nicht aussprechen wollte, ist eine große Bitte an Sie.« Ein verschwörerischer Ausdruck trat in sein hageres Gesicht. »Ludwig von Lohfeld, der die Vogtei innehat, ist zwar nicht ›grässlich‹, wie Leonore ihn nannte, aber doch seltsam und schwierig. Ich würde ihn als kauzig, eigenbrötlerisch und etwas rätselhaft bezeichnen. Da er jedoch indirekt zur Verwandtschaft gehört, kann ich ihn nicht einfach ignorieren.« Er sah mich eindringlich an und senkte die Stimme. »Meine Bitte ist, dass Sie ihn ins Auge fassen und beobachten, was der alte Kauz eigentlich so alles treibt.«

Überrascht sah ich Herrn Wolff an, der seine Schritte verlangsamt hatte. »Ich bin Ihnen in allem zu Diensten, gnädiger Herr«, sagte ich und verdrängte ein vages Gefühl der Verunsicherung. »Wenn ich also behilflich sein kann …«

»In der Tat, Herr Frahm, das können Sie wirklich. Seit langer Zeit vernachlässigt Ludwig von Lohfeld die Amtsgeschäfte. Stattdessen widmet er sich, wie man munkelt, einer merkwürdigen Leidenschaft für astronomische Dinge und auch für alte Schriften und Legenden – ich weiß nichts Genaueres. Dabei macht er zudem leider größere Schulden, für die ich am Ende des Öfteren geradezustehen habe; mehrere Wechsel musste ich bereits begleichen.« Er schüttelte den Kopf und legte mir vertraulich eine Hand auf die Schulter. »Im Lohfeld-Haus erwarten Sie also zwei Aufgaben: zum einen, die brachliegende Vogtei wieder ins Lot zu bringen, zum anderen, hinter Lohfelds seltsames Treiben zu kommen. Außerdem ist da noch seine Tochter Charlotte, um die wir uns Sorgen machen. Da er all unsere Besuchsanfragen stets ignoriert, wissen wir nicht, wie es der jungen Frau in dem merkwürdigen Haus ergeht. Meine Gattin befürchtet, dass sie sehr unglücklich und einsam ist. Auch ihr müsste daher Ihre Aufmerksamkeit gelten, Herr Frahm.«

»Sehr wohl, Herr Amtmann«, antwortete ich mit einer Verbeugung. »Ich werde mich nach besten Kräften bemühen.« Tief im Innern war mir allerdings etwas unwohl beim Gedanken daran, was mich im Haus des Herrn von Lohfeld erwarten würde und wie ich die unerwartete neue Aufgabe bewältigen sollte. »Darf ich mir die Frage erlauben, wie und wann Herr von Lohfeld sein Amt in der Vogtei Elstorf erhielt? Hat er sich dort von Anfang an so wenig um die Dienstgeschäfte gekümmert?«

»Nun, wie Sie bereits gehört haben, war seine Frau eine Verwandte meiner Gattin. Vor vielen Jahren bat sie mich, etwas für sein berufliches Fortkommen zu tun, weshalb ich ihm die Vogtei verschaffte. Lohfeld zog also mit seiner Gemahlin und der kleinen Tochter Charlotte nach Elstorf. Anfangs lief alles gut, doch vor sieben oder acht Jahren veränderte er sich aus mir unbekannten Gründen und wurde zu dem Eigenbrötler, der er heute noch ist.« Amtmann Wolff kratzte sich nachdenklich an der Stirn. »Er vernachlässigte die Familie, nahm seinen Dienst immer seltener wahr und begann, größere Ausgaben zu tätigen. Anfangs für Unmengen von Büchern zu Astronomie und Theologie, dann für verschiedene Gerätschaften und auch für Umbauten im Haus. Viele seiner unerledigten Amtsgeschäfte haben seither meine Beamten hier in Moisburg übernommen. Als dann vor vier Jahren seine Gattin auf traurige Weise aus dem Leben schied, riss unsere Verbindung zu ihm leider zusehends ab. Seitdem wissen wir kaum mehr, wie er und Charlotte in dem Haus leben und was er da im Stillen treibt. Es ist uns ein Rätsel.«

»Ich verstehe, Herr Amtmann.«

»Ich weiß, meine Bitte kommt einer Zumutung gleich, doch ich sehe leider keinen anderen Weg …« Amtmann Wolff ließ den Satz unbeendet und sah mich an. Dann klopfte er mir erneut auf die Schulter. »Sie sind meine einzige Hoffnung, Herr Frahm. Immerhin konnte Lohfeld Ihre Einquartierung nicht ablehnen, da ich diese als Amtsanweisung vom Landdrost persönlich an ihn sandte. Dem wagte er nicht zu widersprechen.« Er blieb stehen und sah mich mit schräg gehaltenem Kopf an. »Es wird kein Spaziergang für Sie, aber ich vertraue auf Ihren Mut und Ihre Geschicklichkeit. Sie scheinen mir ein aufgeweckter junger Mann zu sein, Herr Frahm. Berichten Sie mir hin und wieder in Briefen, wenn Sie etwas herausfinden.« Dann nickte er und sah mich lächelnd an. »Seien Sie versichert, dass Ihre Hilfe vergolten wird. Ich werde Ihren Weg zum Amtsschreiber an höchster Stelle befördern.«

Nach dieser überraschenden Offenbarung, die meine Station als Auditor kurzerhand auf den Kopf stellte, begaben der gnädige Herr und ich uns zurück in den Salon. Es folgte noch ein kurzer Austausch artiger Nettigkeiten, ehe ich mich schließlich von der Runde verabschiedete. Amtmann Wolff brachte mich noch zur Tür, reichte mir freundlich die Hand und wünschte mir viel Glück. Mit meiner Reisetasche in der Hand machte ich mich auf den Weg nach Elstorf.

Ich überquerte die Brücke über die Este und ging durch das Örtchen Moisburg. Bei der alten Feldsteinkirche fragte ich einen Bauern nach dem Weg, der mich in nordöstliche Richtung wies: Ich solle der Landstraße immer geradeaus folgen, dann käme ich direkt nach Elstorf.

Es war Nachmittag und die Sonne stand bereits etwas tiefer, als ich den Ort hinter mir ließ und einen völlig ebenen Landstrich durchwanderte. Die staubige Straße zog sich wie eine Schnur durch Felder, Brachflächen und kleinere Waldungen. Hin und wieder lagen vereinzelt Gehöfte am Wegesrand, doch ich begegnete auf meinem Fußmarsch nicht einer Menschenseele. Mit großen Schritten ging ich munter meines Weges und ließ den Blick durch die weite Landschaft schweifen.

Schon bald jedoch begannen mir Gedanken durch den Kopf zu schwirren, die schließlich die Natur, das schöne Wetter und alles andere in den Hintergrund drängten. Es ging um meine bevorstehende Zeit in Elstorf. Worauf hatte ich mich nur eingelassen? Womöglich wartete eine höchst unangenehme Erfahrung auf mich. Andererseits, wie hätte ich dem Amtmann, der sich mir gegenüber ungeachtet seines hohen Ranges so herzlich gezeigt hatte, die Bitte abschlagen können? Es wäre einem Affront gleichgekommen und hätte mich gewiss jede Möglichkeit gekostet, meine Station als Auditor irgendwo im Amt Moisburg absolvieren zu können. Ich musste das Beste daraus machen. Vor den dienstlichen Aufgaben in der vernachlässigten Vogtei war mir nicht bange, das konnte ich mit meinem Fachwissen sicherlich bewältigen. Aber mir graute vor dem Hausherrn Ludwig von Lohfeld; laut Amtmann Wolff musste er ein rechter Unmensch sein. Ausgerechnet diesen Mann sollte ich heimlich auskundschaften? Das drückte mir schwer auf den Magen – wenn dabei etwas schief ginge oder ich ertappt würde … Zu guter Letzt war da noch die Tochter des Hauses, nach deren Wohlergehen ich schauen sollte – auch hier konnte ich nicht wissen, was mich erwartete.

Mit einem Mal wurde mir sehr warm, was weniger am Wandern oder der Nachmittagssonne lag, als vielmehr an dem mulmigen Gefühl, das sich stetig in mir ausbreitete. Bei allem Selbstbewusstsein, das ich in mir trug, spürte ich eine gewisse Verunsicherung angesichts der Zukunft. Vielleicht war es eine zu große Verantwortung, die mir der Amtmann auferlegt hatte. Tief in mir empfand ich jedoch zugleich den Reiz der Herausforderung, die Chance für einen jungen Mann, sich in schwieriger Mission zu bewähren.

Mit derlei unruhigen Gedanken verging die Zeit wie im Flug. Und ehe ich mich's versah, tauchten vor mir erste Häuser auf. Linkerhand passierte ich noch das sogenannte Elstorfer Holz, ein kleines Wäldchen, dann folgte ich schon der Dorfstraße in den Ortskern. Zu meinem Erstaunen zogen mit einem Mal dunkle Wolken über den Himmel und verbargen die Sonne. Es erschien mir fast wie ein Vorzeichen, so als beträte ich nun eine andere, unwägbare Welt.

Zielstrebig umrundete ich den Dorfplatz und ging auf den hölzernen Glockenturm der Steinkirche Sankt Nicolai zu, der die niedrigen Dächer des Dorfes überragte. Als ich beim Gotteshaus ankam, schlug es gerade halb sechs. Da trat der Küster, ein buckliges altes Männlein, aus dem Turm. Rasch fragte ich ihn nach dem Weg zur Vogtei.

»Tatsächlich, zum alten Lohfeld?« Er legte den runzligen Kopf schief und sah mich ungläubig an. »Ein unheimlicher Mann in einem unheimlichen Haus ist das, wenn Sie mich fragen. Was in Gottes Namen führt Sie dahin?«

»Ein unheimliches Haus?«

»Aber sicher! Der Alte lässt keinen aus Elstorf rein, nicht mal den Herrn Hochwürden. Niemand weiß, was da drin vor sich geht. Seine Tochter kommt auch nur selten heraus, angeblich hält er sie eingesperrt, das arme Ding.« Der Küster sprach undeutlich, sein Mund enthielt nur noch zwei Zähne. »Junger Herr, was wollen Sie da bloß?« Er runzelte die Stirn und sah mich neugierig an.

»Ich werde in der Vogtei als Auditor Dienst tun«, erklärte ich ruhig.

»Ach je!« Der Alte schüttelte den Kopf und lachte meckernd. Dann hob er den Arm und wies in nördliche Richtung. »Die Straße entlang, dann das vorletzte Haus links.« Er nickte mir zu. »Viel Glück, junger Herr!«

Ich bedankte mich bei ihm und setzte meinen Weg durch das Dorf mit gemischten Gefühlen fort. Nach kurzer Zeit sah ich die Häuser am Ortsrand vor mir. Linkerhand, wo die Landstraße nach Ardestorf führte, stand inmitten eines verwilderten Gartens mit Kiefern und Birken ein zweistöckiges Gebäude mit hohem Dach. Zwischen den sonst eher einfachen Häusern des Dorfes stach es deutlich hervor. Auch wenn es seine besten Tage wohl hinter sich hatte, war es doch ein ansehnliches kleines Herrenhaus mit Friesdekor im Mauerwerk und eleganten Fenstergiebeln. Was mir zudem auffiel, war eine seltsame Konstruktion auf der rechten Dachseite. Es hatte den Anschein, als ließe sich dort ein Dachelement aufklappen – vielleicht eine größere Luke, durch die etwas herein- oder herausgehoben werden konnte.

Über einen grün bemoosten Weg ging ich durch den Garten langsam auf das Gebäude zu. Der Rasen ringsherum war ungepflegt und lange nicht mehr gemäht worden; überall wucherten Unkraut und Gesträuch. Über ein paar Steinstufen gelangte ich hinauf zum Eingang, einer alten, mit Eisenbeschlägen versehenen massiven Eichentür. Mit einem schweren Messingring, der durch einen Löwenkopf führte, klopfte ich mehrmals an die Tür. Ein dunkles Dröhnen erklang und ich trat einen Schritt zurück.

Nach einigen Minuten hörte ich endlich, wie innen ein Riegel bewegt wurde. Knarrend öffnete sich die Tür und ein alter, weißhaariger Mann trat in gebeugter Haltung auf die Schwelle. Seine schwarze Dienstkleidung aus Frack und Hose war fleckig und zerschlissen, das helle Hemd zerknittert. Mit grauen Augen sah er mich gleichgültig, fast teilnahmslos an. »Der gnädige Herr wünschen?«, murmelte er träge, kühl und abweisend. Gastfreundschaft war in diesem Haus offenbar nicht sonderlich en vogue.

»Einen guten Tag wünsche ich«, erwiderte ich freundlich. »Mein Name ist Jakob Frahm. Ich soll morgen in der Vogtei meinen Dienst als Auditor antreten. Man hat mich wohl avisiert.« Ich lächelte den Alten an, doch seine Miene zeigte keinerlei Veränderung.

Er brummte leise, nickte und ging einen Schritt zurück ins Innere. »Treten Sie ein, junger Herr.«

Ich ging an ihm vorüber und betrat die Flurhalle des Hauses, während er hinter mir die Tür schloss. Das hohe Treppenhaus wurde durch Fenster oberhalb der Eingangstür schwach erhellt. In weitem Bogen führten die Treppen aus Eichenholz hinauf bis zum zweiten Stockwerk. Die Zimmer waren dort jeweils über umlaufende Galerien zu erreichen.

»Setzen Sie sich«, murmelte der Diener und deutete auf ein verstaubtes Sofa neben dem Treppenaufgang. »Ich sage dem gnädigen

Herrn, dass Sie hier sind.« Ohne eine Antwort abzuwarten, stieg er die Stufen empor. Sein Gang war schwerfällig und vornübergebeugt; der Mann musste die sechzig weit überschritten haben. Ich stellte meine Reisetasche ab und nahm auf dem alten Sofa Platz. Nach einiger Zeit verstummten die Schritte des Dieners im Stockwerk über mir und ich vernahm ein Klopfen. Eine Tür öffnete sich und es kam zu einem Wortwechsel, von dem ich nichts verstehen konnte. Allerdings waren einige ungeduldige und gereizte Unmutslaute klar zu vernehmen.

Kurz darauf kam der Diener zurück. »Der gnädige Herr sagt, er kann Sie heute leider nicht mehr empfangen. Sehr wichtige Geschäfte erlauben es ihm nicht. Er wird Sie morgen früh in der Amtsstube der Vogtei begrüßen und Sie in die Arbeit einweisen.« Der Diener blickte mich teilnahmslos an und deutete auf die Treppe. »Ich soll Ihnen schon einmal Ihr Zimmer zeigen. Ihre Reisetruhe befindet sich bereits dort.«

»Vielen Dank, mir ist's recht«, erwiderte ich ruhig und überspielte mein Erstaunen über die unhöfliche Art des Herrn von Lohfeld. War dies schon ein erster Beleg für sein kauziges Desinteresse an allem, wie es Amtmann Wolff geschildert hatte? Ich beschloss, mich damit fürs Erste abzufinden und eher praktische Fragen zu klären. »Wie heißt du, guter Mann? Künftig werden wir gewiss des Öfteren miteinander zu tun haben.«

»Mein Name ist Karl, junger Herr.«

»Bist du schon lange in Diensten des Herrn von Lohfeld, Karl?«

»Nun, es sind gewiss fünfzehn Jahre«, antwortete der Diener, ohne seine ausdruckslose Miene zu verändern. Er ergriff meine Tasche und sah mich an, als ob unser Gespräch für ihn damit beendet sei. Zweifellos waren Diener und Herr in ähnlicher Weise verschlossen. Mit einem Seufzer erhob ich mich vom Sofa und folgte Karl, der sich schon in Bewegung gesetzt hatte.

Während wir schweigend in den ersten Stock hinaufgingen, schaute ich mich neugierig um. Was ich vom Innern des Hauses sehen konnte, war ohne jegliche Spur von Behaglichkeit oder Schönheit. Alles war rein zweckmäßig, schmucklos und nüchtern. Das sprach nicht für den Willen der Bewohner, sich ein nettes, gemütliches Heim zu schaffen.

»Hier drüben sind die Gemächer des gnädigen Herrn«, sagte Karl, als wir die Galerie des ersten Obergeschosses erreichten. Er wies vage zur rechten Stockwerkhälfte. »Und hier sind die Räume des gnädigen Fräuleins.« Er nickte in Richtung einer Tür, die wir passierten, während wir der Galerie nach links folgten. Es war bedauerlich, dass sich nach der Zurückweisung, die ich durch den Hausherrn erfahren hatte, auch Charlotte von Lohfeld nicht zeigte.

»Der obere Salon«, murmelte Karl, als wir an einer offenen Tür vorüberkamen. Ich sah flüchtig auf eine Sitzgruppe und Gemälde an den Wänden – der Raum erschien immerhin etwas einladender als das, was ich bislang vom Haus gesehen hatte. »Und hier ist Ihr Zimmer, junger Herr.« Karl öffnete die letzte Tür der umlaufenden Galerie. Der Raum befand sich in der linken vorderen Ecke des Hauses; die beiden Fenster blickten nach Süden und Westen. Die Einrichtung war die eines Gästezimmers: schlicht, aber durchaus bequem. Zwischen Tisch und Schrank stand meine große Reisetruhe, die ich ein paar Tage zuvor abgeschickt hatte.

»Sehr schön«, nickte ich und stellte meine Tasche auf das schmale Bett. Ich trat an eines der Fenster und öffnete es, um frische Luft hereinzulassen. Von hier aus blickte man auf den vorderen Garten und den moosigen Weg von der Straße zum Haus.

»Vielleicht möchten Sie sich von der Reise ausruhen, junger Herr«, sagte Karl. Er stand auf der Türschwelle und war im Begriff zu gehen. »Wenn Sie sonst nichts weiter benötigen?«

»Ach, eine Sache noch, Karl. Habe ich das Abendessen bereits versäumt?«, beeilte ich mich zu fragen. »Es ist sieben Uhr – haben die Herrschaften schon gespeist? Der lange Tag hat mich hungrig gemacht.«

»Ja, das Diner findet üblicherweise um sechs Uhr statt.« Der Diener kratzte sich am Kopf. »Aber das ist kein Problem, junger Herr. Anna wird Ihnen ein Abendbrot zubereiten und ich bringe es mit etwas Wein gleich zu Ihnen herauf.«

»Anna?«

»Ja, sie ist das Hausmädchen und die Köchin hier.« Damit verneigte er sich und schloss die Tür. Ich hörte, wie sich seine Schritte entfernten.

Ich atmete tief durch und ließ mich aufs Bett sinken. Das hier war also mein Zuhause fürs nächste halbe Jahr. Ich war sehr gespannt, was mich erwartete. Morgen galt es vor allem, den Hausherrn Ludwig von Lohfeld sowie seine Tochter kennenzulernen. Dann würde sich womöglich schon zeigen, wie schwer die Aufgaben sein würden, die mir Amtmann Wolff neben meinem eigentlichen Dienst als Auditor aufgetragen hatte.

Als draußen die blaue Stunde anbrach, brachte Karl mir ein Tablett mit Brot, kaltem Braten und Käse sowie ein Glas Rotwein aufs Zimmer. Hungrig machte ich mich über das einfache Mahl her, während ich zugleich den Inhalt meiner Truhe in Schrank und Kommode einräumte. Als ich spät am Abend zu Bett ging, forderten die tiefe Müdigkeit und Erschöpfung von der Reise ihren Tribut. Binnen weniger Augenblicke war ich eingeschlafen.

Kapitel 2

Vogelgesang weckte mich am nächsten Morgen aus einem erholsamen Schlaf. Voller Tatendrang und gespannter Erwartung sprang ich aus dem Bett, wusch mein Gesicht und kleidete mich an. Es war kurz vor acht Uhr, als ich mein Zimmer verließ und auf die Galerie trat. Eine Weile lang blieb ich dort stehen und horchte, ob – im Unterschied zum Vortag – Leben im Haus zu vernehmen war. Und tatsächlich, aus dem Erdgeschoss drangen Klirren und Klappern von Geschirr und Besteck herauf. Offenbar war das Frühstück der Herrschaften von Lohfeld im Gange.

Als ich am Fuß der Treppe anlangte, kam mir ein blondes Mädchen mit weißer Schürze und Haube entgegen. Sie trug ein Silbertablett, lächelte mich im Vorübergehen unsicher an und neigte flüchtig den Kopf zum Gruß. Sie war zweifellos das Hausmädchen Anna, das Karl erwähnt hatte. Ich folgte ihr und betrat einen großen Raum auf der rechten Hausseite, genau unterhalb der Gemächer des Herrn von Lohfeld gelegen. Es war das Speisezimmer, das von einer langen Tafel beherrscht wurde. An den Wänden standen Anrichten und Kommoden, in einer Ecke befand sich ein verrußter Kamin. Durch die Fenster war zwischen den Bäumen des Gartens hindurch der triste Morgenhimmel zu erkennen.

»Guten Morgen«, grüßte ich, als ich zögerlich ins Zimmer trat. Am hinteren Ende des Tisches saß eine junge Dame, der das Hausmädchen gerade Tee einschenkte. Das gnädige Fräulein, in ein Buch vertieft, blickte erschrocken auf. Mit großen Augen sah sie mich an, als stünde ein Gespenst vor ihr. Im selben Moment hörte ich ein Scharren auf den Dielen, und neben ihr tauchte knapp über dem Tisch der Kopf eines großen alten Hundes mit rötlich-braunem Fell auf, der mich argwöhnisch beäugte. Er begann leise zu knurren, war aber wohl so gut erzogen, dass er auf der Stelle verharrte und auf ein Zeichen seiner Herrin wartete.

»Alles ist gut, lieber Apoll«, sagte die junge Dame leise und kraulte den Hund zwischen den Ohren. Sie legte das Buch zur Seite und sah mich in einer Mischung aus Neugier und Verlegenheit an, wobei sie den Blick immer wieder rasch abwandte. »Herr Frahm, nehme ich an?«, fragte sie und bemühte sich zu lächeln, was ihr nicht gut gelang; es schien ihr schwerzufallen. Die tiefe Melancholie in ihren braunen Augen und um ihren schön geschwungenen Mund ließ sich nicht überspielen. Es hatte den Anschein, als wären Frohmut und Glück ihr schon vor langer Zeit abhandengekommen; mir kamen die sorgenvollen Worte des Amtmanns Wolff wieder in den Sinn.

»Ja, gnädiges Fräulein, mein Name ist Jakob Frahm.« Ich verbeugte mich tief vor ihr. »Es ist mir eine Ehre.«

»Nun, willkommen in unserem Haus! Ich bin Charlotte von Lohfeld. Sie werden meinen Herrn Vater als Auditor in der Vogtei unterstützen, wie Karl mir berichtet hat?«

Ich nickte und trat langsam näher.

»Anna, bring bitte noch ein Gedeck für Herrn Frahm. Ich gehe davon aus, dass Sie noch nicht gefrühstückt haben?«

»Nein, in der Tat, das ist sehr großzügig von Ihnen.« Ich nahm auf dem ihr am nächsten stehenden Stuhl Platz, sodass wir über die Ecke des Tisches nebeneinandersaßen. Als das Hausmädchen den Raum verließ, kam der Hund mit tapsenden Schritten heran und schnupperte neugierig an meiner Hose. Ich hielt ihm die flache Hand hin. Nach einem ausgiebigen Beschnüffeln schlich er wieder von dannen und rollte sich neben dem Stuhl der jungen Dame zusammen.

Es folgte ein Schweigen zwischen der Hausherrin und mir. Ich hatte den Eindruck, dass sie nicht darin geübt war, Konversation zu betreiben. Vielleicht hatte sie schlicht zu wenig Gelegenheit zum Austausch oder Besuch. Heimlich betrachtete ich die junge Dame, die unruhig – fast als ob sie irgendwo Hilfe suchte – durchs Zimmer blickte. Das hellblaue Anglaise-Kleid mit Rüschen an Ausschnitt und Ärmeln ließ Charlotte von Lohfeld jung und hübsch aussehen, ebenso ihre zum Zopf geflochtenen und unter einem Zierkranz hochgesteckten braunen Haare. Doch das stand umso mehr im Widerspruch zu ihrer Unsicherheit und zu der Schwermut in ihrem Antlitz. Sie mochte um die neunzehn oder zwanzig Jahre alt sein, doch ihre ernste, bekümmerte Aura ließ sie zehn Jahre älter wirken.

»›Apoll‹ ist ein schöner Name für einen Hund«, sagte ich, um die peinliche Stille zu durchbrechen. »Wie sind Sie darauf gekommen?«

»Das war nicht meine Idee, sondern die meines Vaters«, antwortete sie sichtlich erleichtert über die Gesprächsfortsetzung. »Er hat – das müssen Sie wissen – ein Faible für Götter, Feuer und Himmelsphänomene. Nun, es ist wohl eher eine Besessenheit.« Ihr Gesicht verdüsterte sich und sie zögerte einen Moment. »Jedenfalls, als er den Hund erwarb, erinnerte ihn sein rötliches Fell an den alten griechischen Gott, der in einem Feuerwagen übers Firmament zieht.« Sie blickte auf Apoll herab und zum ersten Mal ließ sich in ihrer Miene die Spur eines Lächelns erahnen. »Ein merkwürdiger Name, ich weiß. Aber das gute Tier hat sich längst an ihn gewöhnt und hört auf ihn.«

»Wahrhaftig, sehr originell!« Ich nickte lachend. »Apropos, Ihr gnädiger Herr Vater … Hat er bereits gefrühstückt? Es scheint mir fast, als würde ich ihn immer wieder verpassen.«

»Nein, das liegt nicht an Ihnen. Vater nimmt fast alle Mahlzeiten oben in seinem Zimmer ein. Auch ich sehe ihn oft tagelang nicht.« Schon war der betrübte Ausdruck in ihr Antlitz zurückgekehrt. Sie wandte sich ab und trank einen Schluck Tee. Währenddessen kam Anna zurück ins Speisezimmer und deckte meinen Platz ein. Ich entschied mich für Kaffee und nahm mir etwas Brot und Schinken.

»Nun, das ist ja bedauerlich«, führte ich die Konversation fort, zumal ich erfahren wollte, was den Eigenbrötler Ludwig von Lohfeld so umtrieb. »Ich nehme an, der gnädige Herr hat wohl sehr viel zu tun und es mangelt ihm daher häufig an Zeit?«

»Ach, das ist ein schwieriges Thema, Herr Frahm.« Sie wirkte plötzlich angegriffen und verletzlich, so als berühre die Frage eine alte Wunde. Sie holte tief Luft und schüttelte unmerklich den Kopf. »Lassen Sie uns bitte von anderen Dingen sprechen.« Sie bemühte sich zu lächeln, doch die Traurigkeit in ihrem Antlitz ließ sich nicht vertreiben.

»Verzeihen Sie mir, Fräulein von Lohfeld, wenn ich zu impertinent war. Ich wollte nicht, dass …« Da ich nicht wusste, wie ich den Satz beenden sollte, verstummte ich und neigte entschuldigend den Kopf.

»Oh nein, nein, Herr Frahm, ich bin es, die um Verzeihung bitten muss«, beeilte sie sich zu sagen und sah beschämt zur Seite. »Wie schrecklich von mir, ich bin eine schlechte Tischpartnerin! Ich habe Sie nicht einmal nach Ihrem Befinden gefragt.« Ihre schuldbewusste Miene und die Art, wie sie es sagte, verrieten einmal mehr, dass ihr Selbstbewusstsein nicht allzu ausgeprägt war. Es schien so, als ob die junge Dame dazu neigte, an sich zu zweifeln und sich für tadelnswert zu halten. Womöglich hatte sie eine nicht allzu frohe Kindheit in einem schwierigen Elternhaus verbracht.

»Ach je, Fräulein von Lohfeld, das ist nicht wahr, mit Verlaub!« Ich winkte ab und lachte demonstrativ, um die dunklen Wolken zu verjagen. »Ich habe Sie in meiner ungehobelten Art ja förmlich überfallen. Bitte vergeben Sie mir!« Einen Moment lang sah sie mich fast verblüfft an, als ob sie es nicht gewohnt sei, dass man sich bei ihr entschuldigte. Doch dann erschien mit einem Mal endlich ein unsicheres, aber echtes Lächeln in ihrem Gesicht. Und sofort verschwand das Graue aus ihrem Antlitz und sie wirkte so jung, wie sie wirklich war.

»Sie sind zu gütig, Herr Frahm«, sagte sie schüchtern. »Es ist jedenfalls schön, Sie kennenzulernen. Wir werden uns künftig ja des Öfteren begegnen.« Zögerlich nickte sie mir zu. »Einstweilen wünsche ich Ihnen einen schönen Tag und natürlich auch einen guten Beginn als Auditor hier in der Vogtei.« Daraufhin nahm sie ihr Buch, erhob sich und wandte sich an den Hund, der mit treuem Blick zu ihr aufsah. »Komm, Apoll, lass uns gehen.«

»Meinen untertänigsten Dank und auf Wiedersehen, gnädiges Fräulein«, erwiderte ich, erhob mich ebenfalls und verbeugte mich. Die Seide ihres Kleides raschelte leise, als sie mit dem Hund an mir vorüberging. In der Tür drehte sie sich noch einmal kurz um, deutete einen Knicks an und verschwand schließlich in der Flurhalle.

Was an diesem Morgen folgen sollte, war mein Dienstantritt in der Vogtei. Auf die Frage, wo ich mich einzufinden hätte, zeigte mir Diener Karl die Amtsstube, die gegenüber dem Speisezimmer lag und somit direkt unter meinem eigenen Domizil. Es war ein schmuckloser, nüchterner Raum mit hohen Regalen an den Wänden und einem ausladenden Schreibtisch. Alles war über und über mit Papieren, Urkunden, Büchern und Kladden belegt. Nicht einer der Regalböden war noch frei und auch der Tisch war vollkommen bedeckt mit diversen Dokumenten.

Schon auf den ersten Blick wurde mir klar, dass ich die ersten Wochen damit verbringen würde, dies alles zu sichten und Ordnung zu schaffen. Karl schien sich an den chaotischen Zuständen nicht zu stören. Er schlug vor, ich solle mich setzen, während er dem gnädigen Herrn Bescheid sage. Also hob ich einen Stapel Papiere vom Stuhl, legte ihn auf einen der Berge auf dem Schreibtisch und nahm Platz.

Ich war gespannt: Würde es mir endlich vergönnt sein, Ludwig von Lohfeld kennenzulernen? Immerhin hatte ich bereits die Bekanntschaft seiner Tochter Charlotte gemacht. Sie war eine reizende, empfindsame junge Dame, deren bedrückende Traurigkeit mich allerdings sehr besorgte und auch eine Art Beschützerinstinkt in mir wachrief. Schon nach unserem ersten Treffen verspürte ich den Wunsch, etwas Frohmut und Freude in ihr Leben zu bringen. Zudem war es – auch im Interesse des Herrn Amtmann Wolff – meine Absicht herauszufinden, was im Haus Lohfeld vor sich ging. Dem Gespräch mit Charlotte von Lohfeld hatte ich vage entnommen, dass die Umtriebe ihres Vaters – worum es sich dabei auch immer handeln mochte – zugleich der Schlüssel zu ihrem Schicksal waren. Ihre Erklärung zum Namen des Hundes hatte bereits einen Hinweis auf eine seltsame Besessenheit des Hausherrn geliefert.

Eine Viertelstunde verstrich mit derlei Gedanken, dann hörte ich Schritte auf der Treppe. Aufgeregt zupfte ich mein Hemd zurecht und strich über die blaue Weste und den Rock, den ich mir eigens für meine Station als Auditor angeschafft hatte. Just als ich mit den Fingern noch ordnend durch meine schwarzen Haare fuhr, trat eine großgewachsene, massige Gestalt in leicht vornübergebeugter Haltung über die Schwelle. Es war zweifellos der gnädige Herr Ludwig von Lohfeld, trotz seiner wohl sechzig Jahre eine ehrfurchtgebietende Erscheinung. Gleichwohl wirkten seine dünnen grauweißen Haare, die ihm bis zu den breiten Schultern hinab reichten, recht ungepflegt. Auch der schwarze Frack und das weiße Spitzenjabot waren abgetragen und verschlissen. Sein großes, fülliges Gesicht war von Falten zerfurcht und wurde von einem grauen Stoppelbart verunziert.

»Auditor Frahm?«, brummte er mit dunkler Stimme und musterte mich mit dunklen Augen argwöhnisch von Kopf bis Fuß, während ich vom Stuhl aufsprang. »Ich bin Ludwig von Lohfeld, der Herr des Hauses.«

»Guten Morgen, gnädiger Herr, ich stehe zu Diensten«, erwiderte ich mit einer tiefen Verbeugung. Er ging an mir vorbei und trat vor eines der Regale. Erst jetzt fiel mir auf, dass er zwei ledergebundene Bücher bei sich trug.

»Wie Sie unschwer sehen können, bedarf diese Amtsstube einer gründlichen Inventur und Ordnung. Mir fehlt indes die Zeit für derlei Kram.« Er nahm ein paar Dokumente aus dem Regal, verzog abschätzig den Mund und warf sie achtlos auf den Schreibtisch. »Das alles hier bereitet mir nichts als lästigen Verdruss!«

»Nun, ich werde mein Bestes geben, gnädiger Herr.«

»Die Vogtei wäre auch weiterhin problemlos ohne Sie ausgekommen. Nichts für ungut, junger Mann«, sagte er kühl und schüttelte den Kopf. »Es fallen nur wenige Amtsgeschäfte an, Elstorf ist nicht der Nabel der Welt. Da geht es um einige Pachten, Zinshöfe, Fischereirechte und derlei alberne Dinge.« Er lachte spöttisch und winkte ab. »Einen Beamten braucht es da kaum. Aber was soll man machen, wenn der edle Herr Landdrost selbst Anweisung gibt!«

»Gnädiger Herr, ich werde Sie von all dem hier freihalten und Ihnen in keiner Weise lästig fallen. Als Auditor bin ich so weit ausgebildet, dass ich mich sofort und ohne Anleitung ans Werk machen kann.« Ich neigte den Kopf und nickte ihm zu. »Sie können sich völlig Ihren dringenden Arbeiten widmen.« Ich wagte ein vorsichtiges Lächeln und wies auf die Bücher in seiner Hand. »Darf ich mit Verlaub untertänigst fragen, womit Sie so intensiv befasst sind? Handelt es sich womöglich um eine große wissenschaftliche Studie?«

»Sie sind eindeutig zu vorwitzig und neugierig, Bursche!«, brummte Ludwig von Lohfeld abweisend und betrachtete beiläufig die beiden Bücher. »Aber so könnte man es wohl nennen. Und doch, es ist weit, weit mehr als das.« Er lachte leise auf unheimliche Weise.

Von der Seite erhaschte ich einen Blick auf die beiden Buchrücken. Ein Werk trug den englischen Titel »An account of a suprizing Meteor« und stammte aus der Feder eines gewissen Herrn Whiston. Das andere Buch hieß »Zu Natur und Wesen von Irrlicht, Irrwisch und Feuermann«, Verfasser war ein Herr Kreyberg. Beide Werke waren mir vollkommen unbekannt und ich konnte mir nicht im Geringsten vorstellen, wovon sie handelten. Noch weniger ließ sich erahnen, warum diese Bücher Ludwig von Lohfeld als Lektüre dienten.

»Also, Herr Auditor, dann frisch ans Werk!« Der Hausherr nickte mir zu und setzte sich in Bewegung. Ehe er die Amtsstube verließ, wandte er sich noch einmal um: »Karl hat Ihnen sonst wohl alles Wichtige gesagt, denke ich. Die Mahlzeiten nehme ich meist oben ein, doch es steht Ihnen frei, meiner Tochter Gesellschaft zu leisten, wenn Sie mögen. Es ist einsam und langweilig für ein junges Fräulein hier, sie hat im Grunde nur Apoll und die Dienerin Anna zu ihrer Unterhaltung. Besuch gibt es sehr selten. Insofern …« Er warf mir einen fragenden Blick zu: »Haben Sie Charlotte bereits kennengelernt?«

»Ja, ich hatte am Morgen die Ehre und das Vergnügen, gnädiger Herr«, antwortete ich und lächelte freundlich, was jedoch nicht erwidert wurde.

»Gut, gut«, murmelte er und wandte sich zum Gehen. Doch dann schien ihm noch etwas einzufallen und er drehte sich erneut um. »Ach ja, eine Sache noch, Frahm, und das ist eminent wichtig: Stören Sie mich auf keinen Fall bei meinen Studien! Das wäre ein Affront, den ich nicht verzeihe.« Er hob den Zeigefinger und blickte mich drohend an. »Prägen Sie sich das ein!«

Ich nickte und musste unweigerlich schlucken, als wär ich ein kleiner Junge. »Jawohl, gnädiger Herr, ich habe verstanden.«

»Sollte es einmal etwas Unaufschiebbares geben, wenden Sie sich an Karl. Er wird entscheiden, was zu tun ist.« Ohne eine Antwort abzuwarten, verließ er damit kurzerhand das Zimmer. Ein wenig perplex blieb ich zurück und setzte mich wieder an den Schreibtisch. Unweigerlich musste ich den Kopf schütteln beim Gedanken an das kurze, merkwürdige Gespräch. Es war mehr als deutlich geworden, dass der gnädige Herr nicht willens war, sich um die Amtsgeschäfte der Vogtei zu kümmern. Wahrscheinlich unternahm er nur das Nötigste, um den Dienstbetrieb überhaupt noch aufrechtzuerhalten. Ich verstand nun umso besser, warum Amtmann Wolff – neben den anderen Aspekten – einen Auditor nach Elstorf schickte. Offenbar sollte ich die recht verwahrloste Vogtei wieder auf Vordermann bringen.

In diesem Sinne begann ich meinen ersten Arbeitstag damit, die überall verstreuten Dokumente zu sichten und je nach Inhalt auf unterschiedlichen Stapeln zu sammeln. Mangels Platzes musste ich auch den Dielenboden dafür nutzen. Rasch bildeten sich mehrere Stöße, in denen sich alle möglichen Angelegenheiten von Pachtverträgen und Zinsforderungen über Forst-, Weide-, Fischerei- und Mühlenrechte bis hin zu diversen Rechtsstreitigkeiten oder auch Regelungen zu Bau und Erhalt von Dienstgebäuden und -wohnungen wiederfanden. Es wurde mir schnell klar, dass eine amtliche Bearbeitung all dieser Fälle die nächsten Wochen in Anspruch nehmen würde.

Über der konzentrierten Arbeit vergaß ich alles andere. So merkte ich erst an meinem knurrenden Magen, dass ich das Dejeuner völlig versäumt hatte. Ein Blick auf meine Taschenuhr verriet, dass es bereits zwei Uhr nachmittags war. Als ich gerade überlegte, ob ich Anna oder Karl um einen kleinen Imbiss bitten sollte, hörte ich lautes Klopfen an der Haustür. Da die Tür der Amtsstube die ganze Zeit über offenstand, bekam ich unweigerlich mit, was in der großen Flurhalle vor sich ging. Neugierig lauschte ich, wie der alte Karl die Haustür öffnete und den Besucher kühl nach seinem Begehr fragte. Mit wem er sprach, konnte ich indes nicht sehen.

»Was fragst du mich das? Du kennst mich bestens, alter Narr. Also lass dieses Schauspiel!«, dröhnte eine wütende Stimme, die einem älteren Mann gehören musste. »Ich verlange, endlich zu dem hochwohlgeborenen Herrn von Lohfeld vorgelassen zu werden. Er muss seine Schulden begleichen, sonst ziehe ich ihn vor Gericht. Das ist nun das dritte Mal, dass ich hier vorspreche. Heute lass ich mich nicht wieder abweisen.«

»Es tut mir leid, der gnädige Herr ist nicht im Haus, er besucht Pächter«, antwortete Karl in stoischer Ruhe. Die faustdicke Lüge – denn es war nichts anderes – ging ihm ohne Zögern über die Lippen.

»Ach, das ist ja ein Zufall!«, lachte der Besucher höhnisch. »Mal ist er zu beschäftigt, mal gar nicht da ... Willst du mich zum Narren halten? Aber gut, ich werde hier auf ihn warten.«

»Mit Verlaub, der Herr, aber das wird nicht gehen, denn leider wird Herr von Lohfeld nicht vor morgen zurückkehren«, antwortete Karl in entschiedenem Ton. »Ich muss Sie untertänigst ersuchen, es an einem anderen Tag noch einmal zu versuchen oder brieflich einen Termin zu vereinbaren.«

»Das ist eine Frechheit! Vier Briefe von mir blieben bislang ohne eine Antwort!« Die Stimme des Gläubigers überschlug sich. »Du bist genauso ein Schurke wie dein Herr, du alter Lügner!«

»Es tut mir leid, gnädiger Herr ...«, sagte Karl gelassen und schloss kurzerhand die Haustür. In aller Seelenruhe ging er von dannen. Ich hörte seine Schritte auf der Treppe und vermutete, er würde dem gnädigen Herrn nun Bericht erstatten. Es war zweifellos eine zwischen beiden getroffene Abrede, dass Gläubiger entschieden abgewiesen wurden. Draußen klopfte es derweil noch einige Male an die Haustür und eine zornige Stimme brüllte etwas, doch nach einiger Zeit kehrte Ruhe ein.

Angesichts dieses Vorfalls fiel mir wieder ein, dass der Amtmann von Schulden und offenen Wechseln des Hausherrn erzählt hatte. Überraschend war dennoch die fast betrügerische Strategie, Gläubiger durch Lügen abzuwimmeln. Mir erschien das Vorgehen fragwürdig, denn über kurz oder lang würden sich die Kreditoren sicher nicht mehr zufriedengeben. Entweder drohte gerichtliches Ungemach oder die Schulden mussten von anderer Seite beglichen werden, wie Amtmann Wolff ja beklagt hatte. Es war evident, dass Ludwig von Lohfeld sich – ähnlich zu seiner laxen Amtsauffassung – für seine Schulden nicht verantwortlich fühlte. Schon mein erster Tag im Hause Lohfeld hatte mir einen Menschen vor Augen geführt, der sich kaum um die Welt und andere scherte, sondern nur seine eigenen Ziele verfolgte, welche auch immer das sein mochten.

Am Abend, als sich mein Hunger laut bemerkbar machte, war ich rechtzeitig zum Diner im Speisezimmer. Kerzenleuchter erhellten die lange Tafel, die für zwei Personen gedeckt war. Ich war der erste Gast am Tisch und nahm auf demselben Stuhl Platz wie am Morgen. Bald kam das Hausmädchen Anna herein, begrüßte mich freundlich und brachte Platten mit Rehrücken, Fisch und buntem Gemüse sowie eine Terrine Bouillon.

»Oh, schön … ein Gast«, hörte ich kurz darauf hinter mir. Es war Charlotte von Lohfeld, die mit Apoll an ihrer Seite den Raum betrat. Rasch erhob ich mich und verbeugte mich vor ihr. Sie nickte mir zu, schritt in ihrem rauschenden Kleid an mir vorüber und nahm wieder am Kopf der Tafel Platz. Sie legte ein Buch, das sie mitgebracht hatte, neben sich auf den Tisch.

»Guten Abend, Fräulein von Lohfeld«, begrüßte ich sie. »Nachdem ich durch meine Vergesslichkeit das Dejeuner versäumt habe, trieb mich dieses Mal der Hunger pünktlich her.« Apoll schnupperte kurz an mir, dann machte er es sich erneut neben dem Stuhl seiner Herrin am Boden bequem.

»Guten Abend, Herr Frahm. Nun, dann stärken Sie sich«, antwortete sie und nickte in Richtung der gefüllten Platten. »Es ist genug da.« Anna schenkte uns derweil Rotwein ein.

»Wie ich sehe, hatten Sie nicht mit Gesellschaft gerechnet?« Ich deutete lächelnd auf das Buch.

»Ach, das ist eine alte Gewohnheit. Alleine zu dinieren kann sehr traurig sein, daher bringe ich mir vorsichtshalber Lektüre mit.« Sie sagte es mit dem betrübten Gesichtsausdruck, den ich bereits kannte.

»Darf ich fragen, welches Buch Sie gerade lesen, gnädiges Fräulein?«

»Es ist der erste Band von Wielands ›Agathon‹. Kennen Sie das Werk? Es ist bedauernswert, was der junge Held alles durchleiden muss.« Sie legte eine Hand auf den edlen Ledereinband und schüttelte langsam den Kopf. »Seine Enttäuschungen sind für den Leser schwer zu ertragen.«

»Das klingt nicht nach fröhlicher Unterhaltung«, erwiderte ich vorsichtig. »Nein, ich kenne das Buch leider nicht, aber ich erinnere mich vage, dass es seinerzeit gute Kritiken erhielt.« Wie merkwürdig, aber auch wie passend, dass eine so ernste junge Dame einen offenbar so ernsten, traurigen Roman las. Charlotte war anders als all die Fräulein, die ich bisher kennengelernt hatte. In ihrer Melancholie und Verschlossenheit schien sie in ihrem eigenen Universum zu leben. Wie sehr unterschied sie sich in ihrem Wesen doch von so heiteren und der Welt zugewandten Geschöpfen wie Leonore Wolff, der redseligen und neugierigen Tochter des Amtmanns von Moisburg.

Für eine Weile schwiegen wir, nachdem Anna uns Speisen aufgelegt hatte und wir uns voll und ganz dem Diner widmeten. Ich sprach dem Hausmädchen, das zugleich die Köchin des Hauses war, meine Anerkennung aus, denn das Mahl mundete vorzüglich. Hin und wieder warf das gnädige Fräulein ihrem Hund einen Brocken Fisch oder Fleisch zu, den er geräuschlos verschlang.

»Wie war nun Ihr erster Tag in unserer Vogtei, Herr Auditor?«, ergriff die Hausherrin das Wort, als wir das Essen beendet hatten. »Waren die Amtsgeschäfte schuld daran, dass Sie das Dejeuner versäumt haben?«

»In der Tat habe ich über der vielen Arbeit vollkommen die Zeit vergessen. Das ist aber ein gutes Zeichen«, sagte ich lachend. »Wenn man so vertieft am Werk ist, mag man das, was man tut. Hingabe ist sehr wichtig. Ich muss zugeben, dass es in der Amtsstube etwas ungeordnet aussah, aber so ist die Herausforderung nur umso größer und schöner.«

»Mein Herr Vater kommt seinen Amtspflichten schon seit langer Zeit nur noch selten nach. Stets ist er mit seinen seltsamen Themen beschäftigt – das geht schon so, seit ich noch ein kleines Mädchen war.« Erneut versank sie in ihrer Gedankenwelt. Ihre Miene erstarrte mit einem Mal wie eine Maske, während sie mit der Gabel feine Linien über das Tischtuch zog. Es war ein bedrückender Anblick und in mir wuchs die Ahnung, dass es nicht nur Einsamkeit sein konnte, was sie belastete.

»Nun ja, es ist schon einiges in der Vogtei liegen geblieben, aber das werde ich problemlos bewältigen«, erwiderte ich betont gutgelaunt, um sie aus ihrer dunklen Stimmung zu holen. »Ich bin jung und voller Tatendrang – das sollte genügen! Außerdem bin ich durch mein Studium gewiss allem gewachsen, was auf mich zukommen mag.« Wieder lachte ich, doch es erreichte sie nicht. Als habe sie mir gar nicht zugehört, blickte sie weiterhin starr auf das Tischtuch. Wie sie so dasaß, war erneut alles Jugendhafte von ihr gewichen. Sie wirkte wie eine zu früh gealterte Frau, vom Leben enttäuscht und unglücklich.

»Schon meine liebe Frau Mutter – Gott hab sie selig – hat er auf diese Weise weit vor der Zeit ins Grab getrieben«, murmelte Charlotte plötzlich, ohne aufzusehen. In ihren Augen glaubte ich den Schimmer von Tränen zu erkennen.

Unsicher bekundete ich mein Beileid, schwieg dann aber. Während sie weiter in sich gekehrt blieb, leerte ich mein Weinglas. Ich versuchte mir einen Reim auf ihre Worte zu machen, was mir freilich nicht gelang. So saßen wir noch eine Zeitlang schweigend beieinander. Als Anna schließlich hereinkam und das Geschirr abräumte, erhob sich das gnädige Fräulein mit ausdrucksloser Miene, wünschte mir eine Gute Nacht und begab sich mit Apoll hinauf in ihre Gemächer.

Kapitel 3

Die nächsten Tage waren von fleißigen und akribischen Ordnungsarbeiten in der Amtsstube geprägt. Nach und nach löste ich die am Boden aufgehäuften Dokumentenstapel wieder auf und legte die Papiere je nach Thema in separate Regalfächer. Dabei galt es, sie chronologisch zu ordnen und auf einer Liste zu verzeichnen, welchen Bearbeitungsstand die Schriftstücke hatten. Es zeigte sich, dass etwa zwei Drittel der Vorgänge offen waren, was die Nachlässigkeit der bisherigen Amtsführung belegte. Um diesen Rückstand wieder aufzuholen, würde ich zweifellos viele Wochen benötigen.

Am ersten Sonntag meiner Zeit in Elstorf besuchte ich den Gottesdienst in der Kirche Sankt Nicolai. Ich nahm in einer der mittleren Bänke Platz und blickte mich neugierig in dem schlichten Innenraum um. Er hatte eine niedrige und schmucklose Decke, nur ein hoher hölzerner Kanzelaltar und ein Taufbecken, ebenfalls aus Holz, waren künstlerisch gestaltet. Der wuchtige Altar und die darüber gleichsam schwebende Predigtkanzel waren schwarz lackiert mit goldenen Ornamenten; hinter der eigenwilligen Konstruktion führte eine Treppe zur Kanzel hinauf.

Ludwig von Lohfeld erschien nicht zum Gottesdienst, was kaum anders zu erwarten gewesen war. In der vordersten linken Kirchenbank, die offenbar für die Lohfeld-Familie reserviert war, saß allein das gnädige Fräulein Charlotte. Sie war vor mir vom Herrenhaus aus aufgebrochen, begleitet von Anna, die direkt hinter ihr Platz genommen hatte. Schon nach wenigen Tagen im Hause Lohfeld war mir aufgefallen, wie eng die beiden jungen Frauen miteinander Umgang pflegten – ganz anders, als es das Verhältnis von Herrin und Dienerin erwarten ließ. Neben Apoll stand Anna dem gnädigen Fräulein zweifellos am nächsten.

Die Mehrzahl der Gottesdienstbesucher waren einfache Leute aus dem Kirchspiel Elstorf, das neben dem Ort dreizehn umliegende Dörfer und Höfe umfasste. Es waren zumeist Bauern, Handwerker und Händler. Vorn rechts saß der alte bucklige Küster, der Pastor Friedrich August Peters bei der Messe zur Hand ging. Die Predigt an diesem Sonntag diente der Erinnerung der Gemeinde an die Pflichten des Christenmenschen. Pastor Peters sprach über ein gottgerechtes, sündloses Leben, über Glaubensstärke, eheliche Treue sowie über arbeitsamen Fleiß und Strebsamkeit.

Der großgewachsene, drahtige Geistliche ging wohl auf die fünfzig Jahre zu. Seine grauen Haare reichten ihm bis auf die Schultern hinab, gekleidet war er im schwarzen Talar mit weißem Beffchen. Peters predigte in mitreißender, nahezu euphorischer Weise, die seine Zuhörer durchaus zu bewegen schien. Nach dem Gottesdienst verabschiedete er die Gläubigen auf der Türschwelle der Kirche persönlich.

»Der Frieden Gottes sei mit dir«, segnete der Pastor auch mich mit dem Kreuzzeichen, als ich an ihm vorüberging. Dann hielt er inne und sah mich an. »Ah, ein neues Gesicht! Der Herr Amtsauditor

Frahm, nehme ich an?« Als ich nickte, reichte er mir freundlich die Hand. »Hätten Sie später einen Augenblick Zeit für mich? Ein Hirte Gottes möchte all seine Schäflein kennenlernen, auch die neuen.«

»Sehr gern, Hochwürden«, antwortete ich und verbeugte mich. »Es ist mir eine Ehre. Ich warte hier.« Schon wurde ich von den herausdrängenden Gläubigen weitergeschoben. Ich stellte mich auf den Rasen neben der Kirche und schaute den Menschen beim Verlassen des Gotteshauses zu. Irgendwann trat auch Charlotte von Lohfeld aus der Tür und wechselte einige Worte mit Pastor Peters. Als sie sich mit Anna auf den Heimweg machte, sah sie kurz in meine Richtung und nickte mir zu. Der mit Federn verzierte Hut und der leichte Mantel über ihrem grünen Kleid hoben das gnädige Fräulein zwar aus der Menge der einfachen Gottesdienstbesucher heraus, doch ihre Kleidung schien bereits ein wenig abgetragen und verschlissen. Mit Blick auf den zurückgezogen lebenden und verschuldeten Vater mochte Charlotte wohl nur selten Gelegenheit bekommen, sich in der Stadt neu einzukleiden. Wenn anderen jungen Damen das Auswählen und Tragen der neuesten Mode Freude und Zerstreuung verschafften, so traf das auf das gnädige Fräulein nicht zu. Dabei hätte es womöglich dazu beitragen können, ihre Melancholie und ihren Ernst ein wenig zu vertreiben.

Als die beiden Frauen den Kirchvorplatz in Richtung Lohfeld-Haus verließen, trat ein junger Mann eiligen Schrittes zu ihnen. Er war wohl nicht im Gottesdienst gewesen, sondern hatte vor der Kirche auf das gnädige Fräulein gewartet. Etwas affektiert machte er einen Kratzfuß. Soweit ich es beobachten konnte, schien die junge Dame wenig begeistert von seinem devoten und schmeichlerischen Benehmen, doch just in diesem Moment trat der Pastor neben mich.

»So, Herr Frahm, nun ganz offiziell: Herzlich willkommen bei uns in Elstorf! Ich freue mich, Sie in Sankt Nicolai begrüßen zu dürfen.« Er klopfte mir freundlich auf die Schulter und nickte in Richtung der Kirche. »Wie schön, dass Sie es einrichten konnten, ganz anders als Ihr Hausherr, der alte Lohfeld. Der gibt nicht viel auf Gottesdienste.« Er lachte kurz und deutete auf eine Holzbank an der Außenmauer der Kirche. Wir setzten uns. »Ich hoffe, Sie haben sich schon ein wenig eingelebt?«

»Gewiss, Hochwürden. Die Amtsgeschäfte in der Vogtei haben mich von Anfang an so stark in Anspruch genommen, dass mein Einstieg hier in Elstorf sehr rasch vonstatten ging.«

»Aha, ich verstehe, der alte Lohfeld hat Sie sofort voll eingebunden.« Der Pastor lachte erneut. »Er kümmert sich kaum um seine Dienstpflichten und wird alles Lästige Ihnen aufbürden. Aber lassen Sie sich von dem Despoten nicht zu sehr ausnutzen und quälen, junger Mann!« Mit einem Mal wurde er ernst und deutete auf Charlotte von Lohfeld, die sich noch immer im Gespräch mit dem Fremden befand. »Es gibt ja schon die eine oder andere Person, die unter seinem kalten Wesen und rücksichtslosen Egoismus zu leiden hat oder hatte. Damit meine ich nicht nur das gnädige Fräulein, sondern vor allem ihre arme Frau Mutter. Ihr war ein sehr trauriges Schicksal beschieden.«

»Man hat mir bereits angedeutet, dass sie unglücklich war.«

»Das ist zu positiv formuliert, Herr Frahm.« Pastor Peters schüttelte den Kopf und sah mich eindringlich an. Er senkte die Stimme. »Wenn Sie mich fragen: der Tyrann hat sie quasi in den Tod getrieben. Er hat sich nicht um sie gekümmert, hat sie zurückgewiesen in ihre Einsamkeit und nur an sich selbst gedacht – ganz so, wie er es auch heute noch tut. Das Leben der armen Frau war wohl ein solches Jammertal, dass sie eines Tages alles hinter sich ließ und ins Wasser ging. Ihre Leiche wurde am Ufer des Elstorfer Sees gefunden. Für einen Moment hat ihn ihr Ende geschockt, doch bald schon jagte er wieder seinen seltsamen Hirngespinsten nach. Heute gilt meine Sorge der armen Charlotte.« Er wies in Richtung des gnädigen Fräuleins, das sich inzwischen von dem Mann verabschiedet hatte und sich gemeinsam mit dem Hausmädchen auf den Heimweg machte.

»Was sind das für Hirngespinste, Hochwürden, wenn ich fragen darf? Mehr als Andeutungen habe ich bislang nicht gehört zu der Frage, was der gnädige Herr von Lohfeld in aller Heimlichkeit und wohl fast schon Besessenheit treibt.«

»Das ›fast schon‹ können Sie getrost weglassen«, antwortete der Pastor düster. »Seit zehn Jahren verfolgt der Mann hartnäckig und ohne Unterlass eine merkwürdige, krude Theorie, die er – Gott weiß, wo – ausgegraben hat. Er hat sich vor Jahren einmal dazu herabgelassen, es mir zu erläutern, doch ich konnte ihm nicht folgen. Es klang allzu wirr und absonderlich.«

»Worum geht es denn dabei?«, fragte ich gespannt. »Als ich den gnädigen Herrn darauf ansprach, ob es etwas Wissenschaftliches sei, sagte er nur rätselhaft, es sei weit mehr als das.«

»Für ihn ist es etwas geradezu Religiöses«, erwiderte der Pastor und runzelte die Stirn. »Wenn ich es recht verstanden habe, ist er davon überzeugt, dass – wie soll ich sagen – Tore oder Portale existieren, die unsere irdische Welt mit der Sphäre Gottes verbinden. Diese Pforten könne man angeblich in die eine und die andere Richtung passieren. Das Ganze sei mit dem Absturz von Meteoriten verbunden, was er zu beweisen versuche. Ich muss zugeben, es war für meinen Geschmack hanebüchen. Es ging dabei auch um das Verschwinden von Menschen und um Irrlichter. Ich kann die vielen Einzelheiten in meiner Erinnerung leider nicht mehr zusammenfügen.« Pastor Peters lachte kurz und schüttelte den Kopf. »Es ist unfassbar, was für ein verrücktes Gespinst sich Ludwig von Lohfeld da zusammengereimt hat. Von einer solchen Theorie, die er so besessen verfolgt, habe ich jedenfalls noch nie gehört.«

»Das klingt in der Tat unglaublich«, sagte ich und schüttelte ebenfalls den Kopf. »Jetzt verstehe ich, warum er neulich Bücher über Meteore und Irrlichter mit sich herumtrug.«

»Haben Sie bereits gesehen, dass er sich eine Sternwarte ins Haus hat bauen lassen? Eines Tages fiel es mir von der Straße aus zufällig ins Auge. Später habe ich mit Handwerkern aus Elstorf und dem Umland gesprochen, die an dem Bau mitgewirkt haben. Im Dachstuhl wurde eine Konstruktion errichtet, mit der sich ein Teil des Daches aufklappen lässt. Mit einem Teleskop kann Lohfeld dann in den Sternenhimmel blicken. Da sitzt er dann wohl manche Nacht und späht in die Finsternis auf der Suche nach Meteoren und anderen Himmelserscheinungen.«

»Das muss einiges gekostet haben«, erwiderte ich und dachte an die Klagen des Amtmanns Wolff, der schon häufig für Lohfelds Ausgaben geradegestanden hatte.

»Ums liebe Geld scheint sich der gnädige Herr keine Sorgen zu machen«, sagte Pastor Peters mir wegwerfender Geste. »Offenbar bestellt er auch kostspielige astronomische Geräte und seltene Fachbücher, um die ihn Universitäten beneiden würden. Da sind Werke dabei, die er zum Teil aus Frankreich, Italien oder England ordert, allesamt mit Bezug zu seinen abenteuerlichen Ideen.«

»Ja, in der Tat, sehr ungewöhnlich«, murmelte ich und prägte mir das Gehörte für einen ersten Brief an Amtmann Wolff ein. Darin würde natürlich auch der Gläubiger erwähnt werden, der kürzlich so schroff abgewiesen worden war.

»Ich weiß zudem, dass der alte Lohfeld viele Taler für Textübersetzungen aus dem Lateinischen und Griechischen ausgibt. Vor ein paar Jahren hat er mich selbst sogar gefragt, ob ich ihm etwas übertragen könne. Er erklärte mir, er beherrsche nur heutige Sprachen wie Französisch, Englisch und ein wenig Italienisch. Als Pastor müssten mir die antiken Sprachen doch vertraut sein.« Peters lächelte und strich langsam über sein Beffchen. »Ich habe ihm dann zwei seiner merkwürdigen Texte übersetzt.«

»Und was waren das für Texte? Wovon handelten sie?«, fragte ich.

»Das eine war eine Passage aus Plutarchs Vita des Lysander, in der es um einen Meteoriteneinschlag am thrakischen Hellespont im fünften Jahrhundert vor Christus geht und darum, dass die Griechen den Meteoriten als heilig achteten. Sie glaubten, er sei von Gott gesandt worden und besitze überirdische Kräfte. Man hielt ihn für ein Bindeglied zum Schöpfer.«

»Das ist genau die Theorienwelt des gnädigen Herrn.«

»In der Tat«, nickte Pastor Peters, »der zweite Text ebenfalls. Es war ein Abschnitt aus der Beschreibung Griechenlands durch den Schriftsteller Pausanias. Darin werden mehrere Meteoriten erwähnt, die um 1200 vor Christus in Böotien bei Orchomenos zur Erde fielen. Sie wurden hernach im Tempel der Chariten, also der drei Grazien, als Heiligtum verehrt. Angeblich waren diese Göttinnen mithilfe der feurigen Himmelskörper zur Erde gereist.«

»Merkwürdige Geschichten sind das«, erwiderte ich und kratzte mich an der Stirn. »Wie hat Herr von Lohfeld die Passagen denn kommentiert?«

»Er war begeistert. Insbesondere der Text von Pausanias hatte es ihm angetan, denn er bestätigte angeblich seine Theorie, dass zur Erde gestürzte Meteoriten einen Weltenwechsel ermöglichen. Er geriet förmlich ins Schwärmen.« Der Pastor machte eine kurze Pause, ehe er sich belustigt auf den Oberschenkel klopfte. »Doch dann habe ich leider das Vertrauen des gnädigen Herrn verspielt. Ich wagte es nämlich, laut zu lachen und zu sagen, dass dies Märchen und Sagen der griechischen Mythologie seien, die mit der Wirklichkeit nicht das Geringste zu tun hätten.« Der Geistliche riss in nachgespieltem Schrecken die Augen auf und sah mich an. »Sie hätten da mal Lohfelds Gesicht sehen sollen. Er wurde kreidebleich vor Unmut und fragte mich mit mühsam gezügeltem Zorn, ob mir nichts Klügeres dazu einfiele. Worauf ich entgegnete, dass mich derlei abergläubisches Zeug nicht interessiere und ich es lieber mit dem Realen halte. Da zog der alte Lohfeld beleidigt von dannen. Seither hat er mich nie mehr mit seinen Hirngespinsten behelligt.« Er erhob sich von der Bank und strich sein schwarzes Priestergewand glatt.

»Sehr erstaunlich, Hochwürden«, erwiderte ich nachdenklich. »Und vielen Dank dafür, dass Sie mich eingeweiht haben in diese tatsächlich fragwürdigen … Dinge.«

»Gern geschehen, junger Mann. Und damit sei's genug geplaudert, lieber Herr Frahm, die Pflichten eines Gotteshirten rufen.« Er lächelte, reichte mir die Hand und wir verabschiedeten uns. Als er schon in Richtung der Kirchentür losmarschierte, wo der bucklige

Küster auf ihn wartete, drehte er sich noch einmal um. »Und lassen Sie sich das Leben von dem alten Eigenbrötler nicht allzu schwer machen.«

Die Gottesdienstgemeinde hatte sich längst in alle Winde zerstreut, als ich mich ebenfalls auf den Heimweg machte. Ich ging an den schlichten Häusern Elstorfs vorüber und dachte über all das nach, was der Pastor mir in seinem heiteren Plauderton geschildert hatte. Was für eine absonderliche Theorie war das bloß und wie konnte sich ein gebildeter Herr nur mit solchem Unfug befassen! Im Geiste formulierte ich schon erste Zeilen meines Briefes an Amtmann Wolff in Moisburg. Da kam mir eine Idee. Ich würde noch Genaueres über das Treiben Ludwigs von Lohfeld erfahren, wenn ich ihm meine Dienste als Übersetzer anbot. Mein Latein und mein Griechisch waren in guter Verfassung, so dass ich mir das durchaus zutrauen konnte. Womöglich mochte es mir auf diese Weise gelingen, dem gnädigen Herrn etwas näherzukommen.

Wie an den Tagen zuvor nahm ich das Mittagessen in der eher schweigsamen Gesellschaft des gnädigen Fräuleins ein. Wir plauderten nur wenig und höflich über Belanglosigkeiten. Die junge Dame war meines Erachtens nicht willens oder nicht fähig, ihre Verschlossenheit zu überwinden. In sich gekehrt und betrübt saß sie an der Tafel und brachte das Mahl zügig hinter sich. Das war bedrückend, doch mittlerweile hatte ich mich schon fast daran gewöhnt. Wirkte sie anfangs noch offener mir gegenüber, so hatte ihre düstere Gemütslage das kurz aufgeblühte Interesse an dem neuen Gast im Hause längst verdrängt. Gleichwohl bemühte ich mich weiter, die Mauer zu überwinden.

Als mir Karl nach dem Dejeuner meine gereinigte Wäsche aufs Zimmer brachte, nutzte ich die Gelegenheit und sprach ihn an. Meine Hoffnung war, dass er als einziger Vertrauter des gnädigen Herrn meine Botschaft zu ihm weitertragen würde.

»Einen Moment bitte, Karl. Ich habe eine Frage.« Betont beiläufig blickte ich vom Tisch aus zu ihm hinüber, als er schon zur Tür ging. »Unter den unbearbeiteten Dokumenten in der Amtsstube unten stieß ich auf einen Vertragsentwurf in lateinischer Sprache. Ich habe ihn übersetzt und bearbeitet. Aber ich habe mich gefragt, wie der gnädige Herr mit derlei Texten umgeht? Ist er der lateinischen Sprache mächtig?«

Überrascht sah mich Karl an und strich sich nachdenklich durchs weiße Haar. »Gut, dass Sie das erwähnen, junger Herr. Nein, der gnädige Herr ist mit Latein nicht vertraut. Da er bei seinen Forschungen aber stets auch derlei Texte studiert, muss er oftmals Übersetzungen beauftragen. Das verschlingt einiges an Zeit und Geld.« Er überlegte kurz und nickte mir zu. »Sie beherrschen diese Sprache also ganz gut? Wie steht's mit dem Griechischen, junger Herr?«

»Das ist ebenfalls kein Problem für mich.«

»Ausgezeichnet, junger Herr«, erwiderte der alte Diener und lächelte, was er selten tat. »Das wird den gnädigen Herrn gewiss freuen zu hören. Darf ich ihm ausrichten, dass Sie für gelegentliche Übersetzungen zur Verfügung stehen?«

»Gewiss, Karl, es wäre mir eine Ehre, behilflich sein zu können. Sag ihm, er soll bitte nicht zögern, mich in Beschlag zu nehmen.«

»Sehr wohl, junger Herr. Ich werde es ihm genauso mitteilen.« Mit einer Verbeugung trat er hinaus auf die Galerie und schloss die Tür hinter sich. Im Geiste beglückwünschte ich mich zu dem Schachzug – durch das Lesen und Übersetzen der Texte würde ich tiefere Einblicke in die rätselhafte Gedankenwelt des Ludwig von Lohfeld erhalten.

Nachmittags unternahm ich im goldenen Licht des Spätsommertages einen längeren Spaziergang. Mit Hut und Stock wanderte ich durch die Wiesen und Felder in Elstorfs Umgebung und erkundete die Nachbarorte Daerstorf und Schwiederstorf. Als ich zum Lohfeld-Haus zurückkehrte, vernahm ich bereits vom Garten aus die Klänge von Musik – eine in diesen Gemäuern ganz neue Erfahrung für mich.

Überrascht trat ich ein, blieb in der Halle stehen und lauschte dem Klang eines Cembalos. Es handelte sich um die Sarabande von Georg Friedrich Händel. Die wunderbaren Töne kamen unverkennbar aus der Bibliothek im Erdgeschoss, einem wohl nur selten genutzten Raum, den ich bislang lediglich einmal flüchtig besichtigt hatte. Bei der ehedem recht tristen und bedrückten Grundstimmung im Hause war es nahezu ein Wunder, die schönen Klänge eines höfischen Tanzes zu vernehmen.

Mit bewusst leisen Schritten trat ich an die offene Tür der Bibliothek und lugte ins Innere. In der von hohen Bücherregalen umstandenen rechten Hälfte des Zimmers konnte ich zwar das aufgeklappte Cembalo sehen, nicht jedoch die Person, die darauf spielte. Also trat ich vorsichtig in den Raum.

Charlotte von Lohfeld saß am Flügel und ließ ihre schlanken Finger über die Tasten wandern. Vollkommen konzentriert aufs Notenblatt, schien sie mein Eintreten nicht zu bemerken. Rechts von ihr erblickte ich zu meiner Überraschung einen jungen Mann, der dem Spiel des gnädigen Fräuleins mit verklärtem Lächeln folgte. Er saß ihr zugewandt auf einer Chaiselongue, vor ihm standen auf einem niedrigen Couchtisch ein Teeservice und Teller mit Gebäckstücken.

Irgendwann bemerkte der Besucher meine Anwesenheit. Mit überraschter Miene sah er mich an und ich erkannte ihn sogleich wieder. Es war der Unbekannte, der nach dem Gottesdienst mit Charlotte gesprochen hatte. Er war um die Dreißig, hatte schwarzes Haar, war eher klein gewachsen und muskulös. Auffällig war seine modisch erlesene Kleidung aus Samtfrack, Seidenjabot und hohem Hut, die er mit geradezu geckenhafter Eitelkeit zur Schau trug. Auf Anhieb war er mir unsympathisch, was auch an seinem abweisenden und kalten Blick mir gegenüber und einem berechnenden Zug um seine schmalen Lippen lag.

Einen Moment lang starrten wir einander an, während Charlotte weiter die traurige Sarabande erklingen ließ. Er beäugte mich misstrauisch und schien zu rätseln, wer ich sein mochte. Es war unverkennbar, dass er mich für eine Art Eindringling in sein Revier hielt. War er ein Verehrer des gnädigen Fräuleins, der in mir einen Rivalen sah? Nach einer Weile wandte er den Blick ab und betrachtete wieder die junge Dame am Cembalo. Und sogleich veränderte sich seine Miene. Das argwöhnische Lauern verschwand und an dessen Stelle trat wieder ein süßliches Lächeln, mit dem er das gnädige Fräulein ansah. Vielleicht lag es an der Antipathie, die ich dem Fremden gegenüber empfand, doch sein ganzes Wesen wirkte nun auf mich einschmeichelnd und berechnend.

Von all dem bekam die junge Dame, die in ihrem blauen Anglaise-Kleid und mit dem filigran geflochtenen Haarkranz bezaubernd aussah, nicht das Geringste mit. Versunken und konzentriert widmete sie sich ganz der Musik, als befände sie sich in einer anderen Welt. Es war für mich ein tröstlicher Anblick, dass die oftmals so traurige und verschlossene Tochter des Hauses in der Musik eine Zuflucht zu haben schien.

Einen Augenblick noch lauschte ich ihrem Spiel und war erleichtert, dass der Fremde mich nicht noch einmal ins Visier nahm, sondern die Darbietung des gnädigen Fräuleins gebannt verfolgte und hier und da auf gekünstelte Weise lächelte. Ich beschloss, mehr über diesen Gecken herauszufinden, denn es war offensichtlich, dass er kein guter Umgang für Charlotte von Lohfeld sein konnte. Mit leisen Schritten verließ ich die Bibliothek und begab mich auf mein Zimmer.

Das abendliche Diner verbrachten Fräulein Charlotte und ich wie gewohnt gemeinsam. Apoll hatte es sich mittlerweile zur Angewohnheit gemacht, zwischen unseren Stühlen zu liegen – ich war für ihn längst ein vertrauter Hausgenosse geworden. Das gnädige Fräulein sprach auch an diesem Abend wenig und nur dann, wenn ich das Schweigen brach. So redeten wir kurz über die Predigt des Pastors, die das Thema Glaubensstärke und Strebsamkeit zum Inhalt gehabt hatte. Des Weiteren schilderte ich ihr meine Eindrücke von der nachmittäglichen Wanderung, wartete aber vergeblich auf ein Wort von ihr zu ihrem Teebesuch in der Bibliothek.

Nach dem Dessert und ehe sie sich wieder in ihre Gemächer zurückziehen konnte, fasste ich mir schließlich ein Herz. Die Neugier drängte mich, Klarheit zu gewinnen, was es mit dem unsympathischen Burschen auf sich hatte. »Gnädiges Fräulein, ich hoffe, Sie empfinden es nicht als indiskret, wenn ich Sie etwas frage«, begann ich zögerlich. »Wenn Sie nicht antworten mögen, verstehe ich das.«

»Sie machen es spannend, Herr Frahm«, antwortete sie und sah mich abwägend an. »Sie sind in diesem Hause kein Fremder mehr, also fragen Sie nur.«

»Als ich am Nachmittag von meinem Spaziergang heimkam, empfingen mich wundervolle Cembaloklänge. Ich betrat daher – mit Verlaub – die Bibliothek und sah Sie spielen.« Überrascht sah sie mich an und schien bereits zu ahnen, was kommen würde. »Sie haben die Sarabande großartig wiedergegeben, Fräulein von Lohfeld«, fügte ich schnell hinzu. »Man hört sofort Ihre Hingabe und Ihr Talent.«

»Nun, das ist Schmeichelei, aber keine Frage«, sagte sie und lächelte für einen Moment, sah mich gleich darauf aber mit besorgter Miene an.

»Das ist die reine Wahrheit!« Ich nickte ihr anerkennend zu. »Aber mit Verlaub, wer war der Besucher des kleinen Konzerts? Ich hatte den Herrn heute bereits vor der Kirche gesehen.« Sie senkte den Blick und schien mit einem Mal missgestimmt. »Täusche ich mich oder ist er ein Verehrer von Ihnen? Verzeihen Sie meine Impertinenz.«

»Das ist in Ordnung, Herr Frahm. Früher oder später wäre Ihnen dieser Herr ohnehin über den Weg gelaufen.« Sie bemühte sich, gelassen zu klingen, doch ihr angespanntes Gesicht sprach eine andere Sprache. »Sein Name ist Eduard Dehmel. Und – ja – man würde ihn landläufig wohl als Verehrer bezeichnen.«

»Hab ich mir's doch gedacht«, erwiderte ich und überspielte ein ungutes Gefühl, das mit einem Mal in mir emporstieg. Vielleicht war es die unschöne Vorstellung, dass Charlotte Gefühle für diesen Blender – nichts anderes war er in meinen Augen – hegen könne.

»In Wahrheit jedoch ist er wohl eher ein Belagerer«, murmelte sie und schüttelte den Kopf. »Er ist sehr beharrlich. Ich habe ihm niemals Avancen gemacht oder ihn ermuntert. Gleichwohl steht er immer wieder hier vor der Tür. Meistens kann ich ihn abwimmeln oder Karl übernimmt das für mich, doch heute hat er mich an der Kirche abgepasst. Da ließ sich sein Besuch nicht verhindern.« Sie verzog das Gesicht.

»Ich verstehe«, sagte ich und lächelte unweigerlich, da ich erleichtert war.

»Eduard ist sehr großtuerisch und für meinen Geschmack allzu eitel«, sagte Charlotte. »Ich halte ihn für nichts anderes als einen raffinierten Schmeichler.« Sie schüttelte den Kopf und seufzte leise. »Um es freiheraus zu bekennen: Ich mag ihn nicht sonderlich.«

»Aber – wenn Sie erlauben – wie ist dieser Herr Dehmel überhaupt in Ihr Leben getreten?«

»Sein Herr Vater, ein Buchhändler aus Buxtehude, kennt meinen Vater geschäftlich wohl recht gut. Das gab ihm Anlass, vorstellig zu werden. Seit einem halben Jahr kommt er immer wieder vorbei und will mich, wie er es nennt, umwerben. Angeblich habe mein Vater ihn dazu ermutigt. Ich gebe mir jedenfalls Mühe, ihm aus dem Weg zu gehen. Hätte er mehr Fingerspitzengefühl, würde er die Botschaft verstehen.«

»Womit verdient Herr Dehmel denn sein täglich Brot?«, fragte ich. Mich beschlich die Ahnung, dass der feine Herr womöglich ein bequemer Lebemann auf der Suche nach einem finanziell gesicherten Hafen war. Dass er sich da ausgerechnet das verschuldete Haus Lohfeld auserkoren hatte, war fast schon Ironie des Schicksals.

»Um ehrlich zu sein: Ich weiß es nicht.« Mit sorgenvoller Miene schüttelte das gnädige Fräulein den Kopf. »Solchen Fragen weicht er stets aus und lenkt das Gespräch auf andere Themen. Aber es interessiert mich im Grunde auch gar nicht.« Sie trank einen großen Schluck Rotwein und strich betrübt über die Tischdecke. »Manchmal wünschte ich, er würde sich einfach in Luft auflösen.«

»Das kann ich gut verstehen, gnädiges Fräulein«, erwiderte ich und lächelte in dem Versuch, sie aufzuheitern. »Vielleicht ist es ja ein kleiner Trost für Sie: Jetzt, da ich die Wahrheit kenne, werde ich Sie mit besten Kräften gegen den Belagerer unterstützen. Abwimmeln heißt die künftige Mission!« Es war schön zu sehen, wie mit einem Mal ein echtes Lachen auf ihrem Gesicht erschien.

Kapitel 4

Bereits zwei Tage später ging mein Plan hinsichtlich der Übersetzungen auf. Über Hausdiener Karl ließ mich Ludwig von Lohfeld zu sich rufen. Sofort unterbrach ich meine Arbeiten in der Amtsstube der Vogtei und ging zu den Gemächern des gnädigen Herrn hinauf. Gespannt klopfte ich an die Tür. Nach einer missmutig gemurmelten Aufforderung einzutreten drückte ich die Klinke herunter und trat über die Schwelle. Vor mir öffnete sich ein riesiger Raum, das Prunkzimmer des Hausherrn.

»Sie haben nach mir geschickt, gnädiger Herr?«, fragte ich und trat mit einer Verbeugung vor den wuchtigen Schreibtisch, hinter dem Ludwig von Lohfeld saß. Er war in die Lektüre eines Buches vertieft.

»Einen Moment«, brummte er mürrisch, ohne den Blick zu heben. Ich nickte und nutzte die Gelegenheit, mich umzusehen. Rings an den Wänden standen gefüllte Bücherregale, auf zwei weiteren Tischen lagen zahlreiche Papiere und Landkarten. In der einen Ecke des Raumes befand sich ein rußgeschwärzter Kamin, in der anderen ein großer Globus aus Holz. Obwohl die Fenster offenstanden, roch es nach alten Büchern und kaltem Rauch. Zuletzt fiel mein Blick auf eine Wendeltreppe, die hinter dem Schreibtisch ins obere Stockwerk führte.

»Ah ja, Frahm, da sind Sie«, brummte der Hausherr in diesem Moment. Er hatte das vor ihm liegende Buch zugeklappt und sah mich an. Wie ich es von den wenigen Begegnungen mit ihm bereits kannte, ließ sein Blick jegliche Freundlichkeit vermissen. Stattdessen lagen darin eine gewisse Abneigung und Gereiztheit, so als würde ich ihn geradezu belästigen. Ich musste mir in Erinnerung rufen, dass er mich herbestellt hatte. »Wie läuft's in der Vogtei?«, fragte er. »Ich will hoffen, Sie haben alles im Griff.« Sein Tonfall verriet, dass er an der Antwort nicht wirklich interessiert war. Er erhob sich vom Schreibtisch, öffnete eine Vitrine und schenkte aus einer Kristallkaraffe Rotwein in ein Glas. Mit einem großen Schluck kippte er den Inhalt hinunter.

»Soweit ich es beurteilen kann, gibt es keinerlei Probleme, gnädiger Herr.« Ich versuchte, mit einem Lächeln die Stimmung zu heben. Doch der Versuch lief ins Leere, die mürrische Miene des Herrn von Lohfeld veränderte sich um kein Jota.

»Aha«, antwortete er gleichgültig, stellte das Glas ab und durchquerte den Raum. An einem der beiden Tische blieb er stehen und stapelte mehrere voluminöse Bücher übereinander. Mit seiner prankenartigen Rechten winkte er mich zu sich. »Karl erzählte, dass Sie einigermaßen vertraut seien mit Latein und Griechisch, Frahm. Trifft das zu?«

»In der Tat, gnädiger Herr. Ich kann Übersetzungen für den Hausgebrauch anfertigen, natürlich ohne akademische Güte.«

»Gut, ich will es mal glauben. Hier ist Arbeit für Sie.« Er klopfte auf den Bücherstapel und musterte mich skeptisch. »Sie versuchen sich erst einmal an diesen Texten – danach werde ich entscheiden, ob Ihre Leistung hinreichend ist.«

»Jawohl, gnädiger Herr, stehe zu Diensten.«

»Nehmen Sie die beiden Bände hier«, brummte er und warf mir die oberen Exemplare des Stapels in die Armbeuge. »Die zu übersetzenden Passagen sind deutlich markiert. Lateinische oder griechische Wörterbücher finden Sie unten in der Bibliothek.« Damit wandte er sich ab und ging zum Schreibtisch zurück.

»Mit Verlaub, was sind das für Texte, gnädiger Herr?« Die zwei Bände in den Händen, folgte ich ihm. »Manchmal kann es beim Übersetzen hilfreich sein, vorab zu wissen, worum es inhaltlich geht.«

»Herrje, als ob man das so einfach erklären könnte!«, brauste er auf und sah mich wütend an. Mit düsterer Miene strich er sich eine fettige grauweiße Strähne aus der Stirn. »Es würde Tage dauern, Ihnen das auch nur annähernd zu erläutern. Die Zeit habe ich nicht!«

»Oh, verzeihen Sie mir, gnädiger Herr«, beeilte ich mich zu erwidern und neigte entschuldigend das Haupt. »Es wird auch so gehen.«

»Das will ich hoffen«, brummte er und schlug sein Buch wieder auf. »Und jetzt an die Arbeit!« Als ich mich zur Tür wandte, ergriff er noch einmal das Wort: »Sollte Ihre Arbeit etwas taugen, werden Sie künftig für diese Dienste entgolten.«

»Nein, nein, gnädiger Herr, das tut nicht Not.« Ein weiteres Mal lächelte ich ihn an, erneut vergebens. »Die Ehre ist mir Lohn genug.«

»Dummes Geschwätz!« Er schüttelte unwirsch den Kopf. »Ich verbitte mir derlei hohle Phrasen, Frahm! Würde ich meine Übersetzungen auswärts in Auftrag geben, entstünden weit höhere Kosten. Außerdem dauert es dann oft Ewigkeiten.« Er sah mich kurz an und nickte. »Sie erhalten ein Entgelt und damit Schluss. Auf Wiedersehen.«

»Jawohl, gnädiger Herr. Ganz wie Sie wünschen.« Ich verbeugte mich noch einmal, doch er nahm es schon nicht mehr wahr. »Auf

Wiedersehen.« Ich öffnete die Tür und begab mich mit den beiden Bänden umgehend auf mein Zimmer. Das Verhalten des gnädigen Herrn zeigte mir einmal mehr, wie gleichgültig er in finanziellen Angelegenheiten war.

Neugierig setzte ich mich an den Tisch und schlug die Bücher auf, um zu sehen, was für Texte sie enthielten. Der erste war eine umfangreiche Sammlung antiker griechischer Legenden, der zweite eine Chronik des ehemaligen thüringischen Benediktinerklosters Oldisleben in lateinischer Sprache. Eine seltsame Kombination, dachte ich und durchblätterte langsam die Bücher. Schnell stieß ich auf die zu übersetzenden Passagen. Der gnädige Herr hatte jeweils Papierstreifen zwischen die Seiten gelegt und Anfang und Ende der Textabschnitte mit Bleistiftstrichen markiert.

Schon beim ersten, flüchtigen Blick wurde mir klar, dass mein Vokabular nicht ausreichen würde. Ich ging also in die Bibliothek, wo ich nach kurzer Suche die Wörterbücher entdeckte. Ich nahm sie mit, beschloss jedoch trotz meiner Neugier, erst einmal mein Tagwerk in der Vogtei zu beenden. Auch wenn es dem Hausherrn einerlei war, wollte ich nicht in dieselbe Vernachlässigung der Amtsgeschäfte verfallen. Ohne mittägliche Unterbrechung erledigte ich daher zunächst meine Dienstpflichten, ehe ich mich am frühen Nachmittag auf mein Zimmer begab. Gespannt auf die Texte legte ich Papier und Wörterbücher bereit, nahm die Feder zur Hand und machte mich an die Übersetzungen.

Zunächst widmete ich mich der griechischen Quellensammlung. Was der gnädige Herr hier markiert hatte, war eine lange Passage aus der »Bibliotheca« des Photius, Patriarch von Konstantinopel im neunten Jahrhundert. Das Werk war eine Art Enzyklopädie, die viele

Texte weitaus älterer Autoren beinhaltete. Die markierte Passage war eine uralte Überlieferung über den Absturz eines feurig glühenden Aerolithen, also eines Meteoriten, im Gebirge Libanon nahe der syrischen Stadt Heliopolis. Was ich hier übersetzen sollte, machte mich zunächst fassungslos, später jedoch belustigte es mich beinahe angesichts des geschilderten Aberglaubens.

Der Text erzählte, wie ein gewisser Eusebius um das Jahr 80 vor Christus Zeuge dieses Meteoritenfalls geworden war. Der Mann habe beim nächtlichen Gang durch die Berge des Libanon den Feuerball niedergehen sehen. Als er zum Ort des Absturzes kam, habe er einen Löwen erblickt, der sich jedoch rasch in Nichts auflöste. Nach Erlöschen des Feuers und Erkalten habe er den tellergroßen Stein ergriffen und diesen anhand von Zauberzeichen auf seiner schwarz-bläulichen Oberfläche als einen Bätylos erkannt. Nach altem Aberglauben waren solche aus dem All stürzende Bätylien mit Götterwesen verbunden. Also befragte Eusebius – ich mochte es beim Übersetzen kaum glauben – den Stein, welches seine Gottheit sei. Mit zischenden Lauten habe der Bätylos ihm geantwortet, es sei Gennaeo, ein Gott in Löwengestalt. Laut Eusebius antwortete dies ein Dämon aus dem Stein, denn diese Wesen lebten in den Meteoriten als ätherische Vermittler zwischen Göttern und Menschen. Der Abschnitt endete damit, dass der Meteorit seither im Jupitertempel in Heliopolis als Symbol der Löwengottheit Gennaeo verehrt werde.

So seltsam und erheiternd absurd diese erste Übersetzung auch war, die nachfolgende steigerte mein Befremden. Die spätmittelalterliche Quelle »Annales monasterii Oldislebensis« offenbarte Erstaunliches. In dieser Chronik des heute nicht mehr existierenden Benediktinerklosters St. Vitus in Oldisleben an der Unstrut hatte der gnädige Herr eine Passage zum Jahr 1136 markiert. Auch hier ging es um einen Meteoritenabsturz, der sich seinerzeit unmittelbar beim Kloster ereignet habe. In einer Sommernacht sei der feurige Gesteinsbrocken von der Größe eines Menschenkopfes mit lautem Heulen und Pfeifen niedergegangen. Anderntags hätten die Mönche ihn aus dem Erdreich gegraben und ins Kloster gebracht, wo er seither als himmlisches Zeichen aufbewahrt und verehrt worden sei. Seit jenem Sommer 1136 hätten sich jedoch unheimliche, spukhafte Vorfälle in der Abtei St. Vitus ereignet. Feurige Irrlichter und Gespenster seien in den Gängen erschienen und zwei Mönche auf unerklärliche Weise spurlos in dem alten Gemäuer verschwunden. Mit der Zerstörung des Klosters im Bauernkrieg 1525 sei der Meteorit dann verlorengegangen.

Als ich nach der Übersetzungsarbeit – es war inzwischen Abend geworden – meine beiden Transkriptionen noch einmal durchlas, musste ich unweigerlich den Kopf schütteln. Was war das bloß für albernes Zeug aus der Welt des Aberglaubens und der Schauermärchen! Ich fand derlei Fantastereien in unseren Tagen der Aufklärung geradezu lächerlich. Die Herren Voltaire oder Hume hätten gewiss missbilligend die Nase gerümpft und Herr Kant in Königsberg würde fassungslos den Kopf schütteln.

In dieser Gemütsstimmung klopfte ich am nächsten Morgen an die Tür des gnädigen Herrn. Ich konnte mir beim besten Willen nicht vorstellen, dass er die beiden Texte nicht ebenfalls als alten Aberglauben belächeln würde. Nach der üblich mürrischen Begrüßung legte ich die Bücher nebst meinen Transkriptionen vor ihn auf den Schreibtisch. Sofort schob Ludwig von Lohfeld seine Lektüre beiseite und ergriff die Papierseiten.

»Das Übersetzen ging mir gut von der Hand, gnädiger Herr«, sagte ich und verneigte mich leicht. »Ich hoffe, Sie werden zufrieden sein.« Neugierig und mit großen Augen studierte er die Seiten und überflog in Eile meine Arbeit, so als könne er kaum erwarten zu erfahren, was ihm die alten Quellen berichten würden.

»Ah, sehr aufschlussreich«, murmelte er beim Lesen. Und zum ersten Mal, seit ich den Hausherrn kannte, glaubte ich die vage Spur eines Lächelns in seinem Antlitz ausmachen zu können.

»Es sind ungewöhnliche Texte, die mich haben schmunzeln lassen«, warf ich ein, während er weiterlas. »Solch abergläubische Legenden sind heute ja kaum mehr als unterhaltsame Bonmots. Mich hat es wahrlich belustigt.« Mein leises Lachen wurde indessen nicht erwidert, denn der gnädige Herr las vertieft weiter. Ich betrachtete unterdessen das Chaos auf seinem Schreibtisch: viele aufgeschlagene Bücher, überall Notizzettel und vor allem ein hoher Papierstapel am linken Rand des Tisches. Es mussten Hunderte von Manuskriptseiten sein, allesamt offenbar aus seiner Feder. Ob dies die Summe seiner geheimnisvollen Forschungen war?

»Ich kann nichts Erheiterndes daran finden, Frahm«, sagte er mit einem Mal düster, als er die Lektüre beendet hatte. Das Lächeln war wieder aus seinem Gesicht gewichen. Er sah mich abschätzig an. »Ihre Arbeit mag handwerklich ganz tauglich sein. Ihr Verstand jedoch lässt zu wünschen übrig: Was ist hieran belustigend?« Er nahm meine Transkriptionen und hielt sie anklagend in meine Richtung.

»Verzeihen Sie meine Worte, gnädiger Herr. Aber mit Verlaub, ist es aus heutiger Sicht nicht eine Posse, Steine zu befragen oder ernsthaft von klösterlichem Spuk zu sprechen?«

»Nicht im Geringsten, Sie einfältiger Bursche!« Zornig warf er die Seiten auf den Tisch und schüttelte den Kopf. »Sie sind wie Pastor Peters – auch dieser Narr lachte nur blöde.« Vor Unmut schnaubend trat er an die Vitrine und genehmigte sich ein Glas Rotwein. »Wie können akademisch Gebildete geistig so limitiert sein! Sobald etwas nicht in ihr ach so aufgeklärtes, modernes Weltbild passt, wird es verhöhnt. Das ist der Fluch des angeblichen Fortschritts: Was nicht rational erklärbar ist, landet sofort auf dem Misthaufen des Aberglaubens und der Spukmärchen. Diese blinde Überheblichkeit gegen das Übernatürliche verschließt uns Tore in andere Sphären. Narren wie Sie, Frahm, verspielen Wunder und Wahrheiten durch Dummheit und Ignoranz. Ich bin diese moderne Welt so leid!« Mit vor Wut gerötetem Gesicht wies er vielsagend in Richtung Tür.

»Ich bitte noch einmal untertänigst um Verzeihung, gnädiger Herr«, beeilte ich mich zu sagen und verbeugte mich tief. »In der Tat bin ich wohl ein Ahnungsloser. Hätten Sie vielleicht die Güte, mich in die Dinge einzuweihen, denen Sie auf der Spur sind? Lassen Sie mich bitte teilhaben, damit ich lernen kann zu verstehen.« Ich sah ihn fast flehend an, während er sich noch einmal Wein einschenkte.

Er schnaubte mürrisch und verzog das Gesicht. Dann stand er auf und trug die beiden Bücher zum Nebentisch, wo sie ursprünglich gelegen hatten. »Eines muss ich Ihnen lassen, Frahm: Ihre Übersetzungen der Texte sind brauchbar.« Er holte tief Luft und warf mir einen argwöhnischen Blick zu. »Nach Ihrer Torheit vorhin würde ich Sie zwar gern in die Wüste schicken, aber ich muss an das Fortführen meiner Arbeit denken. Und dafür brauche ich wohl oder übel Ihre Dienste.«

»Untertänigsten Dank, gnädiger Herr! Sie werden es nicht bereuen.«

»Das bleibt abzuwarten«, erwiderte er und setzte sich wieder hinter den Schreibtisch. Dann bedeutete er mir, einen an der Wand stehenden Stuhl heranzuziehen und ihm gegenüber Platz zu nehmen. Er strich sich mit den Händen durchs Haar und räusperte sich. »Ich habe keine Zeit, daher nur kurz …« Mürrisch sah er mich an.

»Noch einmal meinen untertänigsten Dank!«

»Im Grunde haben Sie bei Ihren Übersetzungen schon erfahren, womit ich mich seit Langem so akribisch befasse.« Er klopfte mit der Hand auf den hohen Papierstoß neben sich. »Seit jeher stürzen Meteoriten aus dem All auf unsere Erde. Es gab gewiss schon Hunderte solcher Ereignisse. Um einige Beispiele zu nennen: im Jahr 823 in Sachsen, 1492 im Elsass oder 1753 bei Tabor in Böhmen; das ist somit nicht ungewöhnlich. Interessant wird es, wenn sich in der Folge solcher Meteoritenfälle bestimmte Dinge ereignen. Zum einen können Menschen plötzlich spurlos verschwinden – so war es in Tabor ein Hirtenjunge, der nach dem Einschlag des Meteoriten nicht mehr gesehen ward. Zum anderen können am Absturzort Irrlichter oder Feuermänner erscheinen. Dies zeigt beispielsweise der Bericht aus der Klosterchronik Oldisleben.« Der gnädige Herr erhob sich und trat an ein Fenster. Mit ausgestrecktem Arm deutete er nach Osten. »Am spannendsten ist es jedoch, wenn beides zugleich an einem Ort auftritt. So war es zum Beispiel hier ganz in der Nähe: Nach einem Meteoritenfall im Jahr 1710 am Südhang des Hasselbrack verschwanden ein Jäger und sein Gehilfe, während sich in den nahen Wäldern ein Irrlicht zeigte.«

»Das ist in der Tat seltsam«, warf ich verblüfft ein. »Ich habe von solch einem Zusammenhang noch nie gehört. Was hat das zu bedeuten?«

»Das sind die Tore«, murmelte Ludwig von Lohfeld geheimnisvoll. »Um genau diese Frage geht es ja.« Er kehrte vom Fenster zurück und setzte sich wieder auf den Stuhl. Nachdenklich strich er sich über das unrasierte Kinn. »Die Ereignisse treten nicht jedes Mal als Folge eines Absturzes ein, sie sind sogar eher seltene Begleiterscheinungen, wie ich bisher festgestellt habe. Die Erklärung liegt wohl in den sehr seltenen göttlichen Portalen. Das ist der Kern meiner langjährigen Suche.« Mit diesen Worten versank er plötzlich in Gedanken und starrte apathisch auf die Schreibtischplatte. Er schien mich völlig vergessen zu haben.

»Ich verstehe nicht ganz. Was bedeutet das?«, fragte ich vorsichtig.

»Wie?« Der Hausherr blickte irritiert auf und sah mich kurz mit gerunzelter Stirn an. Dann räusperte er sich und setzte eine abweisende Miene auf. »Das reicht jetzt, Frahm! Genug geplaudert, ich habe noch zu tun.« Er wedelte mit der Hand in Richtung Tür. »Wenn ich Ihre Hilfe erneut benötigte, lasse ich es Sie wissen.«

Als ich danach in der Amtsstube saß, konnte ich mich kaum auf meine Arbeit konzentrieren. Stattdessen grübelte ich noch lange über das, was ich erfahren hatte. Was verstand Ludwig von Lohfeld bloß unter den göttlichen Portalen? Es war ärgerlich, dass unser Gespräch so jäh abgebrochen war. Ein paar der seltsamen Aspekte hatte ja bereits Pastor Peters angedeutet. Doch es fehlte die alles verbindende Erklärung. So blieb das Ganze fabulös und mehr als fragwürdig. In unseren Tagen der Wissenschaftlichkeit klang es nach dunklen, abergläubischen Legenden. Meine Neugier war gleichwohl geweckt. Ich konnte es kaum erwarten, weitere Texte zu übersetzen, um mehr zu erfahren.

Meine Arbeit in der Vogtei erledigte ich an jenem Morgen mehr schlecht als recht. Am Mittag überreichte Karl mir einen Brief, den ein Bote abgegeben hatte. Er war an mich persönlich adressiert und duftete auffällig nach Parfüm. Gespannt öffnete ich das Kuvert und war einigermaßen überrascht. Das Schreiben kam aus Moisburg von der jungen Leonore, der Tochter von Amtmann Wolff. Es bestand aus nur einem Papierbogen, dessen Zeilen in einer etwas kindlich anmutenden Handschrift verfasst waren. Es liegt mir fern, indiskret zu sein, aber ich muss sagen, dass die junge Dame einen sehr schwärmerischen Ton anschlug. Sie schmeichelte mir in süßen Worten und bekannte, dass sie an nichts anderes mehr habe denken können als an mich, seit wir uns neulich begegnet waren. Ihre mädchenhafte Zuneigung war so übersteigert wie der starke Duft des Parfüms, mit dem sie den Brief beträufelt haben musste. Wer mich bei der Lektüre beobachtet hätte, wäre Zeuge meiner Schamesröte geworden.

Leonores Brief brachte mich in einige Bedrängnis. Ich hatte keinerlei Erfahrung mit jungen Verehrerinnen und wusste nicht, wie ich auf ihre Avancen reagieren sollte, die ich in keiner Weise erwiderte. Die Siebzehnjährige mochte in ihrem schwärmerischen Eifer tatsächlich so fühlen und es lag mir natürlich fern, ihre Empfindungen zu verletzen. Dennoch durfte ich sie auf keinen Fall ermutigen.

Beim abendlichen Diner erwog ich einen Moment lang, das Problem mit dem gnädigen Fräulein zu erörtern. Denn wer anders als eine junge Dame wie Charlotte vermochte sich besser in die Gefühlswelt eines Mädchens hineinzuversetzen? Vielleicht würde sie mir raten können, wie ich hier am besten reagieren sollte. Schon lag es mir auf den Lippen, aber im letzten Augenblick schwieg ich doch. Ein seltsames Gefühl ließ mich zögern, das Ganze war mir vor dem gnädigen Fräulein unangenehm. Vielleicht wollte ich mir keine Blöße geben, da unser Verhältnis für derlei intime Fragen nicht persönlich genug war. Darüber empfand ich durchaus Bedauern und verspürte den Wunsch, dass sich dies eines Tages ändern würde.

»Ich habe für Ihren gnädigen Herrn Vater heute Übersetzungen angefertigt«, griff ich daher zu einem anderen Thema. Bis dahin hatten wir am Esstisch wie üblich geschwiegen.

»Was, tatsächlich?«, rief die junge Dame überrascht und richtete sich so abrupt auf, dass selbst Apoll zusammenzuckte und neugierig zu uns aufsah. »Das kann ich ja kaum glauben, Herr Frahm. Was für Übersetzungen?«

»Nun, es waren ein griechischer und ein lateinischer Text aus der Antike und dem Mittelalter. Ich hatte Karl beiläufig erzählt, dass ich die beiden Sprachen leidlich beherrsche, und er hat es dem gnädigen Herrn zugetragen.«

»Ah, und dann hat Vater Ihnen die Texte gegeben? Ging es darin um sein seltsames Steckenpferd, die Meteoriten?« Charlotte sah mich gespannt an und ich nickte. »Das ist ein wahrer Gunstbeweis für Sie, lieber Herr Frahm! Seiner Tochter hat er noch nie irgendetwas gezeigt von dem, was ihn seit all den Jahren so beschäftigt.« Sie blickte mich mit großen Augen an. »Können Sie mir erklären, worum in aller Welt es dabei geht? Er hat einmal kurz versucht, mich einzuweihen, aber ich habe kein Wort begriffen. Seitdem hat er sich stets geweigert und ist meinen Fragen ausgewichen.«

»Ihr Herr Vater ist in dieser Sache sehr empfindlich. Als ich es wagte, mich über die beiden Texte belustigt zu zeigen, hat er mich fast aus dem Zimmer geworfen«, antwortete ich lachend.

»Unserem Herrn Hochwürden ist es wohl ähnlich ergangen, wie er mir einmal erzählt hat. Nun, es ist das Lebensthema meines Vaters, da versteht er keinerlei Spaß.«

»In der Tat. Nur mit Engelszungen konnte ich meinen vermeintlichen Lapsus bei ihm wiedergutmachen.« Lächelnd schüttelte ich den Kopf und sah sie an. »Aber Fräulein von Lohfeld, wenn Sie hoffen, ich könnte Ihnen nun alles erklären, dann muss ich Sie leider enttäuschen. Ich konnte bisher allenfalls an der Oberfläche kratzen. Der Kern der Sache ist mir unklar.« Ich erzählte ihr vom Inhalt der übersetzten Texte und darüber, was mir der gnädige Herr dazu gesagt hatte.

»Das klingt tatsächlich sehr merkwürdig und rätselhaft«, erwiderte Charlotte kopfschüttelnd. »Und ich kann verstehen, dass Sie es scherzhaft aufgefasst haben – das alles klingt absurd.«

»Und dennoch dreht sich für Ihren Herrn Vater alles darum. Er glaubt mit seiner ganzen Seele daran, als habe sich ihm eine göttliche Wahrheit offenbart. Vielleicht erhofft er sich Einblicke in überirdische Sphären, die uns Menschen bislang unbekannt sind.«

»Das mag sein. Das Ganze hat jedenfalls eine magische Sogwirkung auf ihn, es ist wie eine Besessenheit. Ich kenne das an ihm seit meinen Kindheitstagen.« Das schöne Gesicht des gnädigen Fräuleins verdüsterte sich für einen Moment, doch sie fasste sich rasch und sah mich bittend an. »Darf ich Sie herzlich ersuchen, Herr Frahm, mich auf dem Laufenden zu halten, falls Sie neue Erkenntnisse gewinnen? Sie sind meine einzige Chance, endlich das geheimnisvolle Tun meines Herrn Vater zu begreifen.«

»Das will ich sehr gerne tun, Fräulein von Lohfeld«, erwiderte ich und nickte ihr zu. »Vorausgesetzt, der gnädige Herr fordert meine Dienste künftig weiterhin ein – das gilt es abzuwarten.«

»Ja, hoffen wir es«, sagte sie mit hochgezogenen Augenbrauen.

Ihre Bitte erfüllte mich mit tiefer Freude, bot sie doch die Chance, die Distanz zwischen uns zu überbrücken. Ein innerer Impuls spornte mich an, das Vertrauen der jungen Dame zu gewinnen und sie im besten Fall langsam aus ihrem Jammertal herauszuführen.

Als ich nach dem Diner wieder in mein Zimmer kam, fiel mein Blick auf Leonores Brief, der auf dem Tisch lag. Ich setzte mich, nahm das Schreiben zur Hand und haderte damit, das gnädige Fräulein nicht doch um Rat gefragt zu haben; vielleicht hätte gerade das unser Vertrauen zusätzlich befördert. Andererseits war ich mir nicht sicher, wie sie reagiert hätte. Wie dem auch sei, ich musste allein entscheiden. Nach längerem Abwägen verfasste ich einen kurzen, nüchternen Brief, in dem ich Leonore für ihr Schreiben dankte und ihr mitteilte, dass meine erste Woche in Elstorf erfreulich verlaufen sei. Ich berichtete von meiner Arbeit und gab ihr einen Einblick in den Alltag des Hauses Lohfeld. Erst am Ende des Briefes schrieb ich knapp und reserviert, dass ich mich nicht als die Person sähe, die so viel Lob und Schmeichelei von ihrer Seite verdient habe. Mit diesen Worten hoffte ich, deutlich genug zu sein und Leonore von ihrer Schwärmerei abzubringen, ohne sie dabei vor den Kopf zu stoßen.

Nachdem ich das Kuvert verschlossen hatte, legte ich den Brief zur Seite. Ich wollte Karl erst einen oder zwei Tage später um den Versand bitten. Durch diese Verzögerung hoffte ich, zusätzlich den Eindruck zu vermitteln, dass Leonore nicht von vorrangiger Bedeutung für mich war. Letztlich galt es abzuwarten, ob die Strategie aufgehen würde.

Kapitel 5

Zwei Tage später zog fahrendes Volk durch Elstorf und andere Gemeinden des Amtes Moisburg. Die Tatern, wie man dieses Volk auch nennt, hatten ihr Lager auf einer brachliegenden Wiese westlich des Elstorfer Holzes aufgeschlagen. Die Planwagen und Zelte waren schon aus der Ferne zu erkennen, von mehreren Feuerstellen stieg Rauch in den Himmel auf. Die Männer boten ihre Dienste bei der Feldarbeit und der anstehenden Ernte an, andere waren im Schleifhandwerk geübt und schärften Sensen und andere Arbeitsgeräte der Bauern. Die Frauen zogen in kleinen Gruppen durch die Dörfer und zu den Höfen der Umgebung, baten um Obst, Milch und Gemüse und boten dafür ihre Wahrsagedienste an.

Gegen Mittag kam eine Tatern-Frau mit zwei kleinen Kindern auch zum Haus Ludwigs von Lohfeld. Noch ehe sie an die Tür klopfte, war ihre Ankunft im Garten zu hören. Mit lauten Rufen bat die Frau um milde Gaben und Spenden. Als dann das harte Pochen des Türklopfers erklang, ging Hausdiener Karl langsam zur Tür und öffnete sie. In seinem kühl reservierten Tonfall, den er auch Gläubigern gegenüber anschlug, wies er die Taterin und ihre Kinder ab. Doch sie ließ sich nicht abschrecken, sondern begann nun zu lamentieren und das bittere Leben der fahrenden Tatern zu beklagen. In der Amtsstube, die ja unmittelbar neben dem Eingang lag, konnte ich jedes Wort verstehen. Kurz darauf ließen sich Schritte in der Flurhalle vernehmen sowie das Rauschen von üppigem Kleiderstoff.

»Karl, danke, es ist gut. Ich mache das schon«, hörte ich Charlotte sagen. Sofort erhob ich mich und verließ das Vogteizimmer, während der alte Diener mit einer Verbeugung an mir vorüberging und sich ins Innere des Hauses verzog. Als ich neben das gnädige Fräulein an die Haustür trat, nahm sie gerade einige Schillinge und Pfennige aus einer Geldbörse und legte sie in die Hände von Mutter und Kindern. Sie nahm mich aus dem Augenwinkel wahr und nickte mir kurz zu. Die Taterin war noch jung, hatte dunkle, funkelnde Augen und langes, dichtes pechschwarzes Haar. Wie ihre beiden Kinder kleidete sie sich in farbenfrohe, aber zerschlissene Stoffe und ging barfuß.

»Gott möge es Euch tausendfach vergelten, Herrin!«, rief sie und ergriff in tiefer Dankbarkeit die Rechte des gnädigen Fräuleins. Sie küsste ihre Hand und hielt sie fest umschlossen.

»Sehr gern geschehen, gute Frau«, erwiderte Charlotte lächelnd und versuchte vergeblich, ihre Hand zurückzuziehen.

»Zum Dank will ich Euch wahrsagen, Herrin. Einen Blick in Eure Zukunft werfen«, sagte die Besucherin und zwinkerte Charlotte zu. Sie hielt weiterhin ihre Hand fest und nickte in Richtung einer bemoosten steinernen Bank, die wenige Schritte entfernt im Garten stand. »Lasst mich aus Eurer Hand lesen.« Sie ignorierte die halbherzigen Proteste des gnädigen Fräuleins und zog es mit sich die Stufen hinunter. Als ich versuchte, dem Übergriff Einhalt zu gebieten, schüttelte Charlotte indes lächelnd den Kopf und ließ sich zu der Bank führen. Die Frauen setzten sich nebeneinander, die Wahrsagerin öffnete sanft die Hand des Fräuleins und beugte sich darüber.

»Nun, edle Dame«, begann sie murmelnd und studierte die Handfläche. Manche Linien und Falten fuhr sie mit dem Zeigefinger nach.

Neugierig stellte ich mich vor die beiden Frauen und beobachtete die Arbeit der Wahrsagerin. Charlotte sah kurz zu mir auf und schien selbst gespannt zu sein. In dem blauen Seidenkleid, den lackierten Schuhen und mit ihren elegant hochgesteckten Haaren war sie das vollkommene Gegenteil der ärmlich gekleideten Tatern-Frau mit ihren schmutzigen nackten Füßen.

»Also gut, Herrin, ich sehe für Euch ein langes, wohlhabendes Leben und eine wahre, treue Liebe. Das ist gut, der Allmächtige ist mit Euch.« Sie nickte bedächtig und lächelte, doch dann verdüsterte sich ihre Miene. Sie warf der jungen Dame einen besorgten Blick zu. »Aber leider muss ich sagen: Es wird bald ein Unheil geben in Eurer nächsten Nähe, Herrin. Lasst es mich genauer anschauen.«

Während wir schweigend und beklommen warteten, waren mit einem Mal Schritte aus Richtung des Hauses zu hören. Zu meiner Überraschung stand Ludwig von Lohfeld im Türrahmen. Ungepflegt und finster sah er in die Runde und strich sich einige grauweiße Strähnen aus der Stirn. »Was zum Kuckuck ist hier los?! Bei diesem Krach kann ich nicht arbeiten.« Wütend trat er nach den Kindern der Taterin, die auf den Treppenstufen saßen und laut miteinander gespielt hatten. »Los, schert euch fort, unnützes Pack!«

Erschrocken sah Charlotte ihren Vater an und brachte kein Wort heraus. Sie war nahe daran aufzuspringen, doch die Tatern-Frau hielt ihre Hand fest. Die beiden Kinder rannten verängstigt zu der Bank und verbargen sich hinter ihrer Mutter.

»Nur einen kurzen Moment Geduld noch, edler Herr«, sagte diese unbeeindruckt und ohne aufzusehen. Sie wirkte besorgt und schien sich ihre Worte genauestens zu überlegen. »In naher Zeit … wird jemand in diesem Haus sterben. Wer es ist, kann ich nicht erkennen.« Die Taterin sah erst das gnädige Fräulein an, dann mich und schließlich Herrn von Lohfeld, der nur höhnisch lachte und eine wegwerfende Geste machte. »Außerdem wird sich hier bald etwas am Firmament zeigen. Ein feuriger Komet oder dergleichen wird erscheinen. Achtet darauf!« Sie ließ die Hand des gnädigen Fräuleins los und deutete vage hinauf zum Himmel. Dann erhob sie sich und verneigte sich vor der jungen Dame. »Noch einmal untertänigsten Dank! Gott schütze Euch, Herrin!« Sie ergriff die Hände ihrer Kinder, wandte sich um und verließ den Garten. Schon bald waren die drei nicht mehr zu sehen. Nur die Stimme der Tatern-Frau ließ sich kurz darauf wieder vernehmen, als sie bei den Nachbarn um weitere Spenden bat.

»Endlich ist sie weg, die geldgierige Vettel!«, rief Ludwig von Lohfeld und lachte grimmig. Er warf seiner Tochter und mir einen verächtlichen Blick zu. »Gebt euch nicht mit diesem Gesindel ab! Die Tatern sind hinterlistig und wollen nur an das Geld der Leute. Und diese Wahrsagerei ist blanker Unfug!« Dann schüttelte er lachend den Kopf. »Immerhin … ihre letzte Prophezeiung hat mir gefallen. Auf einen Feuerkometen oder – besser noch – Meteoriten warte ich schon mein halbes Leben.« Mit diesen Worten drehte er sich um und verschwand im Haus.

Charlotte blieb auf der Bank sitzen und starrte mit besorgter Miene auf ihre Hände. »Ein baldiger Todesfall in unserem Haus? Da hoffe ich doch, mein Herr Vater hat recht und es ist wirklich alles nur Unfug.«

»Ja, machen Sie sich bitte keine Sorgen, Fräulein von Lohfeld. Es ist in der Tat, wie Ihr Herr Vater sagt.« Ich setzte mich neben Charlotte auf die Bank und lächelte ihr aufmunternd zu. »Seien Sie nicht abergläubisch! Das, was die Taterin sagte, ist nur ausgedacht.«

»Aber warum sollte sie etwas so Furchtbares erfinden? Sie hätte doch einfach weiterhin Dinge erzählen können, die jeder gerne hört.« Charlotte schüttelte langsam den Kopf. »Vielleicht hat sie es doch gesehen?«

»Nein, das hat sie gewiss nicht«, erwiderte ich. »Verbannen Sie diese Gedanken schnell aus Ihrem Kopf!« Spontan und unbedacht legte ich meine Hand auf ihren Unterarm, wohl um meinen Rat zu bestärken. Als mir die Berührung bewusst wurde, zog ich die Hand rasch zurück und blickte beschämt zu Boden. Später wurde mir zu meiner Freude allerdings klar, dass sich das gnädige Fräulein gar nicht daran gestört zu haben schien.

Am frühen Nachmittag brachte Karl einen hohen Stapel Bücher in die Amtsstube. Trotz fehlender Anweisung durch den gnädigen Herrn lag es auf der Hand, dass meine Übersetzerdienste ein weiteres Mal gefragt waren. Doch zunächst schob ich den Stoß aus fünf dicken Büchern an die Seite des Tisches und widmete mich meinem Tagwerk in der Vogtei. Erst als diese Arbeit abgeschlossen war, trug ich den Bücherstapel hinauf in mein Zimmer.

Rasch legte ich Schreibpapier und Feder bereit sowie die beiden Wörterbücher. Dann nahm ich das obere Buch und suchte nach einer Textmarkierung. Es handelte sich um die Universalgeschichte »Bibliotheca historica« des griechischen Geschichtsschreibers Diodor Siculus aus dem ersten Jahrhundert vor Christus. Ludwig von Lohfeld hatte einen langen Abschnitt des dritten Buches mit Bleistift markiert.

Diodor beschrieb dort den antiken Mysterienkult um Kybele, auch die Große Mutter oder Mutter der Götter genannt. Der einst im anatolischen Phrygien entstandene Kult, bei dem Prozessionen und Opferungen zu Ehren der Göttin stattfanden, verbreitete sich später über Griechenland bis ins Römische Reich. Der aus Sicht des gnädigen Herrn interessante Aspekt hierbei war ein faustgroßer schwarzer Meteorit, den die Römer im Jahr 205 vor Christus in einer feierlichen Prozession eigens aus dem anatolischen Pessinus auf den Palatinhügel in Rom überführten. Der Legende nach, so schrieb Diodor, war die Göttermutter Kybele einst mithilfe des Steins vom Götterhimmel herab auf die Erde gereist. Daher stand der Meteorit im Mittelpunkt der Verehrung. So endete zugleich der von Lohfeld markierte Abschnitt.

Beim Übersetzen erkannte ich rasch das Muster wieder, das mir bereits bei den neulich übertragenen Texten zu den Meteoritenabstürzen im Libanon und in Thüringen begegnet war. Erneut ging es um die Verbindung zwischen Meteoriten und übernatürlich-außerirdischen Kräften, seien es Götter oder Geister. Die vom Himmel gefallenen Objekte sollten auf unbegreifliche Weise Brücken zwischen den zwei Sphären Diesseits und Jenseits schlagen. Erneut handelte es sich also wohl um die göttlichen Portale, von denen Ludwig von Lohfeld gesprochen hatte.

Der nächste Text, den ich übersetzte, war ein Passus aus der Bibel, aus dem zweiten Buch der Könige. Doch anstelle einer deutschen Ausgabe hatte der gnädige Herr die griechische Originalbibel, die sogenannte »Septuaginta«, sowie die lateinische Urfassung, die »Vulgata«, ausgewählt. Ganz zweifellos wollte er unverfälscht den ursprünglichen Wortlaut übersetzt sehen. Der markierte Bereich beschrieb die Himmelfahrt des Propheten Elia sowie die anschließende vergebliche Suche seiner Jünger nach ihm. Der Text begann mit den Worten: »Als sie gemeinsam wanderten und miteinander sprachen, siehe, da erschien ein feuriges Gefährt mit feurigen Rossen, das die beiden voneinander trennte. Und Elia fuhr in einem Wirbelsturm hinauf gen Himmel.«

Bei der Bibelstelle ging es auch um eine Art Weltenwechsel, bei dem ebenfalls Feuer eine große Rolle spielte. Ich konnte daher nachvollziehen, dass sie für Ludwig von Lohfeld interessant war. Ließ sich das »feurige Gefährt mit feurigen Rossen« denn nicht mit etwas Fantasie als Meteorit mit Schweif verstehen? Ich musste über mich lächeln, als mir bewusst wurde, dass ich mit derlei Überlegungen schon selbst tief in der kruden Gedankenwelt des gnädigen Herrn angekommen war. Offenbar begann seine Besessenheit für den Themenkreis auf mich abzufärben.

Mit einem Mal rissen mich laute Schritte auf der Treppe, die hinunter ins Erdgeschoss führte, aus meinen Überlegungen. Sie verstummten bald und kurz darauf erklang die Stimme des gnädigen Fräuleins: »Jetzt komm schon, alter Kerl, es wird dir guttun. Na los!« Ich spitzte die Ohren und hörte durch die halboffene Tür leise das langsame Tapsen von Pfoten, das jedoch rasch wieder endete. Neugierig stand ich auf, trat auf die Galerie hinaus und sah mich um.

»Apoll, jetzt stell dich nicht so an.« Charlotte stand auf halber Höhe der Treppe und redete in bittendem Ton auf ihren Hund ein, der am oberen Treppenabsatz stand, offenbar müde war und antriebslos zu ihr hinuntersah.

»Ach je, will Ihr Freund nicht so, wie Sie wollen, Fräulein von Lohfeld?« Ich sah die junge Dame mit einem Lachen an. Mit Hut, Mantel und Schirm war sie unverkennbar zum Ausgehen gerüstet.

»Helfen Sie mir bitte, Herr Frahm«, nickte sie und lächelte gequält. »Ich wollte eine kleine Wanderung machen. Apoll ist jedoch ein fauler Bursche, den man häufig zu seinem Glück zwingen muss. Ist er dann erst einmal draußen, gefällt es ihm hervorragend.«

Kurzentschlossen ging ich über die Galerie auf das Tier zu, das mich nur eines matten Blickes würdigte. »Lass deine Herrin nicht warten, Apoll! Nun komm, mach einen Schritt nach vorn.« Als sich der Hund nicht rührte, klopfte ich auf sein rötlich-braunes Fell und schob ihn sanft vorwärts. Zu meiner Überraschung setzte er gemächlich eine Pfote vor die andere und stieg langsam die Stufen hinunter.

»Wie kann es sein, dass du auf ihn hörst, aber nicht auf mich?«, fragte Charlotte, als das Tier bei ihr angelangt war. Sie kraulte Apoll sanft hinter den Ohren und schüttelte lächelnd den Kopf. Dann sah sie zu mir herauf: »Vielen Dank, Herr Frahm. Er mag Sie ganz offensichtlich.«

»Na, das freut mich«, erwiderte ich und wollte schon zu meinem Zimmer zurückgehen. Auf halbem Weg hielt ich jedoch inne und wandte mich noch einmal um. »Wäre es vermessen zu fragen, gnädiges Fräulein, ob ich Sie beide begleiten dürfte? Es wäre mir eine große Freude. Mir raucht der Schädel von zu viel Papier und Buchstaben – frische Luft wäre genau das Richtige.«

»Aber natürlich, Herr Frahm. Schließen Sie sich uns an!« Charlotte nickte freundlich. »Ich muss Sie jedoch warnen: Apoll und ich wandern häufig über eine Meile weit. Es ist also kein müßiges Flanieren.«

»Umso besser!« Ich verneigte mich und deutete in Richtung meines Zimmers. »Ich hole nur rasch Frack, Stock und Hut.«

Kurz darauf verließen wir gemeinsam das Haus. Es war ein schöner Septembernachmittag mit goldenem Sonnenschein und nahezu stillstehenden weißen Wolken, die sich in den Himmel hinauftürmten. Die Luft war rein und klar, die Wärme mild und angenehm. Während Apoll anfangs träge hinter uns hertrottete und wir oft auf ihn warten mussten, wurde er im Verlauf der Wanderung zusehends munterer. Häufig lief er ein Stück voraus oder erkundete das Unterholz und die Gebüsche links und rechts des Weges.

Zielstrebig folgte das gnädige Fräulein einem breiten Fahrweg durch die Feldmark in nordwestliche Richtung. Als wir zunächst den Elstorfer See passierten, warf ich von der Seite heimlich einen besorgten Blick auf meine Weggefährtin. War seinerzeit nicht just hier die Leiche ihrer Mutter gefunden worden? So hatte Hochwürden Peters es mir zumindest erzählt. Würde der Ort nicht Kummer und Gram in Charlotte wachrufen? Als das dunkle Gewässer aber hinter uns zurückblieb, war ich erleichtert zu sehen, dass die junge Dame völlig unbefangen geblieben war.

Wir wanderten durch eine weite, offene Landschaft aus Wiesen und Feldern. Hier und da waren auf den Äckern Bauern bei der Arbeit zu sehen – auf einigen Feldern hatte die Rübenernte begonnen. Auf den Fuhrwerken häufte sich der Ertrag, während das Unkraut und Pflanzenreste in lodernden Feuern verbrannt wurden. An einer Weggabelung passierten wir vier hohe Hügelgräber, die wie Fremdkörper in der Ebene wirkten. Doch im Grunde nahmen wir derlei Details kaum wahr, da wir ins Gespräch vertieft waren. Das gnädige Fräulein war hier draußen, außerhalb des Lohfeld-Hauses, offener und gesprächiger. Wir redeten über Bücher, die wir mochten, und über ihre Liebe zur Musik. Wir sprangen von einem Thema zum anderen, wie es gerade kam. Zwischendurch beobachteten wir mit Freude, wie Apoll die Natur genoss.

Natürlich berichtete ich dem gnädigen Fräulein auch von den zwei neuen Texten, die ich kurz zuvor für ihren Vater übersetzt hatte. Sie hörte mir aufmerksam zu und war – wie ich selbst – erstaunt darüber, dass offenbar auch biblische Himmelfahrten und Entrückungen das Interesse ihres Vaters fanden. Diesen religiösen Aspekt in der Besessenheit des Herrn von Lohfeld hatte bereits Pastor Peters hervorgehoben. Das Ziel der ganzen Suche blieb für uns beide jedenfalls weiterhin ein Rätsel.

Als wir so ins Gespräch vertieft die ersten Häuser des kleinen Ortes Ketzendorf vor uns sahen, der den Umkehrpunkt unserer Wanderung darstellte, kam uns ein Mann entgegen. Schnellen Schrittes verließ er die Ortschaft, ganz offensichtlich mit dem Ziel Elstorf. Wir konnten den Herrn auf die Entfernung nicht erkennen, kamen ihm beim Weitergehen jedoch immer näher.

Plötzlich blieb das gnädige Fräulein wie angewurzelt stehen und ergriff spontan meine Hand. Abrupt hielten wir inne. »Oh nein«, murmelte sie leise und musste schlucken. »Das kann nicht wahr sein! Warum ausgerechnet er?«

»Wie meinen Sie, gnädiges Fräulein?« Verwirrt blickte ich sie an, doch sie starrte unverwandt auf den Herrn. Mit festem Griff hielt sie meine Hand noch immer umschlossen, so als habe sie es vor lauter Aufregung ganz vergessen. Irritiert versuchte ich mit zusammengekniffenen Augen, den Mann zu erkennen. Und mit einem Mal wusste ich, um wen es sich handelte: Es war jener Verehrer Fräulein von

Lohfelds, der sie neulich im Musikzimmer besucht hatte. Sofort erfüllte mich wieder jene tiefe Abneigung, die ich auch beim ersten Mal empfunden hatte.

»Ah, das ist dieser … dieser Dremmel, Ihr Verehrer, richtig?«

»Dehmel heißt er«, korrigierte Charlotte mich flüsternd. Missmutig schüttelte sie den Kopf. »Ja, er hält sich leider für meinen Verehrer.« In diesem Moment schien ihr bewusst zu werden, dass Dehmel uns genauso gut sehen konnte wie wir ihn. Rasch ließ sie meine Hand los.

Der Mann war unterdessen so nahe herangekommen, dass ich die Züge seines Gesichts erkennen konnte. Da war wieder die selbstverliebte Arroganz, das Überhebliche und Berechnende, das mir bereits so unangenehm aufgefallen war. Zudem spiegelte sein modisch exaltierter, aufwändiger Kleidungsstil eine alberne Geckenhaftigkeit und Eitelkeit wider.

Kurz darauf standen wir drei uns gegenüber. Einen Moment lang blickten wir einander schweigend an. Dann war es Dehmel, der auf affektierte Weise seinen hohen Hut vom Kopf zog und eine bühnenreife Verbeugung mit Kratzfuß vollführte. Seine schwarzen Haare warf er mit einer schwungvollen Kopfbewegung zurück, die irgendwie pfauenhaft auf mich wirkte.

»Gott zum Gruße, mein liebes Fräulein Charlotte«, sagte er mit gekünsteltem Lächeln. »Ob Sie's glauben oder nicht, ich bin gerade auf dem Weg zu Ihnen. Was für eine schöne Fügung, dass wir uns hier auf halber Strecke treffen. Könnte womöglich Amor seine Ränke geschmiedet haben?« Sein Tonfall und sein Gesicht hatten einen süßlich-kitschigen Ausdruck angenommen.

»Einen Guten Tag wünsche ich, Herr Dehmel«, antwortete Charlotte von Lohfeld freundlich, aber kühl. Im selben Moment kam

Apoll aus einem Gebüsch am Wegesrand angelaufen, schnupperte witternd in einiger Entfernung und gab ein leises Knurren von sich. Nach einem tadelnden Blick seiner Herrin gab er Ruhe und beäugte die Szene aus der Distanz.

»Sie machen einen Spaziergang, Charlotte? Das Wetter ist ja wirklich wunderbar dafür.« Ohne mich auch nur eines Blickes zu würdigen, lächelte er sie an.

»Ja, in der Tat. Herr Frahm und ich …«, setzte sie an, hielt dann inne und blickte zögerlich von Dehmel zu mir. »Ach, ich glaube, Sie beide kennen einander noch gar nicht.« Ehe einer von uns antworten konnte, stellte Fräulein von Lohfeld uns rasch einander vor.

»Soso, Amtsauditor sind Sie also?«, sagte Dehmel, nachdem wir uns die Hände gereicht hatten. Mit seinen kalten, wölfischen Augen musterte er mich und schien abzuwägen, ob ich seinem Werben um Charlotte von Lohfeld womöglich in die Quere kommen könnte. Misstrauisch sah er von mir zum gnädigen Fräulein, als sei ihm die Berührung unserer Hände kurz zuvor nicht entgangen. »Dann arbeiten und wohnen Sie wohl im Haus des Herrn von Lohfeld?«

»Ja, in der Tat ist das für mich ein höchst angenehmes Arrangement. So trennen mich nur wenige Schritte von der Amtsstube der Vogtei«, sagte ich heiter, während er mich mit zusammengekniffenen Lippen finster anstarrte. Plötzlich spürte ich, wie sich in mir Unmut über sein argwöhnisches Lauern und seine anmaßende Art breitmachte. Sollte ich mich von diesem Gecken so abschätzig behandeln lassen? Ich bekam Lust, den Widerling zu provozieren. »Zudem gibt es im Hause Lohfeld ja wunderbare Gesellschaft, die das Leben dort mehr als vergnüglich macht.« Lächelnd nickte ich Charlotte zu, die indessen starr zu Boden sah.

»Herr Frahm, ich vermute, dass Sie es bisher noch nicht wussten, sonst würden Sie nicht so daherreden: Ich bin der künftige Verlobte von Fräulein Charlotte. Nehmen Sie das bitte zur Kenntnis!« Obwohl er einen halben Kopf kleiner war als ich, plusterte er sich auf wie ein Gockel und zielte mit seinem Gehstock auf meine Brust. »Ich verbitte mir also für die Zukunft derlei anzügliches Gerede.«

»Ach, das höre ich in der Tat zum ersten Mal«, erwiderte ich ruhig und ignorierte seinen aggressiven Ton. Vielmehr sah ich ihn mit Unschuldsmiene an. »Merkwürdig, denn der gnädige Herr von Lohfeld hat mir gegenüber nichts dergleichen geäußert.« Dehmels Gesicht verzerrte sich und nahm eine rötliche Farbe an. Unbeeindruckt fuhr ich fort: »Ist die Verlobung denn bereits arrangiert? Dann beglückwünsche ich Sie beide selbstverständlich.«

Dehmel öffnete schon den Mund, doch Charlotte kam ihm zuvor: »Nein, davon kann nicht die Rede sein. Ich fürchte, Sie sind allzu voreilig, Herr Dehmel. Es ist wohl eher verfrühtes Wunschdenken.« Mit kühlem Lächeln sah sie ihren Verehrer an, der für einen Moment überrascht schien.

»Nun, ich möchte dieser Tage mit Ihrem Herrn Vater offiziell über unsere Verbindung sprechen. Er ist mir jedenfalls wohlgesonnen und ja auch mit meinem Vater sehr vertraut.« Dehmel nickte und schien plötzlich eine Idee zu haben. »Wie wär's damit: Ich begleite Sie jetzt nach Hause und spreche einfach sofort mit ihm?«

»Lieber Herr Dehmel, das halte ich für überstürzt. Sollten wir einander zuvor nicht besser kennenlernen?«, erwiderte Charlotte und blickte ihn reserviert an. »Außerdem ist mein Herr Vater heute aushäusig unterwegs«, fuhr sie zu meiner Überraschung mit einer faustdicken Lüge fort, ohne sich dabei etwas anmerken zu lassen. »Ein andermal also.«

»Aber nein, warum denn? Ich warte gern auf den gnädigen Herrn, ich habe den ganzen Tag Zeit.«

»Dann muss ich wohl etwas deutlicher werden. Ich bitte Sie, meinen Wunsch zu respektieren und in dieser Frage nicht weiter zu insistieren, Herr Dehmel!«

»Mit Verlaub, es ist doch wirklich kein Problem, Gnädigste.«

»Nun ist es aber genug, Herr Dremmel«, ergriff ich das Wort und konnte es nicht lassen, ihn mit falschem Namen ansprechen. »Haben Sie nicht gehört, worum das gnädige Fräulein Sie höflich ersucht? Seien Sie nicht impertinent und besinnen Sie sich darauf, was sich schickt! Ich denke, Sie sollten sich nun zurückziehen.«

»Sie verdammter …«, setzte er zornig an und trat drohend auf mich zu. Als er indes Charlottes bestürzten Blick sah, hielt er sofort inne. »Nun gut, ich habe verstanden. Verzeihen Sie mir, Gnädigste, wenn ich allzu aufdringlich war. Es geschah aus innigster Verehrung.« Er verbeugte sich lange und tief vor dem gnädigen Fräulein und ignorierte mich völlig. »Ich werde an einem anderen Tag bei Ihrem Herrn Vater vorstellig werden.« Mit eisig-starrer Miene setzte er seinen Hut wieder auf, wandte sich um und ging erhobenen Hauptes in die Richtung davon, aus der er gekommen war.

Eine Weile lang blieben Charlotte und ich noch schweigend stehen und blickten der kleiner werdenden Gestalt nach. Erst als Apoll langsam zu seiner Herrin trottete und sie wartend ansah, lösten wir uns aus der Erstarrung. Sie strich dem Tier sanft übers Fell und schüttelte mit einem leisen Seufzer langsam den Kopf. »Was für ein aufdringlicher Mensch. Ich habe ihn nicht einziges Mal ermutigt und dennoch …« Sie beendete den Satz nicht, und ich merkte, wie unangenehm ihr die ganze Situation war.

»Denken Sie nicht weiter darüber nach, gnädiges Fräulein«, sagte ich und lächelte ihr aufmunternd zu. »Seien Sie vielmehr zufrieden mit sich, Sie waren bewundernswert eindeutig und klar.« Um das Thema zu beenden und sie wieder auf andere Gedanken zu bringen, deutete ich auf Apoll, der bereits ein gutes Stück vorausgetrabt war. »Lassen Sie uns weitergehen, Charlotte, Ihrem alten Gefährten wird es wohl zu langweilig.« Ich war froh zu sehen, dass sich ein leichtes Lächeln in ihrem Antlitz zeigte.

Wir setzten unsere Wanderung fort, ließen Ketzendorf rechterhand liegen und gingen in einem Bogen über Ardestorf schließlich wieder zurück. Die Begegnung mit Dehmel erwähnten wir mit keinem weiteren Wort. Stattdessen unterhielten wir uns über dieses und jenes, über ihre Liebe zur Natur und zur Heimat, über mein Studium in Göttingen, über die Arbeit in der Vogtei und Ähnliches. Die Zeit verging wie im Fluge.

Am späteren Nachmittag waren wir zurück in Elstorf. Als wir uns dem Lohfeld-Haus näherten, vernahmen wir schon von Weitem laute Stimmen. Irgendein Streit schien im Gange zu sein, denn es waren erboste Rufe zu hören. Apoll begann zu bellen und wollte schon in den Garten stürmen, doch das gnädige Fräulein packte ihn am Halsband und hielt ihn eng an ihrer Seite.

»Wie lange willst du mich noch hinhalten, Lohfeld? Ich will jetzt endlich mein Geld sehen. Deine Tricks und Ausflüchte kenne ich zur Genüge. Komm raus und begleich deine Schulden, du alter Betrüger!« Im Garten vor dem Haus ging ein rundlicher Mann mit hochrotem Kopf wütend auf und ab und fuchtelte mit einem Schriftstück in Richtung der Fenster des ersten Stocks. Es bedurfte keiner großen Fantasie, in ihm einen Gläubiger mit Schuldschein zu erkennen. Im Türrahmen des Hauseingangs stand unterdessen Hausdiener Karl und beobachtete das Schauspiel mit kühler, gleichgültiger Miene.

»Ich weiß genau, dass du da bist, Lohfeld, da kann dein Lakai lügen, wie er mag.« Der Fremde lachte höhnisch und spuckte verächtlich auf den Boden. »Heute wirst du mich nicht los, dreckiger Gauner, es ist Zahltag!«

Plötzlich wurde im ersten Stock ein Fenster aufgestoßen und ein Gesicht zeigte sich. Es war Ludwig von Lohfeld, der mit wutverzerrter Miene auf den Gläubiger hinunterblickte. Ohne ein Wort zu verlieren, setzte er mit einem Mal eine lange doppelläufige Flinte an die Schulter, zielte in Richtung des Fremden und betätigte kurzerhand den Abzug. Laut krachend entlud sich die Waffe. Die Erde zu Füßen des Mannes spritzte auf. Wie gelähmt erstarrte dieser, er schien nicht einmal mehr zu atmen. Der Hausherr hingegen blies ein Rauchwölkchen über dem Steinschloss beiseite, legte an und schoss ein weiteres Mal. Wieder sauste das Geschoss knapp neben den Füßen des Mannes in den Boden.

Mit einem panischen Schrei, der zweifellos nackter Todesangst entsprang, gelang es dem Fremden endlich, sich aus seiner Schockstarre zu lösen. Er umschloss das Schriftstück mit der Faust, drehte sich um und rannte Hals über Kopf an Charlotte und mir vorüber auf die Straße. Augenblicke später war er verschwunden. Entsetzt sahen wir einander an, während sich das Fenster im ersten Stock wieder schloss, als sei nichts geschehen.

Kapitel 6

Hochwürden Friedrich Peters ließ sich im Unterschied zu vielen anderen Besuchern nicht von Karl abweisen. Er schob den alten Diener mit sanftem Druck beiseite und trat seelenruhig in die Flurhalle des Lohfeld-Hauses. Im Schlepptau hatte er den Dorfschulzen und den Ortsbüttel, zwei korpulente mittelalte Herren, die mit gewichtiger Miene dreinblickten. Die drei hielten in der Mitte der Halle inne und sahen sich nach allen Seiten hin neugierig um.

»Wo ist der gnädige Herr des Hauses?«, fragte der Pastor in Richtung des Dieners, der nach dem Schließen der Haustür nachgekommen war. »Sag ihm Bescheid, dass wir ihn zu sprechen wünschen. Wir akzeptieren keine Abweisung. Nicht nach dem, was hier gestern vorgefallen ist.«

»Ja, in der Tat«, pflichtete ihm der Dorfschulze mit emporgerecktem Kinn bei. »Außerdem, falls der gnädige Herr uns nicht empfangen möchte, haben wir kraft unseres Amtes die Befugnis, uns Zutritt zu sämtlichen Räumen zu verschaffen. Sag ihm das ebenfalls!«

Karl setzte sich schweigend mit gleichmütiger Miene in Bewegung und stieg in schleppendem Gang die Treppe hinauf. Ich hatte dem Wortwechsel bis dahin von der Amtsstube aus zugehört. Nun verließ ich neugierig das Zimmer und trat zu den wartenden Männern. Ich begrüßte Hochwürden Peters freundlich, der mich dem Dorfschulzen und dem Ortsbüttel kurz vorstellte.

»Haben Sie den gestrigen Vorfall zufällig miterlebt, Herr Frahm? Als Herr von Lohfeld mit seiner Jagdbüchse auf den Geldverleiher Kerner aus Hamburg geschossen hat?«, fragte der Dorfschulze mit hochgezogener Augenbraue.

»Ja, in der Tat. Ich kam mit Fräulein Charlotte zufällig in den Garten, als sich die Sache ereignete.«

»Herr Kerner hat sich bei uns erbost über diesen niederträchtigen Angriff beklagt. Er erwägt gar eine Anzeige bei Gericht wegen versuchter Tötung.« Der Ortsbüttel, dessen Frack sich über dem mächtigen Bauch spannte, hob mit ernster Miene den Zeigfinger. Die andere Hand ruhte auf dem Degen, den er an der Seite bei sich trug. »Es ist nicht der erste Fall, bei dem es derartige Klagen gegen Herrn von Lohfeld gibt. Dieses Mal muss ihm klar werden, dass er so nicht mit Gläubigern verfahren kann.«

Während der Ortsbüttel sprach, hatte sich im Obergeschoss eine Tür geöffnet. Ludwig von Lohfeld trat aus seinen Gemächern, passierte mit finsterer Miene die Galerie und stieg ein paar Treppenstufen hinunter. Auf halber Höhe blieb er stehen und sah zu uns herab. Unrasiert und ungekämmt war er mit einem abgewetzten, fleckigen Morgenmantel bekleidet und machte einen alles andere als repräsentablen Eindruck. »Ach herrje, die Herren Moral und Gesetz«, lachte er höhnisch. »Diese Delegation verheißt lästige Predigten und Ermahnungen.« Im selben Moment öffnete sich in seinem Rücken die Tür des gnädigen Fräuleins. Offenbar durch die lauten Stimmen alarmiert, trat Charlotte mit besorgter Miene auf die Galerie. Ihr Vater wandte sich nur kurz zu ihr um.

»Gott zum Gruße, gnädiger Herr«, sagte Pastor Peters lächelnd. »Sie selbst haben durch ihre brutale, nicht zu tolerierende Gewalttat uns geistliche und weltliche Instanzen auf den Plan gerufen. Sie können doch nicht ernsthaft geglaubt haben, dass Ihr Angriff auf Herrn Kerner ohne Nachspiel bleibt, oder?«

»Das ist das Berufsrisiko von habgierigen Geldverleihern«, erwiderte der Hausherr und schnaubte spöttisch. »Der Halsabschneider bekommt schon sein Geld, er soll sich gedulden und mich nicht drangsalieren.«

»Nach Kerners Worten ist der Wechsel schon seit mehr als einem halben Jahr fällig. Es ist sein gutes Recht, die Summe einzufordern«, erwiderte der Dorfschulze sachlich. »Bei allem Respekt und mit Verlaub, gnädiger Herr, Sie können nicht einfach auf einen Menschen schießen, nur weil er Ihnen gerade lästigfällt. Wir leben nicht mehr im Mittelalter.«

»Herr Kerner erwägt eine Anzeige bei Gericht«, ergriff nun der Ortsbüttel das Wort mit strenger Miene. »Das könnte für Sie ernste Folgen haben, bis hin zu einer langen Haftstrafe im Zuchthaus.« Charlotte gab einen erschrockenen Ton von sich, während ihr Vater mit widerwilligem Lächeln schwieg.

»Keinem von uns dreien ist daran nur im Geringsten gelegen, lieber gnädiger Herr«, sagte der Pastor versöhnlich und schüttelte den Kopf. »Sie sind ein bedeutsamer Mann unserer Gemeinde und wir sähen diesen bitteren Kelch sehr gern an Ihnen vorübergehen. Unter der Hand sagte mir Herr Kerner gestern Abend, dass er die unliebsame Sache vergessen würde, wenn er umgehend sein Geld bekäme, allerdings zuzüglich Zinsen für das überfällige halbe Jahr.« Der Pastor sah Herrn von Lohfeld erwartungsvoll an. »Sie sollten dieses Angebot unbedingt annehmen.«

»Na, da haben wir es doch wieder, Hochwürden«, höhnte Ludwig von Lohfeld. »Da schlägt dieser Halunke auch noch Zinsen drauf!«

»Betrachten Sie es als Schmerzensgeld und bezahlen Sie einfach«, sagte der Dorfschulze verärgert. »So ist allen gedient und am Ende der Frieden gewahrt.«

»Ja, Vater, gib diesem Herrn doch bitte sein Geld, dann ist alles gut«, ergriff nun auch Charlotte das Wort. Sie ging die wenigen Stufen zu ihm hinunter und ergriff aufmunternd seine Hand.

»Misch dich da nicht ein!«, zischte er indes und stieß ihre Hand von sich. Betreten mussten wir mitansehen, wie das gnädige Fräulein bestürzt und eingeschüchtert zurückwich. Sie tat mir leid und ich bedauerte einmal mehr ihre traurige Situation im Hause Lohfeld.

»Bei mir kann der Schurke nichts holen«, brummte der gnädige Herr und winkte ab. »Er soll sich gefälligst an den ehrenwerten Herrn Amtmann Wolff in Moisburg wenden. Der steht bekanntlich für seine Verwandtschaft gerade. Er wird es gewiss auch diesmal tun. Sagt das diesem Quälgeist!« Er nickte und kratzte sich am Kinn. »Und damit sei's genug. Ich habe wahrlich Wichtigeres zu tun. Meine Herren …« Er sah in die Runde, drehte sich um und stieg die Treppe hinauf. Als er auf Höhe seiner Tochter anlangte, drängte er sich unsanft an ihr vorbei. Kurz darauf war er wieder in seinen Gemächern verschwunden.

»Nun, wenn Herr Kerner das akzeptiert und der gnädige Herr Amtmann tatsächlich für den Schuldschein geradesteht, wäre ja alles im Lot«, murmelte Hochwürden. Seine beiden Begleiter nickten bedächtig, während sie sich langsam in Richtung Haustür bewegten. Pastor Peters winkte Charlotte noch kurz zum Abschied, doch sie nahm es nicht wahr. Mit der anvisierten Lösung schienen die drei durchaus zufrieden, zumal jedem von uns klar war, dass es angesichts des Temperaments des Herrn von Lohfeld auch ganz anders hätte kommen können. Mir fiel die Klage des Amtmanns wieder ein, der mir seinerzeit erzählt hatte, wie oft er bereits Lohfelds Schulden hatte begleichen müssen. Johann Wolff würde über diese neuerliche Inanspruchnahme also wenig begeistert sein. An der Tür verabschiedeten sich Hochwürden und seine Begleiter von mir, dann verließen sie das Haus.

Das gnädige Fräulein stand derweil noch immer auf halber Höhe der Treppe und starrte ins Leere. Eine Zeit lang war ich unschlüssig, dann stieg ich die Stufen zu ihr empor. Auch wenn es mir zweifellos nicht zustand, gab ich schlicht dem Drang nach, ihr in so betrübter Stimmung beizustehen.

»Nehmen Sie sich das bitte nicht zu sehr zu Herzen, Charlotte«, sagte ich leise in tröstendem Ton, als ich neben ihr stand. Es verlangte mich unwillkürlich danach, sie an der Schulter zu berühren, doch ich widerstand dem Drang.

»Er ist oft so abweisend und grob zu mir – ganz anders, als man sich den eigenen Vater wünscht.« Sie schluckte und schüttelte traurig den Kopf. »Aber eigentlich kenne ich es gar nicht anders.« Mit einem Seufzer verstummte sie.

»Es tut mir sehr leid«, sagte ich nach längerem Schweigen.

»Das muss es nicht, lieber Herr Frahm«, erwiderte sie und bemühte sich zu lächeln. »Ich danke Ihnen aber für Ihre freundlichen Worte.« Sie nickte mir zu, wandte sich dann um und ging die Treppe hinauf. Ich sah ihr nach, bis sich die Tür ihrer Gemächer hinter ihr schloss.

Bedrückt nahm ich meine dienstlichen Pflichten wieder auf. Seit meinem Amtsantritt anderthalb Wochen zuvor hatte sich das anfangs in der Vogtei vorgefundene Durcheinander ein wenig gelichtet. Viele der liegengebliebenen Vorgänge hatte ich bearbeitet, Neues kam nur in überschaubarem Umfang hinzu. Insofern konnte ich mich schon früh am Nachmittag wieder meiner Nebenbeschäftigung als Übersetzer widmen.

Dieses Mal ging es um zwei alte Textquellen, die über einen mittelalterlichen Meteoritenabsturz nicht weit südlich von Elstorf berichteten. Zum einen waren das die »Annales Harsefeldenses«, die Jahrbücher des nahen Klosters Harsefeld, zum anderen die um 1500 verfasste »Schomaker-Chronik« eines gleichnamigen Lüneburger Propstes. Beide erwähnten in kurzen Passagen zum Jahr 1209 den Fall eines Meteoriten nahe der heute nicht mehr bestehenden Siedlung Trintlo, nur eine halbe Meile von hier entfernt. Im Rosental, einer Niederung im Wald, die nach einer Schlacht zu Zeiten Karls des Großen bis heute »Blutgrund« genannt wird, sei der Himmelskörper zur Erde gestürzt. Propst Schomaker ergänzte, in der Folgezeit sei oft von einem Irrlicht gemunkelt worden, das sich manchem nächtlichen Wanderer im Blutgrund zeigte. Die Gegend sei seither von den Einwohnern der nahen Dörfer gemieden worden. Der markierte Abschnitt der »Schomaker-Chronik« endete mit einer alten Legende: Kurz nach dem Vorfall seien die Höfe der kleinen Siedlung von einem Tag auf den anderen verlassen gewesen. Von den Bewohnern habe sich auch später nicht die geringste Spur finden lassen. In der Folge sei Trintlo zu einer Wüstung verfallen und im Laufe der

Jahrhunderte ganz von der Erde verschwunden. Die genaue Lage des Ortes ließ sich hernach nicht mehr entdecken.

Wie schon des Öfteren war ich nach der Übersetzung der Texte, die der gnädige Herr mir gegeben hatte, mehr als verblüfft. Gezielt suchte und fand Ludwig von Lohfeld Quellenbelege für etwas, von dem ich nie zuvor gehört hatte. Wie hatte er bloß dieses abseitige Thema entdeckt, das er so hartnäckig verfolgte? Nach allem, was ich bisher gelesen hatte, ging es – wenn auch in unterschiedlichen Konstellationen – stets um drei Grundaspekte: den Fall eines Meteoriten, das Verschwinden von Menschen sowie das Auftreten von Irrlichterscheinungen. Was versuchte Lohfeld da herauszufinden oder zu beweisen? Welchem Rätsel oder Geheimnis – natürlich oder übernatürlich – war er auf der Spur? Und war das Ganze nur ein närrisches Hirngespinst oder womöglich eine epochale, weltverändernde Entdeckung? Ich musste unbedingt noch einmal mit ihm darüber ins Gespräch kommen.

Am Abend saß ich wieder mit dem gnädigen Fräulein beim Diner im Speisezimmer. Mit Apoll zu unseren Füßen war unser gemeinsames Mahl längst ein Ritual geworden, das ich nicht mehr missen wollte. Charlotte schien mir an diesem Abend überraschend offen und zugewandt. Ihre bisherige Traurigkeit und Verschlossenheit kamen zum ersten Mal nicht zum Vorschein. Wenn sie mich jetzt ansprach oder ansah, spürte ich eine bis dahin ungekannte Vertrautheit und Wärme. Vielleicht hatte Sie mein Versuch berührt, ihr am Vormittag mitfühlend zur Seite zu stehen. Ich brauche wohl nicht hervorzuheben, dass mich ihr verändertes Verhalten ungemein freute. Charlotte von Lohfeld war längst still und heimlich zu einem Teil meines Denken und Empfindens geworden. Es beglückte mich, dass die junge Dame dies nun zu erwidern und mich mit Wohlwollen wahrzunehmen schien. Spätestens seit diesem Abend – das will ich freiheraus bekennen – regte sich tief in mir ein verzauberndes, hoffnungsfrohes Gefühl für sie.

Nach dem Essen sprach Charlotte über die Sorgen, die sie sich wegen der Schulden Ihres Vaters machte. Zum einen beschäftigte sie seine offenbar vollkommene Sorglosigkeit diesbezüglich, zum anderen war sie noch bestürzt wegen der erschreckenden Szene am Vortag. Es war uns beiden unbegreiflich, mit welcher Abgebrühtheit und Brutalität der gnädige Herr agiert hatte.

»Mein Vater scheint sich nicht im Geringsten um die Folgen seines Handelns zu kümmern. Weder sein Schuldenmachen noch seine Härte beschweren sein Gemüt in irgendeiner Weise.« Das gnädige Fräulein schüttelte ratlos den Kopf. »Man könnte meinen, er lebt nicht in unserer Welt, sondern in einer ganz anderen. Nur äußerst widerwillig scheint er sich in unserer Wirklichkeit zu bewegen, die er zumeist wohl als lästig empfindet.«

»In der Tat, diesen Eindruck macht der gnädige Herr. Ich glaube, dass all das auf seine besessene Suche zurückgeht. In seinem Kopf gibt es offenbar keinen Platz für andere Dinge.«

Charlotte nickte. »Seit meiner Jugend geht das so.«

»Dennoch brauchen Sie sich über die Schulden nicht den Kopf zu zerbrechen, Fräulein Charlotte«, sagte ich und bedankte mich beim Hausmädchen Anna, die uns in diesem Moment Wein nachschenkte. »Soweit ich das Ganze überblicken kann, halten sich seine Verbindlichkeiten noch in Grenzen. Er hat lediglich einige Wechsel aufgenommen, um die kostspieligen Bücher und andere Anschaffungen für seine Passion zu finanzieren.« Ich trank einen Schluck Wein und lächelte. »Immerhin ist er kein Hedonist oder großtuerischer Lebemann, der sinnentleert mit Geld um sich wirft.«

»Das ist leider ein schwacher Trost«, erwiderte Charlotte mit bemühtem Lächeln.

»Sie brauchen sich auch keine Sorgen um die Begleichung der Schulden zu machen. Der gnädige Herr Amtmann Wolff in Moisburg hat mir bei unserer Begegnung gesagt, er habe schon mehrere Schuldscheine und Wechsel Ihres Vaters beglichen. Und er werde dies – wenn auch nicht überglücklich – weiterhin tun, da ja seine Gemahlin und Ihre Frau Mutter miteinander verwandt waren.« Ich nickte Charlotte zu. »Der edle Herr wünschte sich gewiss, es wäre anders, doch er wird seiner Verantwortung stets nachkommen.«

»Über derlei Dinge hat Herr Wolff mit Ihnen gesprochen?«, fragte sie und sah mich erstaunt an. »Ich dachte, er habe Sie lediglich begrüßt?«

»Nun, Fräulein Charlotte, im Vertrauen kann ich Ihnen sagen: Der Herr Amtmann hat mir unter vier Augen erläutert, dass er um Sie und Ihren Vater besorgt ist. Da Letzterer jegliche Treffen ablehnt, weiß der Herr Amtmann seit Langem nicht mehr, was hier im Hause vor sich geht. Er hat mir daher aufgetragen, neben der Aufarbeitung der Rückstände in der Amtsstube auch ein Auge auf Sie beide zu haben. Vor allem bat er mich herauszufinden, was Ihren Vater so hartnäckig wie einen Besessenen umtreibt.«

»Ich bin überrascht, Herr Frahm«, sagte die junge Dame und sah mich mit einem unergründlichen Blick an. »Also sind Sie nicht nur als Amtsauditor, sondern auch in geheimer Mission zu uns gekommen.« Sie schüttelte lächelnd den Kopf und trank einen Schluck Wein. »Es ist auf jeden Fall beruhigend zu wissen, dass die edle Familie Wolff uns nicht vergessen hat.« Sie machte eine Pause und sah mich an. »Und Sie … haben mir also die Wahrheit über sich verschwiegen.«

»Ich konnte es anfangs schlecht offenbaren, Fräulein Charlotte.«

»Nun, ich danke Ihnen auf jeden Fall, Herr … Herr Jakob«, antwortete sie leise. Zum ersten Mal nannte sie mich bei meinem Vornamen.

Als ich später in meinem Zimmer saß, geriet ich in aufgewühlte Stimmung. So oft ich auch versuchte, über meine Arbeit in der Vogtei oder die Erkenntnisse zur Suche des Herrn von Lohfeld nachzudenken, stets wurde es in den Hintergrund gedrängt. Stattdessen erschienen in meinem Geist immer wieder Charlottes hübsches Antlitz, der Blick ihrer sanften braunen Augen sowie das Lächeln ihres schönen Mundes. Es war nicht zu leugnen: Die junge Dame nahm mehr und mehr Raum in meinem Dasein ein. Aus der Sympathie und dem Mitgefühl der ersten Tage schien etwas Neues zu erwachsen. Ich genoss ihre Nähe, ihren Anblick und die Gespräche mit ihr. Zudem erfüllte mich die wunderbare Ahnung, dass die Zukunft eine magische Verheißung für mich bereithalten könnte.

Mit einem Mal wurde ich aus den Gedanken gerissen, als das Hausmädchen Anna mir das Glas Wein brachte, um das ich gebeten hatte. Als sie mit einer Verbeugung ins Zimmer trat und das Glas vor mich auf den Tisch stellte, sah ich an ihrem angespannten Gesicht, dass sie aufgeregt war, und fragte, ob etwas vorgefallen sei.

»Ach nein, junger Herr, keine Sorge«, erwiderte sie verlegen lächelnd und strich mit beiden Händen über ihre lange Schürze. »Es ist nur … Ich habe gerade zufällig gehört, dass am Nachthimmel etwas erschienen sein soll, eine Feuerkugel, ein Komet oder so etwas. Ich dachte, es interessiert Sie vielleicht, da auch der gnädige Herr von Lohfeld ganz aufgewühlt ist.«

»Was, tatsächlich? Hab Dank für den Hinweis, Anna. Was hat der gnädige Herr dazu gesagt?«

»Er kam vorhin ganz plötzlich in die Küche geeilt, wo Karl und ich beisammensaßen. Er fuchtelte wild mit den Armen herum und sagte etwas von einer einmaligen Gelegenheit.« Nachdenklich sagte Anna: »Ein Feuermeteor oder Komet nähere sich der Erde, sagte er, den er unbedingt beobachten müsse. Er befahl Karl, sofort mitzukommen und ihm unterm Dach mit den Apparaturen zu helfen. Als die beiden schon auf der Treppe waren, hörte ich noch, wie der gnädige Herr sagte, dass Karl hinter sich die Tür schließen solle. Er wolle auf keinen Fall gestört werden.«

Noch einmal dankte ich Anna, die nun mein Zimmer verließ. Nach einem Schluck Wein beschloss ich, mir das seltene Schauspiel anzusehen. Da es zu dieser frühen Nachtstunde bereits kühl war, zog ich rasch den Frack über, ehe ich mit einer Kerze in der Hand auf die Galerie hinaustrat. Unten in der dunklen Flurhalle erblickte ich in diesem Moment das Licht einer Laterne und die Umrisse zweier Gestalten. Ohne sie genau erkennen zu können, schloss ich aus den bodenlangen Kleidern, dass es sich um das gnädige Fräulein und das Dienstmädchen handelte. Als die beiden meine Schritte auf der Treppe hörten, wandten sie sich zu mir um.

»Sie wollen sich das Spektakel also auch nicht entgehen lassen, Herr Jakob«, fragte mich Charlotte freundlich.

»Aber ja, gnädiges Fräulein, so etwas ist sehr selten«, erwiderte ich und hielt die Kerze höher, um die Frauen besser sehen zu können.

»Sehr gut, Sie haben sich beide etwas Warmes mitgenommen.« Während sich das Hausmädchen in eine Wolldecke gehüllt hatte, trug Charlotte ihren Mantel. Und zum ersten Mal sah ich sie an diesem Abend ihre braunen Haare offen tragen. Sie reichten in sanften Wellen herunter bis über ihre Schultern und waren eine Augenweide.

»Aber wo ist denn Apoll? Wollte er nicht mit hinaus?«, fragte ich überrascht.

»Nein, der ist wieder einmal zu träge, der alte Faulenzer«, lachte Charlotte und schüttelte den Kopf. »Er liegt oben in meinem Zimmer und döst vor sich hin.«

Wir verließen das Haus und gingen in den dunklen Garten. Beim Blick in den Nachthimmel mussten wir jedoch schnell feststellen, dass uns die hohen Bäume die Sicht versperrten. In dem begrenzten Blickfeld war keine auffällige Erscheinung zu entdecken. Stattdessen aber konnte ich sehen, dass sich auf dem Hausdach eine Luke geöffnet hatte: Zwei große Dachelemente auf beiden Seiten des Firsts waren wie die Deckel einer Schatulle aufgeklappt worden. Ob der gnädige Herr dort oben ein Teleskop in Position gebracht hatte, ließ sich von unten aber nicht erkennen.

Wir beschlossen, aufs freie Feld am Ortsrand von Elstorf zu gehen, um den gesamten nächtlichen Himmel einsehen zu können. Ich hatte indes nicht viel Hoffnung, dass wir irgendetwas zu sehen bekämen. Während wir in der Dunkelheit die letzten Häuser des Dorfes passierten und über einen Feldweg hinaus in die offene Landschaft kamen, wuchs die Spannung, was uns erwarten mochte. Am Rand eines bereits abgeernteten Rübenackers hielten wir inne und richteten aufgeregt unsere Blicke gen Himmel.

»Da!«, rief Anna mit einem Mal und deutete mit dem Zeigefinger in nordwestliche Richtung. »Gnädige Herrin, junger Herr, das muss es doch sein, oder nicht?«

Das Hausmädchen hatte recht: Halbhoch am dunklen Firmament stand eine auffällige, hell leuchtende Erscheinung, die alle anderen Himmelsobjekte an Größe und Strahlkraft bei Weitem übertraf. Verblüfft musste ich feststellen, dass sich die Lichtkugel, die sich ein gutes Stück weit in die Länge erstreckte, nicht im Geringsten von der Stelle zu bewegen schien. Es war insofern nicht das klassische Bild eines rasch über das Firmament dahinrasenden Kometen oder Meteors mit Schweif, das ich erwartet hatte.

»In der Tat, das ist es«, nickte ich dem Hausmädchen zu.

»Aha, hier ist also dein Schilling, Anna«, sagte Charlotte lachend und entnahm ihrem Pompadour ein Geldstück. Mit einer leichten Verneigung überreichte sie dem Hausmädchen die Münze. »Du hast gewonnen! Wettschulden sind Ehrenschulden.«

»Oh, habt tausend Dank, gnädige Herrin«, sagte Anna und verbeugte sich mit einem zufriedenen Lächeln. Schnell ließ sie den Schilling in ihrer Schürze verschwinden.

»Eine Wette? Ihr frönt dem Glücksspiel, Fräulein Charlotte?«, fragte ich und schnalzte in gespieltem Tadel mit der Zunge.

»Nur dies eine Mal«, lachte sie. »Es ging darum, wer den Kometen als Erste entdecken würde. Anna war einfach schneller.« Sie klopfte der Dienerin anerkennend auf die Schulter. Erfreut beobachtete ich, wie offen und gutgelaunt Charlotte war – so ganz anders als bisher zumeist.

Als ich wieder in den Himmel hinaufblickte, hatte ich den Eindruck, dass das Objekt nicht nur größer und heller, sondern auch länglicher geworden war. Es schien sich der Erde zu nähern, wodurch sich sein Schweif besser erkennen ließ. Ob es nun ein Komet, ein Meteor oder gar ein zur Erde stürzender Meteorit sein mochte – dies hier war in jedem Fall etwas äußerst Seltenes.

»Ich habe nur einmal in meinem Leben etwas Ähnliches gesehen«, kam mir plötzlich in den Sinn. »Ich war ein kleiner Junge, als mein Vater mir am Himmel über Jesteburg einen Schwarm Sternschnuppen zeigte. Er sagte mir damals, nun dürfe ich mir etwas wünschen.«

»Das klingt schön«, nickte Charlotte lächelnd. »Ich hatte leider bisher noch nie das Vergnügen. Was haben Sie sich denn gewünscht?«

»Das weiß ich nicht mehr«, erwiderte ich.

Eine Weile lang beobachteten wir schweigend, wie die inzwischen grell leuchtende Kugel weiter anwuchs und sich ihr Schweif verlängerte. Zugleich sank der Meteor immer tiefer herab. Es hatte den Anschein, als ob er sich von Nordwesten aus in südöstliche Richtung bewege.

»Erinnern Sie sich an die Worte der Wahrsagerin, Herr Jakob?«, fragte Charlotte und wirkte plötzlich ernst. »Ganz gewiss meinte sie diese Erscheinung hier. In der Folge, prophezeite sie, würde jemand im Hause Lohfeld sterben. Ich bin nicht abergläubisch, aber es macht mir nun doch etwas Angst.«

»Liebes Fräulein Charlotte, bitte verbannen Sie solche Gedanken sofort aus Ihrem Kopf. Es ist ein reiner Zufall, ohne jedwede Bedeutung«, erwiderte ich schnell und legte ihr unwillkürlich die Hand auf die Schulter. Als mir die spontane Geste bewusst wurde, zog ich sie rasch wieder zurück.

»Der junge Herr hat völlig recht, gnädiges Fräulein. Wahrsagerei ist blanker Unfug, mit Verlaub«, sagte Anna und winkte ab. »Es gibt keinen Grund, sich Sorgen zu machen.« Sie ergriff die Hand ihrer Herrin und drückte sie tröstend. Charlotte nickte zwar lächelnd, doch ihr Gesicht verriet, dass sie nicht überzeugt war.

Unterdessen hatte sich am Nachthimmel das Schauspiel weiter verändert. Die Erscheinung war nun eindeutig als Meteor mit langem Schweif zu erkennen, der sich in schräger Flugbahn rasch der Erdoberfläche näherte. Er querte den Himmel in südöstliche Richtung und leuchtete mit einem Mal in grellem Glanz. Der Meteorkern an der Spitze war in silbrig blendenden Schein gehüllt, der unruhig waberte und flackerte. Der Schweif dahinter wurde immer länger und glühte in rötlichem, silbernem und goldenem Strahlenglanz.

»Es sieht aus, als stürze er zur Erde, oder?«, rief Charlotte mit einem Mal erschrocken und folgte der Flugbahn des Meteors mit dem Zeigefinger.

»Ja, tatsächlich«, antwortete ich und vermochte den Blick nicht von dem spannenden Schauspiel zu lösen. »Dann wäre es ein Meteorit.« Was für ein unfassbarer Zufall, dachte ich. Natürlich kam mir sofort die Suche des gnädigen Herrn in den Sinn. Was für eine ungeheure Bedeutung mochte dieses Ereignis für Ludwig von Lohfeld haben! Plötzlich ließ sich ein leiser Pfeifton vernehmen, der rasch lauter und schriller wurde.

Dann ging alles ganz schnell. Innerhalb weniger Sekunden raste der leuchtende Meteorit pfeifend und heulend herab und verschwand jenseits der finster aufragenden Wälder eine Meile entfernt im Südosten. Ob er dort irgendwo zur Erde stürzte, ließ sich von unserer Warte aus nicht erkennen.

Kapitel 7

Natürlich zog es mich am nächsten Morgen nach einer weitgehend schlaflosen Nacht sofort zum gnädigen Herrn. Zum einen wollte ich erfahren, was er – als besessener Meteoritenkenner – zu dem nächtlichen Schauspiel zu sagen hatte. Außerdem war ich neugierig, ob das Objekt tatsächlich auf die Erde gestürzt war. Vielleicht hatte Herr von Lohfeld von seiner Sternwarte auf dem Dach aus erkennen können, wo der Meteorit niedergegangen war.

Rasch brachte ich das Frühstück hinter mich, bei dem Charlotte und ich noch einmal über das gestrige Spektakel sprachen. Anstatt danach jedoch meine Arbeit in der Vogtei aufzunehmen, stieg ich die Treppe hinauf ins obere Stockwerk, holte aus meinem Zimmer die zuletzt angefertigten Übersetzungen und begab mich zu den Gemächern des gnädigen Herrn. Doch auch nach wiederholtem Klopfen war von drinnen keine Reaktion zu hören, sodass ich unschlüssig vor der Tür stehenblieb.

»Unser gnädiger Herr ist nicht im Hause«, vernahm ich da plötzlich Karls eintönige Stimme hinter mir. »Er ist heute sehr früh am Morgen aufgebrochen, junger Herr.« Der alte Hausdiener trug einen Stoß frischer Wäsche auf dem Arm und trat neben mich.

»Aha«, erwiderte ich überrascht. »Weißt du denn auch, wohin er gegangen ist?«

»Nach dem Frühstück ist er mit einem Rucksack auf den Schultern losgegangen, um den Meteoriten zu suchen, der letzte Nacht wohl in der Nähe vom Himmel gestürzt ist. Mehr weiß ich auch nicht.« Darauf trat der Diener ins Zimmer des gnädigen Herrn und schloss die Tür hinter sich.

Erstaunt nahm ich Herrn von Lohfelds Abwesenheit zur Kenntnis und begab mich unverrichteter Dinge in die Amtsstube. Immerhin wusste ich nun, dass der Meteorit tatsächlich niedergegangen war. Zugleich war ich überrascht, dass sich der Hausherr umgehend auf die Suche nach dem Himmelskörper gemacht hatte. Was hoffte er, vor Ort zu finden? Meteoriten waren meines Wissens nichts als metallische Klumpen, die aus dem weiten All zur Erde geschleudert wurden. Wollte Ludwig von Lohfeld das außerirdische Metall bergen? Oder glaubte er wahrhaftig an das wirre Zeug, das die abergläubischen Quellen überlieferten? Dass Dämonen in den Objekten hausten oder sich wundersame Dinge in ihrer Nähe ereigneten? Wollte er so etwas vor Ort überprüfen?

Meine dienstlichen Pflichten erfüllte ich an diesem Vormittag nur halbherzig. Immer wieder schweiften meine Gedanken ab, zurück zu dem niedergegangenen Meteoriten. Es war ein unglaublicher Zufall, Zeuge eines solch seltenen Absturzes geworden zu sein. Andererseits war ich auch ein wenig enttäuscht. Der Anflug des Himmelskörpers war für Augen und Ohren beeindruckend gewesen, doch ich hatte mit einem spektakulären Ende gerechnet. Dass der Meteorit so unauffällig und still in den Wald gestürzt war, ohne in einem riesigen Feuerball zu explodieren, war der Dramatik des Schauspiels für meinen Geschmack nicht gerecht geworden. Aber das war lediglich die Perspektive eines astronomischen Laien.

Was mich weit mehr beschäftigte, war das Verhalten des gnädigen Herrn. Wie konnte sich ein Mensch nur in so etwas verbeißen, das gewiss in die Welt der Legenden gehörte! Es handelte sich in meinen Augen um eine Form der Verblendung, die schon ans Wahnhafte grenzte.

Inmitten derartiger Überlegungen kam mir eine Idee. Da der gnädige Herr heute gewiss noch eine Zeitlang außer Haus weilen würde, bot sich die Gelegenheit, sich vor Ort in seinen Gemächern umzusehen. Vielleicht würde ich etwas Entscheidendes entdecken und könnte so dem Treiben des Ludwig von Lohfeld auf den Grund gehen. Es war längst nicht mehr nur der Auftrag des Amtmanns Wolff aus Moisburg, der mich antrieb, die Wahrheit herauszufinden. Auch ich selbst musste mir Klarheit verschaffen. Nach allem, was ich bisher gelesen und vom gnädigen Herrn erfahren hatte, wollte ich unbedingt erfahren, ob etwas dran war an der Existenz der rätselhaften Feuertore, wie Lohfeld sie genannt hatte.

Am späten Vormittag setzte ich meine Idee kurzerhand in die Tat um. Eine Weile lang horchte ich von der Amtsstube aus auf Geräusche im Haus, doch es war still. Von Fräulein Charlotte sowie von Karl und Anna war nichts zu hören; sie waren offenbar mit eigenen Dingen beschäftigt. Ich trat hinaus in die Flurhalle, sah mich nach allen Seiten um und schloss leise die Tür hinter mir. Dann schlich ich die Treppenstufen hinauf und über die Galerie bis zu den Räumen des gnädigen Herrn. Langsam und vorsichtig drückte ich die Klinke herunter, öffnete die Tür einen Spalt weit und schlüpfte ins Innere. Geräuschlos schloss ich sie hinter mir wieder.

Aufgeregt und neugierig sah ich mich im riesigen Zimmer Ludwigs von Lohfeld um. Auf der linken Seite hinter der Wendeltreppe befand sich eine weitere Tür, die ins Schlafgemach führen musste. Mit leisen Schritten ging ich hinüber und warf einen kurzen Blick hinein. Die kleine Kammer enthielt nicht mehr als ein Bett mit Nachttischchen und einen wuchtigen Kleiderschrank.

Erwartungsvoll wandte ich mich den hohen Regalen im Hauptraum zu. Dicht an dicht standen zahllose Bücher zu astronomischen Themen, zu Philosophie, Alchemie und Okkultismus, zu Fragen der Bibelexegese, zu historischen Kriminalfällen sowie zu alten Legenden und Sagen. An anderer Stelle der Regalwand befand sich ein ausgefeiltes Ablagesystem. In unzähligen Fächern, die teils chronologisch, teils geografisch beschriftet waren, lagen einzelne Notizzettel oder Quellenbelege. Der gnädige Herr hatte hier Meteoritenabstürze aus aller Welt und aus allen Zeiten, seit es Geschichtsschreibung gab, gesammelt. Es war beeindruckend.

Mir fiel auf, dass manche Fächer vorn auf dem Regalboden mit einem kleinen roten Farbklecks gekennzeichnet waren. Nachdem ich die Schriftstücke in einigen davon angesehen hatte, wurde mir die Systematik klar. Fächer ohne Kennzeichnung enthielten reine Meteoritenabstürze ohne begleitende Ereignisse. Die rot markierten indes dokumentierten Abstürze, bei denen zusätzliche Effekte aufgetreten waren wie Irrlichter oder das Verschwinden von Menschen. Zweifellos lag der Fokus der Sammlung auf letzteren.

Von den hohen Regalwänden ging ich hinüber zur Wendeltreppe und ließ den Schreibtisch vorerst außer Acht; ihm wollte ich mich zuletzt widmen. Als ich die eng gewundenen hölzernen Stufen hinaufgestiegen war, empfing mich oben schummriges Zwielicht. Es dauerte eine ganze Weile, bis sich meine Augen an die Lichtverhältnisse gewöhnt hatten. Ich stand in einem großen Raum unter den beiden Dachschrägen. Nur durch ein kleines Rundfenster am Giebel des Hauses fiel etwas Licht ins Innere.

Im Zentrum des Zimmers befand sich ein hölzernes Podest, zu dem ein paar Stufen hinaufführten. Obenauf standen ein schmaler Tisch, ein Stuhl sowie drei unterschiedlich große Teleskope. Oberhalb des Podiums war eine Metallkonstruktion an den Dachschrägen zu erkennen. Mittels zweier Kurbeln, großer Zahnräder und wuchtiger Gelenkarme ließ sich das Dach zu beiden Seiten des Firsts nach außen hin öffnen. Dies also war Ludwig von Lohfelds Sternwarte, von der aus er zweifellos den gestrigen Meteoritenabsturz beobachtet hatte.

An einer Wand befanden sich erneut Regale sowie eine hohe Glasvitrine. Die vollgestellten Bücherborde enthielten Werke zu Astronomie, Physik und Chemie. Da mir Naturwissenschaften eher fremd waren, wandte ich mich der Vitrine zu. Beim Blick durch die Scheiben sah ich zu meiner Überraschung einige unförmige Brocken und Klumpen unterschiedlicher Größe, Farbe und Beschaffenheit. Es mussten Meteoriten oder Bruchstücke von ihnen sein. Bei manchen lagen Zettel, die Angaben zu Absturzdatum und Absturzort auflisteten. Es waren sechs Metallbrocken, die vom 16. Jahrhundert aufwärts datierten und meist aus fernen Regionen wie Persien, Sibirien oder Südamerika stammten.

Ging es dem gnädigen Herrn also auch um physische Zeugnisse von Meteoriten? Das mochte erklären, warum er sich heute früh so eilig auf den Weg gemacht hatte. Die kleine Sammlung, über die er verfügte, musste er käuflich erworben haben. Ich kannte mich auf diesem Gebiet zwar nicht aus, doch ich vermutete, dass derlei Objekte nur für reichlich Geld zu bekommen waren. Nahm man noch die Teleskope und die Baukosten für die Konstruktion der Sternwarte unterm Dach hinzu, so waren hier wohl beträchtliche Summen zusammengekommen. Das erklärte zweifellos die Verschuldung des gnädigen Herrn. Kopfschüttelnd wandte ich mich ab und war froh, Amtmann Wolff nun eine plausible Erklärung liefern zu können.

Da es nichts weiter zu entdecken gab, beschloss ich, wieder ins Zimmer des gnädigen Herrn zurückzukehren. Nachdem ich die Treppe hinabgestiegen war, trat ich erwartungsvoll an den großen Schreibtisch. Bei meinem ersten Besuch in diesem Raum war mir der hohe Papierstapel am linken Tischrand aufgefallen. Und was ich damals nur vermutet hatte, fand ich jetzt bestätigt: Es handelte sich um ein umfangreiches Werk, an dem Ludwig von Lohfeld arbeitete. An die zweihundert Seiten mit eng gefüllten Zeilen lagen hier aufeinander, wobei die jüngsten Niederschriften obenauf lagen. Offenbar verfasste der gnädige Herr das Opus als Summe seiner Erkenntnisse. Womöglich war auch eine Veröffentlichung angedacht.

Da das Werk noch weit von seinem Ende und damit von einem aufklärenden Resümee entfernt schien, beschloss ich, nach einer Einleitung oder einem Prolog zu suchen. Bestenfalls ließ sich dort eine Aussage des Autors zum initialen Ausgangspunkt oder zum Ziel seiner Studien finden. Ich hob den Stoß vom Tisch, drehte ihn und legte ihn verkehrt herum wieder ab. Auf diese Weise konnte ich die Seiten in ihrer eigentlichen Reihenfolge aufblättern und lesen. Als ich die erste Seite betrachtete, wurde mir anhand ihres zerfledderten Zustands und der vergilbten Ränder klar, dass sie schon vor einigen Jahren geschrieben worden war.

Als ich mich auf den Stuhl des gnädigen Herrn setzte und mit der Lektüre beginnen wollte, vernahm ich Stimmen auf der Galerie vor dem Zimmer. Es hatte den Anschein, als ob dort ein streitiger Wortwechsel im Gange war. Und noch ehe ich reagieren konnte, wurde die Tür aufgestoßen und Hausdiener Karl sowie eine zweite Person, die ich zunächst nicht erkennen konnte, betraten den Raum.

»Der gnädige Herr ist nicht im Haus, wenn ich's doch sage. Sehen Sie selbst«, brummte Karl und ließ seinen Begleiter neben sich treten.

»Davon will ich mich erst einmal …«, setzte Eduard Dehmel zu einer Antwort an, verstummte jedoch, als sein überraschter Blick auf mich fiel. Auch der Diener starrte mich fassungslos an, als wäre ihm ein Gespenst erschienen. Ich saß wie gelähmt am Schreibtisch Ludwigs von Lohfeld, das Papier reglos in der Hand. Zweifellos gab ich einen kompromittierten Anblick ab und mein überraschtes Gesicht spiegelte mein Schuldbewusstsein wider. Ich war schlicht ertappt. Wie sollte ich meinen Aufenthalt hier erklären? Ein erstickendes Gefühl aus Angst und Scham schoss mir durch die Glieder.

»Ach, sieh mal einer an. Wen haben wir denn da?«, nutzte Dehmel mit teuflischem Grinsen sogleich seine Chance. »Da hofft man, den Hausherrn anzutreffen und dann das …« Er klopfte Karl gönnerhaft auf die Schulter. »Bei dir muss ich mich entschuldigen: Der gnädige Herr ist tatsächlich nicht da.«

»Das sagte ich Ihnen mehrmals, junger Herr«, erwiderte der Diener mürrisch und deutete vielsagend in Richtung der offenstehenden Tür.

»Bist du verrückt, alter Mann?«, rief Dehmel erbost und trat tiefer in den Raum. »Ich gehe hier nicht weg, bis geklärt ist, was der feine Herr Frahm hier so ganz allein treibt. Da stimmt etwas ganz und gar nicht! Für mich sieht das nach einem durchtriebenen Spiel aus: Der Hausherr ist fortgegangen und das nutzt dieser Schurke aus, um in dessen Gemächern heimlich herumzustöbern. Ich denke, unser scheinheiliger Herr Amtsauditor ist nichts anderes als ein Dieb auf Beutesuche.«

»Ich verbitte mir Ihre unverschämte Frechheit!« Wütend sprang ich vom Stuhl auf, ließ das Papier auf den Schreibtisch sinken und blickte Dehmel an. »Da Sie es in Ihrer anmaßenden Dummheit offenbar nicht wissen: Ich erledige seit Längerem Übersetzungen für Herrn von Lohfeld und war gerade bei der Suche nach neuen Arbeitsaufträgen von ihm«, log ich mit fester Stimme und gespielt ruhiger Miene.

»Und da stöbern Sie ungeniert auf dem Schreibtisch des gnädigen Herrn herum?«, höhnte Dehmel verächtlich. »Sie sind ein dreister Lügner, Frahm, und das sollen auch alle wissen! Ich werde hier warten und Herrn von Lohfeld persönlich berichten, was der feine Auditor hinter seinem Rücken treibt. Dann wollen wir mal sehen …«

»Was Herr Frahm gesagt hat, stimmt«, erklang in diesem Moment die Stimme des gnädigen Fräuleins, das plötzlich durch die Tür trat. Mit ernster Miene sah Charlotte rasch in die Runde und wandte sich an Eduard Dehmel. »Er erstellt in der Tat Übersetzungen für meinen Vater.« Die junge Dame warf mir einen Blick zu, in dem Verunsicherung zu erkennen war. Auch wenn der Anschein hier gegen mich sprach, schien sie dennoch nicht gewillt, mir etwas Schlechtes zuzutrauen. Hin und her gerissen entlastete sie mich jedenfalls deutlich. Dankbar nickte ich ihr zu.

»Das mag ja so sein, liebes Fräulein Charlotte«, antwortete Dehmel, der zunächst überrascht aussah, dann jedoch ein siegessicheres

Lächeln aufsetzte. »Gleichwohl hat sich dieser feine Herr heimlich hier hereingeschlichen und führt etwas Übles im Schilde. Lassen Sie sich nicht von seiner geheuchelten Artigkeit täuschen! Seine Ausrede ist völlig frei erfunden. Er ist ein Wolf im Schafspelz – ein Schurke, vielleicht gar ein hinterlistiger Dieb. Ich habe den Burschen durchschaut.«

»Bitte mäßigen Sie sich, Herr Dehmel«, erwiderte Charlotte und sah den arroganten Wichtigtuer vorwurfsvoll an. »Ich teile Ihre Ansicht nicht im Geringsten, sondern vertraue Herrn Frahm. Ich verstehe nicht, wie Sie zu Ihren haltlosen Unterstellungen kommen.«

»Ach Teuerste, Sie sind zu gut für diese Welt«, sagte Dehmel lachend und schüttelte den Kopf. »Sie sind warmherzig und arglos wie eine Taube, die den räuberischen Habicht neben sich nicht erkennt.« Plötzlich verzerrte sich sein Gesicht zu einer unschönen Grimasse und er zeigte drohend in meine Richtung. »Mich kann dieser Scharlatan jedoch nicht hinters Licht führen. Und ich werde später auch dem gnädigen Herrn die Augen über ihn öffnen.«

»Ihr Verhalten ist unangemessen, Herr Dehmel, und – mit Verlaub gesagt – es befremdet mich sehr.« Charlotte warf ihm einen kühlen Blick zu und wandte sich hernach an Karl und mich. »Wir sollten uns nun allesamt aus den Gemächern meines Vaters zurückziehen und diese künstliche Aufregung hinter uns lassen.« Damit wandte sie sich um und ging zielstrebig auf die Tür zu. Der alte Diener schloss sich ihr mit gleichmütiger Miene an.

»Künstliche Aufregung?«, rief Dehmel erbost und eilte Charlotte nach. »Warum spielen Sie den kompromittierenden Vorfall herunter, Teuerste? Er ist heimlich in das Zimmer Ihres Vaters eingedrungen und hat sich hier, mit welchem Ziel auch immer, zu schaffen gemacht. Seine Erklärung ist fadenscheinig. Sie können diesem windigen Schurken doch wohl nicht mehr Vertrauen entgegenbringen als mir! Das würde mich auf das Äußerste enttäuschen.« Während die drei bereits durch die Tür traten, setzte auch ich mich in Bewegung und folgte ihnen hinaus auf die Galerie. Rasch schloss ich die Tür hinter mir.

»Ich wurde heute ebenfalls enttäuscht, Herr Dehmel, und zwar durch Ihr Verhalten«, erwiderte Charlotte in einem eisigen Tonfall, den ich von ihr noch nicht gehört hatte. Auf einmal blieb sie stehen und drehte sich zu Dehmel um. »Andererseits hat es mir die Augen geöffnet. Insofern sollte ich fast dankbar sein.« In diesem Moment waren ihre sonstige Demut und stille Bescheidenheit verschwunden und sie wirkte stattdessen stark und entschlossen. »Ich möchte Sie bitten, sich künftig nicht mehr als Bewerber um meine Gunst zu betrachten.«

»Das … das ist ungeheuerlich! Was denken Sie sich bloß, Fräulein Charlotte?!« Dehmel schien förmlich nach Luft zu schnappen. Fassungslos und bleich starrte er die junge Dame an, die sich einfach abwandte und weiterging. »Zum Glück hat Ihr gnädiger Herr Vater in dieser Sache das letzte Wörtchen zu sagen. Ich wollte heute ohnehin mit ihm über uns beide sprechen.« Er hatte seine Stimme erhoben und eilte ihr nach. Doch Charlotte war bereits an ihrem Zimmer angelangt. Ohne ihm Beachtung zu schenken, öffnete sie die Tür, trat über die Schwelle und verschwand im Innern. Mit lautem Knall fiel die Tür ins Schloss.

Sofort hob Dehmel den Arm um anzuklopfen, entschied sich jedoch mit einem Mal dagegen. Zornig drehte er sich um und starrte mich mit hasserfülltem Blick an. Karl ging derweil mit seiner üblichen gleichmütigen Miene an uns vorüber und stieg die Treppe hinab in die Halle.

»Charlotte magst du mit deiner Heuchelei vielleicht umgarnen und täuschen, aber ich habe dich Teufel durchschaut!«, zischte er erbost und baute sich vor mir auf. »Schon länger versuchst du, einen Keil zwischen sie und mich zu treiben und dich bei Herrn von Lohfeld einzuschmeicheln. Ich weiß genau, was du vorhast: Du willst dich hier wie ein Schmarotzer ins gemachte Nest setzen, siehst dich wohl auch schon als Lohfeld'schen Erben.« Er lachte grimmig und hob warnend den Zeigefinger. »Aber heute hast du bei deinen Plänen einen kapitalen Fehler gemacht. Und damit bist du aus dem Rennen. Dafür werde ich beim gnädigen Herrn sorgen. Verlass dich drauf!« Er lachte noch einmal höhnisch und siegessicher.

»Sie sprechen offenbar von Ihren eigenen Plänen, Herr Dremmel?«, erwiderte ich lächelnd und genoss seine Verärgerung über die falsche Anrede. »Während ich von Amts wegen hier im Hause Lohfeld bin, sind Sie nur ein dahergelaufener Gernegroß ohne jegliche Reputation. Sie selbst sind der Schmarotzer, den Sie eben beschrieben haben. Ihre Chancen stehen indes leider schlecht, wie Sie vom gnädigen Fräulein gerade gehört haben.« Ich warf ihm einen abschätzigen Blick zu und wollte gerade an ihm vorübergehen, da packte er mich plötzlich am Kragen meines Rocks. Es war unfreiwillig komisch, da er kleiner war als ich und zu mir aufsehen musste.

»Am Ende zählt, was der alte Herr von Lohfeld sagt«, zischte er eisig. Er näherte sich drohend meinem Gesicht. »So oder so, Herr Auditor, die besseren Trümpfe habe nun ich in der Hand.«

»Das wird sich zeigen«, erwiderte ich kühl und stieß ihn mit der rechten Hand vor die Brust, sodass er mich loslassen musste und ein paar Schritte zurücktaumelte. »So oder so, ich werde Fräulein Charlotte niemals in die Hände eines Widerlings und Taugenichts' fallen lassen.« Damit ging ich rasch an ihm vorüber und stieg die Treppe hinab.

»Wir werden sehen, Frahm«, rief er mir von oben spöttisch nach. »Wenn ich nachher mit dem gnädigen Herrn gesprochen habe, mag es gar sein, dass Sie das Haus noch heute Abend verlassen müssen. Wie schade um Ihre Amtslaufbahn …« Er lachte bösartig, doch ich ignorierte seine Worte und ging zielstrebig in die Amtsstube. Mit lautem Knall warf ich die Tür hinter mir zu.

Den ganzen Nachmittag verbrachte ich mit meiner Arbeit in der Vogtei. Einige Male kamen Karl und Anna vorbei, um mir Posteingänge oder einen Imbiss zu bringen. Immer wenn ich dann in die Flurhalle hinausspähte, sah ich Eduard Dehmel dort wartend auf dem alten Sofa sitzen. Er hatte sich ein Journal und etwas zu trinken bringen lassen und harrte geduldig aus. Hin und wieder strich er sich nervös durch die schwarzen Haare und richtete sein Seidenjabot und seinen Frack. Der narzisstische Widerling war zwar aufgeregt, schien jedoch fest entschlossen, mit dem gnädigen Herrn zu sprechen! Dabei ging es ihm nicht nur um sein Werben um Charlotte, sondern auch darum, mich als vermeintlichen Konkurrenten auszuschalten. Wie einfältig von mir, ihm diese Gelegenheit heute auf dem Silbertablett präsentiert zu haben, dachte ich und ärgerte mich über meine Unbesonnenheit. Doch der Unmut über meinen Fehler wurde deutlich überlagert von tiefer Besorgnis. Ein ungutes Gefühl der Verunsicherung und Angst vor dem, was mir womöglich drohte, ließ mich immer wieder unruhig in Richtung Halle horchen.

Bis etwa 16 Uhr wurde ich so auf die Folter gespannt. Dann hörte ich plötzlich, wie die Haustür geöffnet und wieder geschlossen wurde und schwere Schritte auf den Dielen des Flurs erklangen.

»Ah, Sie sind es, gnädiger Herr«, erklang kurz darauf die ungeduldige und aufgeregte Stimme Dehmels. Durch die offene Tür sah ich, wie er vom Sofa aufsprang und dem Hausherrn in den Weg trat. »Endlich! Gott zum Gruße! Ich muss höchst dringlich mit Ihnen sprechen, gnädiger Herr.«

»Herrje, Dehmel, kommen Sie an einem anderen Tag wieder! Sie sehen doch wohl, dass ich erschöpft bin«, brummte Ludwig von Lohfeld missmutig. In der Tat wirkte der alte Herr des Hauses entkräftet und ermattet. Der lange Rock, die Hose und die Schuhe waren staubig. Der Rucksack hing ihm schwer von den Schultern und er stützte sich auf einen knorrigen Wanderstab.

»Mit Verlaub, gnädiger Herr, aber die Sache duldet keinen Aufschub!« Dehmel trat schnell auf die unterste Stufe der Treppe und hielt sich auf beiden Seiten am Geländer fest, sodass der Durchgang versperrt war.

»Sofort aus dem Weg, unverschämter Kerl!«, rief Ludwig von Lohfeld wütend und richtete den Wanderstock auf die Brust des jungen Mannes. »Was erlauben Sie sich!« Mit einem raschen Stoß rammte er den Stab nach vorn, Dehmel entfuhr ein überraschter Schrei. Trotz seiner unübersehbaren Angst harrte er jedoch auf der Treppe aus.

»Ich bitte Sie untertänigst, gnädiger Herr. Nur fünf Minuten Ihrer kostbaren Zeit ...«

»Eigentlich sollte ich Ihnen für Ihre Frechheit eins überbraten«, sagte der Hausherr finster und hob die Spitze des Stocks drohend vor das Gesicht des jungen Mannes. »Aber gut, sagen Sie hier und jetzt, was Sie zu sagen haben. Und dann verschwinden Sie aus meinen Augen.«

»Nun gut«, murmelte Dehmel zögerlich und sah sich kurz um. »Es wäre zwar besser unter vier Augen, aber …« Er trat von der Treppenstufe herab und stellte sich unmittelbar vor den Hausherrn. Offensichtlich wollte er Mithörer vermeiden, denn nach einem Räuspern fuhr er mit gesenkter Stimme fort. »Gnädiger Herr, ich hatte Ihnen ja schon einmal angedeutet, dass ich um die Hand Ihrer bezaubernden Tochter Charlotte anhalten möchte. Auch mein Herr Vater hat mit Ihnen hierüber wohl bereits gesprochen. Daher wollte ich Sie heute besuchen, um Sie um Ihren Segen zu bitten.«

»Ja, der gute Dehmel und ich sind alte Geschäftspartner«, brummte der gnädige Herr. »Wir haben derlei einmal erwogen, zumal ich ihm in gewisser Weise auch verpflichtet bin. Aber noch habe ich nicht mit Charlotte gesprochen. Sie sollte über diese Pläne Bescheid wissen.«

»Da ist alles bestens, das gnädige Fräulein kennt meine Absichten.«

»Nun, dann soll mir's recht sein. Derlei Dinge interessieren mich nicht sonderlich«, winkte Ludwig von Lohfeld ab. »Ich werde beizeiten noch einmal mit ihr sprechen.«

»Untertänigsten Dank, das höre ich mit Freuden.« Dehmel hielt für einen Moment inne. Er schien – wie ich nicht minder – höchst überrascht, wie leicht er an die Zustimmung gelangt war. Wie konnte ein Vater dem künftigen Schicksal seiner Tochter nur so gleichgültig gegenüberstehen! Interessierte es den gnädigen Herrn wahrhaftig nicht, ob Charlotte einem Unhold in die Hände fiel? Ehe ich überlegen konnte, wie ein solches Unheil noch zu verhindern wäre, fuhr Dehmel nun selbstbewusster fort. »Da wäre noch eine zweite Sache, gnädiger Herr. Wie soll ich sagen, es betrifft Ihre Sicherheit und die Ihres Hauses.« Er lächelte selbstgerecht. »Ich habe heute Mittag Ihren Amtsauditor dabei erwischt, wie er sich heimlich in Ihren Gemächern zu schaffen machte. Es war reiner Zufall, doch womöglich habe ich einen Diebstahl verhindert.«

»Wie bitte? Was soll das heißen?« Mit versteinerter Miene starrte Ludwig von Lohfeld den jungen Mann an.

»Da ich Ihrem Diener nicht glauben wollte, dass Sie nicht im Hause seien, habe ich mir erlaubt, einen Blick in Ihr Zimmer zu werfen; der Diener war an meiner Seite und kann es bezeugen: Auditor Frahm saß an Ihrem Schreibtisch und las irgendwelche Papiere. Als wir ihn so ertappten, verriet sein entsetzter Blick, dass er sich überführt sah. Ich kann leider nicht sagen, was er im Schilde führte, aber es war zweifellos ein schwerer Vertrauensbruch. Vielleicht hat er sogar etwas an sich genommen.« Dehmel setzte eine gewichtige Miene auf. »Ich hielt es für meine Pflicht, Ihnen dies anzuzeigen.«

»Frahm!«, brüllte Ludwig von Lohfeld plötzlich zornig und wandte sich in Richtung der Amtsstube. »Kommen Sie her, auf der Stelle!« Erschrocken sprang ich vom Stuhl und eilte in die Halle. Mein Herz schlug schneller und mein Magen verkrampfte sich. Ängstlich trat ich vor den Hausherrn, der mich finster musterte. »Was hat das zu bedeuten, was ich gerade erfahren habe, Frahm? Was hatten Sie ungefragt in meinen Räumen zu suchen?« Der Wanderstab richtete sich nun drohend auf meinen Kopf.

»Gnädiger Herr, das ist ein großes Missverständnis. Das habe ich auch Herrn Dehmel bereits zu erklären versucht.« Ich verbeugte mich ehrerbietig. »Ich bitte untertänigst um Verzeihung, einfach so in Ihr Zimmer gegangen zu sein. Die Sache lässt sich indes rasch aufklären: Ich wollte Ihnen meine fertigen Übersetzungen bringen und die nächsten Texte zur Transkription abholen. Das gnädige Fräulein hat dies auch dankenswerterweise bestätigt. Als ich Sie nun nicht antraf, wollte ich meine Texte nur rasch auf Ihren Tisch legen.«

»Aha«, brummte Ludwig von Lohfeld mit gerunzelter Stirn. »Es steht Ihnen nicht zu, unaufgefordert meine Räume zu betreten. Das hatte ich Ihnen eingeschärft! Und warum mussten Sie an meinem Schreibtisch Platz nehmen, wenn Sie nur etwas ablegen wollten? Das klingt nach einer Lüge.«

»Es tut mir unendlich leid, gnädiger Herr, aber als ich Ihre Notizen dort liegen sah, hat mich die Neugier überkommen.« Erneut verbeugte ich mich im Sinne einer Entschuldigung. »Ich weiß, es ist unverzeihlich, aber das seltsame Thema der Meteoriten lässt mir einfach keine Ruhe mehr. Es ist ein riesiges Rätsel und treibt mich um. Drum wollte ich sehen, ob ich vielleicht in Ihren Papieren eine begreifbare Erklärung für das Mysterium finden könnte.«

»Aha, Neugier also! Ein Mysterium …« Der Hausherr lachte spöttisch und schüttelte den Kopf. »In der Tat, das Ganze ist ein Rätsel. Dennoch: Ich werde oben nachsehen, ob irgendetwas fehlt. Sollte das der Fall sein, dann gnade Ihnen Gott, Frahm!« Mit funkelndem Blick sah er mich an. Dann fuchtelte er unwirsch mit dem Stock vor Dehmel und mir herum. »Und jetzt aus dem Weg, Sie beide! Es war ein langer Tag, ich bin erschöpft und habe Besseres zu tun, als mir noch mehr solch lästigen Kram anzuhören.«

Schnell verbeugten wir uns vor ihm, während er die Treppe betrat. Mit schweren Schritten stieg er ins Obergeschoss hinauf und schlurfte in Richtung seines Zimmers. Vor der Tür hielt er noch einmal inne. »Karl, lass mir einen Imbiss anrichten und bring ihn dann gefälligst hoch! Ich habe Hunger«, brüllte er lauthals. Damit öffnete er die Tür und verschwand in seinen Gemächern.

»Sie verlogener Schurke«, zischte Dehmel in meine Richtung, als wir wieder allein waren. Er nahm seinen Hut und Gehstock vom Sofa. »Damit kommen Sie nicht durch, Frahm. Herr von Lohfeld weiß jetzt Bescheid und wird ein Auge auf Sie haben.« Er setzte den Hut auf und wies mit dem Stock auf mich. »Und wagen Sie nicht, Fräulein Charlotte noch einmal zu behelligen! Sie haben gehört, wie es um die junge Dame und mich bestellt ist. Halten Sie sich also von ihr fern!« Er lachte arrogant, ließ mich mit dieser Warnung stehen und ging mit vorgereckter Brust in Richtung Haustür. Kurz darauf hatte er das Gebäude verlassen.

Erleichtert darüber, den Sturm fürs Erste überstanden zu haben, atmete ich tief durch. Doch noch ehe ich wieder in der Amtsstube war, ärgerte ich mich über meine Langsamkeit. Ich hätte Dehmels Drohung nicht so stehenlassen dürfen! Dem widerlichen Kerl sollte klar sein, dass ich das gnädige Fräulein nicht ins Unglück laufen lassen würde, zumal sie ihn ja deutlich abgewiesen hatte. Angesichts der Gleichgültigkeit des gnädigen Herrn war dies jedoch eine äußerst schwierige Sache. Und dann war da noch mein unsäglicher Fehler – ich konnte nur hoffen, dass Herr von Lohfeld es mir nicht nachtragen würde. So oder so, der Tag war ein einziger Fehlschlag für mich gewesen.

Kapitel 8

Wie an den vorherigen Sonntagen blieb der gnädige Herr auch am folgenden Morgen dem Gottesdienst in der Elstorfer Kirche fern. Laut Diener Karl hatte er wieder bis spät in die Nacht über seinen Studien gesessen. Als Charlotte und ich uns mit Anna zum Kirchgang aufmachten, war er noch nicht erwacht.

Während des Gottesdienstes mit der Predigt von Pastor Peters beschäftigten mich die Ereignisse des Vortags. Wie hatte ich mich nur erwischen lassen können! Und das ausgerechnet von dem widerlichen Eduard Dehmel, der daraus umgehend einen Triumphzug für sich zu machen wusste. Immerhin hatte der gnädige Herr mich nach dem Desaster nicht noch einmal zu sich bestellt, sodass ich zu hoffen begann, einer Strafe zu entgehen. Eine unehrenhafte Entlassung aus meiner Ausbildungsstelle als Auditor würde gewiss das Ende meiner Verwaltungslaufbahn bedeuten. So war ich wohl noch einmal mit einem blauen Auge davongekommen.

Bedauerlicherweise hatte sich das Risiko gar nicht gelohnt, denn ich hatte nicht einmal einen kurzen Blick in das Manuskript des gnädigen Herrn werfen können. Gerade als ich es zur Hand genommen hatte, war Dehmel ins Zimmer getreten. So war ich bei meiner Suche nach einer Erklärung für die rätselhafte Theorie der Feuertore noch keinen Schritt weitergekommen. Durch den ärgerlichen Vorfall hatte ich den gnädigen Herrn auch gar nicht fragen können, ob er den herabgestürzten Meteoriten in den Wäldern gefunden hatte. Seiner verdrießlichen Miene bei seiner Rückkehr nach war er nicht erfolgreich gewesen. Es hätte mich interessiert, ob er sich den Himmelskörper für seine Sammlung sichern wollte. Wie sonst ließ sich seine aufwendige Suche nach dem Objekt erklären?

Mit derlei Gedanken beschäftigt, bekam ich vom Gottesdienst nur wenig mit. Hin und wieder ertappte ich mich dabei, wie mein Blick zum gnädigen Fräulein wanderte, das vier Reihen vor mir in der vordersten Kirchenbank saß. Auch wenn ich sie nur von schräg hinten sah, stellte ich einmal mehr fest, was für eine hübsche junge Frau sie war. Das elegant hochgesteckte Haar, die fein geschwungenen Linien ihres schönen Profils und der schlanke Hals – es war wahrhaftig ein Fest für meine Augen. Die Begegnungen und Gespräche mit Charlotte waren für mich längst die Freude eines jeden Tages im Lohfeld-Haus geworden. Dass ich für sie Gefühle hegte, ließ sich nicht länger leugnen. Insgeheim hoffte ich natürlich, dass es ihr ähnlich erging.

Umso mehr bereitete mir Dehmels Werben um Charlotte Verdruss, zumal es den Anschein hatte, als könne sich der arrogante Gernegroß der Zustimmung des ignoranten gnädigen Herrn sicher sein. Immerhin war er bei der jungen Dame gegen eine Mauer gelaufen – ihre Meinung zu seinen Avancen war mehr als eindeutig. Gleichwohl war mit seiner Hartnäckigkeit zu rechnen. Glücklicherweise war er heute nicht zum Gottesdienst erschienen, es wäre mir ein Dorn im Auge gewesen. Stattdessen freute ich mich auf das Vergnügen, Charlotte nach der Messe nach Hause zu begleiten.

Als wir aus der Kirche traten, hatte es leicht zu regnen begonnen. Zum Glück hatte ich am Morgen vorahnend einen Schirm mitgebracht, sodass ich Charlotte meine Dienste anbieten konnte. Während Anna sich ihre Stola über den Kopf legte und rasch vorauseilte, hakte sich das gnädige Fräulein bei mir unter und wir machten uns unter dem Schirm auf den Heimweg. Ich gebe freiheraus zu, dass es ein wunderbares Gefühl war, ihre sanfte Hand auf meinem Arm zu spüren. Eine elektrisierende Aufregung erfüllte mich.

»Vielen Dank, Herr … Jakob«, sagte sie freundlich. Sie lächelte mich kurz an, ehe sie etwas verlegen zu Boden sah. Es freute mich, dass sie mich beim Vornamen nannte, war es doch ein Zeichen der Vertrautheit. »Es war umsichtig von Ihnen, einen Schirm mitzunehmen. Das tue ich sonst auch meist, doch just heute dachte ich, es sei nicht nötig.« Sie zog mit der freien Hand ihren Seidenschal enger um die Schultern und hielt ihn unter dem Hals zusammen.

»Nun, es reicht ja vollkommen aus, wenn einer von uns beiden daran denkt«, erwiderte ich und lachte.

»Wie fanden Sie die Predigt unseres Pastors? Hochwürden Peters ist in meinen Augen wahrlich ein guter Hirte der Gemeinde – er vermag mit seinen Worten die Menschen zu erreichen.«

»Ach, Fräulein Charlotte, Sie haben mich ertappt«, antwortete ich und schüttelte schuldbewusst den Kopf. »Ich habe leider kaum zugehört, da mir die gestrigen Ereignisse einfach nicht aus dem Kopf gingen. Das ist alles andere als gottesfürchtig und zudem auch unhöflich gegenüber Pastor Peters, aber meine Gedanken ließen sich nicht im Zaum halten.« Mit gerunzelter Stirn sah ich sie verlegen an. »Bitte verraten Sie mich nicht bei Hochwürden.«

»Nun, ich will es Ihnen einmal nachsehen und schweige«, erwiderte sie mit einem bezaubernden Lächeln. »Der gestrige Tag war ohne Zweifel schwierig für Sie.«

»Oh ja, durch eigene Unachtsamkeit! Ich kann nur hoffen, dass Ihr Herr Vater es mir nachsieht und Gnade walten lässt.«

»Machen Sie sich keine Sorgen, Herr Jakob. Ich denke, mein Vater ist derzeit vom Meteoriten so sehr abgelenkt, dass ihm anderes nicht in den Sinn kommt«, sagte sie und nickte mir aufmunternd zu.

»Das wäre wahrlich ein Glücksfall.« Mit einem leisen Seufzer atmete ich tief durch. Dann blieb ich stehen und wandte mich dem gnädigen Fräulein zu, das ebenfalls innehielt und mich neugierig ansah. »Ich habe mich für Ihren gestrigen Beistand noch gar nicht richtig bedankt, Fräulein Charlotte. Das war sehr lieb von Ihnen.« Verlegen berührte ich ihre Hand, die noch immer auf meinem Arm ruhte, und drückte sie kurz in einer Geste des Dankes.

»Das habe ich sehr gern getan«, erwiderte sie und sah mich für einen Moment mit einem unerwarteten, innigen Blick an, der mich beglückte und zugleich verunsicherte. In ihren braunen Augen vermeinte ich das Schimmern einer Zuneigung zu erahnen. Das wühlte mich so sehr auf, dass ich ihrem Blick nicht standzuhalten vermochte und zur Seite sah.

»Sie haben das Schlimmste verhindert, sonst hätte Dehmel gewiss seine Chance genutzt, mich vollends in den Staub zu treten.« Dankbar nickte ich ihr zu und wir setzten uns langsam wieder in Bewegung.

»Es war nur die Wahrheit. Ihre Übersetzungen für meinen Vater sind eine Tatsache.« Sie beugte sich in meine Richtung vor und senkte die Stimme. »Die andere Hälfte der Wahrheit ist aber doch, dass

Sie auf der Suche nach einer Erklärung für das Rätsel waren, das meinen Vater so lange schon umtreibt. Habe ich recht, Herr Jakob?«

»In der Tat, genauso war es. Sie lesen in mir wie in einem offenen Buch, Fräulein Charlotte«, erwiderte ich lächelnd. »Leider erschien Dehmel just im ungünstigsten Augenblick, sodass ich nichts herausfinden konnte. Stattdessen spielte ich dem Kerl selbst einen Trumpf in die Hand.«

»Sehr schade, dass es so unglücklich gekommen ist. Herr Dehmel ist ein unangenehmer Zeitgenosse, ein arroganter Intrigant, der stets nur auf seinen Vorteil aus ist.« Sie holte tief Luft, offenbar um ihren Unmut zu unterdrücken. »Warum muss ausgerechnet solch ein Schurke um mich werben! Ich verachte ihn und werde ihn ganz gewiss nicht erhören! Ich muss zugeben, dass ich gestern gelauscht und das Gespräch zwischen ihm und meinem Vater mit angehört habe. Es ist sehr unangenehm, wie siegessicher Herr Dehmel sich gibt und wie gleichgütig mein Vater ist. Aber gleichwohl: Keine Macht auf Erden kann mich in eine Verbindung mit diesem berechnenden, kalten Unhold zwingen.«

Noch nie zuvor hatte ich Charlotte so energisch und entschlossen erlebt. Ihre deutliche Abneigung gegen Eduard Dehmel beglückte mich natürlich. Da ich aber nicht recht wusste, was ich ihr entgegnen sollte, nickte ich nur. Schweigend bogen wir schließlich in den Weg ein, der zum Lohfeld-Haus führte.

Gegen Mittag hörte es auf zu regnen. Längst war nun auch der gnädige Herr auf den Beinen. Von meinem Zimmer aus konnte ich hören, wie er Diener Karl und Hausmädchen Anna laute Anweisungen gab. Demnach hatte er wohl vor, sich erneut auf die Suche nach dem Meteoriten zu begeben. Während Anna ihm einen Imbiss einpacken sollte, schickte er Karl zu einem Stall in der Nachbarschaft, wo das Pferd des gnädigen Herrn untergebracht war. Er sollte das Tier zum Ausritt bereitmachen lassen und dafür sorgen, dass es zum Haus gebracht werde.

Inmitten der Vorbereitungen zum Aufbruch waren aus Richtung des Weges am Lohfeld-Haus mit einem Mal laute Geräusche zu hören. Die Räder einer Kutsche knirschten und ratterten auf dem sandigen Boden und ein Pferd schnaubte, dessen Hufschlag gedämpft zu hören war. Plötzlich ertönte ein Ruf und von einem zum anderen Moment kehrte Stille ein. Neugierig erhob ich mich vom Bett, auf dem ich mich zu einem Schläfchen ausgestreckt hatte, und trat ans Fenster meines Zimmers. Zwischen den Bäumen des Gartens hindurch sah ich vor dem Grundstück einen Phaeton ohne Verdeck stehen, vor den ein Schimmel gespannt war. Auf der zweisitzigen Bank der Kutsche erkannte ich zu meiner großen Überraschung den edlen Amtmann Wolff mit seiner Tochter Leonore. Geschmeidig sprang er von dem Gefährt und band die Zügel des Schimmels an den hölzernen Zaun, der das Grundstück des Lohfeld-Hauses umgab. Danach half er seiner Tochter herunter und betrat mit ihr den schmalen Weg, der durch den Garten zum Haus führte.

Etwas aufgeregt angesichts des überraschenden Besuchs richtete ich schnell Haare und Kleidung und verließ mein Zimmer. Gerade als ich auf die Galerie hinaustrat, klopfte es unten an der Haustür. Karl, der in der Flurhalle gerade gemeinsam mit Anna eine Satteltasche für den Aufbruch des gnädigen Herrn packte, hielt inne und ging zum Eingang. Es gab einen kurzen Wortwechsel, den ich nicht hören konnte. Mit einem Mal jedoch erklang laut und verärgert die Stimme des Amtmanns.

»Diesmal lasse ich mich nicht abweisen, lästiger Kerl! Dreimal habe ich mich in den letzten Jahren von dir hier an der Tür abwimmeln lassen. Jetzt reicht es!« Kurz darauf trat der Amtmann mit lauten Schritten in die Halle, gefolgt von seiner unsicher wirkenden Tochter und Karl, der mürrisch den Kopf schüttelte. Während Anna sich ehrerbietig verneigte, sah der Amtmann zur Treppe und rief mit lauter Stimme: »Gott zum Gruß, Ludwig und Charlotte, ihr habt Besuch: Ich bin es, euer Anverwandter Johann Wolff aus Moisburg. Selbst wenn manches Mal Jahre vergehen, sollten auch entfernte Angehörige einander doch hin und wieder besuchen.«

Diesen Worten folgte eine längere Stille, während der Amtmann sich nach allen Seiten erwartungsvoll umblickte. Als er mich oben auf der Galerie sah, hob er kurz die Hand und lächelte mir freundlich zu. Großgewachsen und hager, war er mit seinem eleganten Frack, der weißen Perücke und dem Stock aus Ebenholz eine feudale, würdevolle Erscheinung. Als die siebzehnjährige Leonore mich erblickte, erstrahlte ihr Antlitz förmlich und sie winkte mir voller Freude zu. Ihre zum Zopf geflochtenen rotblonden Haare leuchteten über dem dunklen Mantel, den sie über einem hübschen gelben Anglaise-Kleid trug. Ihr zugewandtes, fröhliches Wesen schien die dämmrige Halle des Hauses geradezu aufzuhellen.

»Lieber Herr Frahm, welch eine Freude!«, rief sie lachend. »Es ist schön, Sie wiederzusehen. Sie müssen mir so viel erzählen.«

»Ich grüße Sie beide ganz herzlich, gnädiger Herr Wolff und gnädiges Fräulein!« Ich winkte freundlich zurück und ging hinüber zur Treppe. »Das ist wahrlich eine Überraschung!«

Als ich den oberen Treppenabsatz erreichte und schon hinuntergehen wollte, öffneten sich neben mir fast zeitgleich zwei Türen. Aus der einen trat Fräulein Charlotte und spähte mit aufgeregtem, erfreutem Antlitz in die Halle hinab. In der anderen Tür zeigte sich indessen ein missmutiger Ludwig von Lohfeld. Unterschiedlicher hätten Vater und Tochter kaum erscheinen können.

»Was ist das für ein lästiger Lärm hier?«, rief der Hausherr mürrisch. Als er unten den Amtmann erkannte, verstummte er ungläubig. Seine finstere Miene erstarrte und er schien sprachlos.

»Lieber Großonkel, das ist ja eine Freude«, rief Charlotte und eilte noch vor mir die Treppe hinunter. Mit strahlendem Lächeln ergriff sie die Hand, die Amtmann Wolff ihr entgegenhielt. Dann wandte sie sich an das Mädchen neben ihm und umarmte es kurzerhand. »Du musst Leonore sein, oder, meine Liebe? Wie groß und hübsch du geworden bist.« Die beiden jungen Frauen sahen einander beglückt an und hakten sich sogleich Arm in Arm unter.

»Na, das ist doch ein schönes Willkommen«, sagte der Amtmann lachend, wobei er vielsagend in Richtung des Herrn von Lohfeld hinaufsah. Inzwischen war ich ebenfalls bei den Besuchern angelangt und reichte Vater und Tochter ehrerbietig die Hand.

»Was hältst du denn von Herrn Frahm, Großcousine?« Leonore zupfte Fräulein Charlotte am Ärmel und sah mich forschend an. »Er hat mir in seiner ganzen Zeit hier nur einen einzigen, sehr spröden Brief geschrieben. Das war nicht nett. Ob er etwas gegen uns Frauen hat? Was meinst du?«

»Wer vermag schon in die Seele eines Mannes zu schauen? Unser Herr Frahm ist oft mit den Gedanken ganz woanders – so viel weiß ich immerhin. Er konnte sich heute zum Beispiel nicht an die Predigt erinnern, die er erst kurz zuvor gehört hatte.« Charlotte warf mir kurz einen verschwörerischen Blick zu. »Außerdem verliert er sich oft allzu sehr in der Arbeit. Darüber kann er alles vergessen … gerade wohl auch uns Frauen.«

Während ich gerade eine scherzhafte Entgegnung überlegte, polterte mit einem Mal der Hausherr die Treppe herunter. Mit unwillig verzogenem Gesicht trat er vor den Amtmann und gab diesem rasch die Hand. Dann ging er kopfschüttelnd zum Sofa hinüber und prüfte den Inhalt der vorbereiteten Satteltasche.

»Was wollt ihr zwei hier, noch dazu ohne Vorankündigung?«, fragte er mürrisch. »Ich habe keine Zeit für euch. Ich bin im Aufbruch, wie du siehst.« Er wandte sich an Amtmann Wolff und deutete vielsagend auf Mantel, Hut und Reitgerte, die neben der Tasche auf dem Sofa lagen. »Du hättest vorher anfragen sollen, wann es passt.«

»Das habe ich in den vergangenen drei Jahren mehrmals getan«, erwiderte der Besucher. »Aber auch da hattest du nicht ein einziges Mal Zeit.« Er nickte in Karls Richtung. »Und wenn ich direkt vorbeikam, hat mich dein grimmiger Hauswächter stets abgewiesen. Heute aber muss es sein! Ich habe nämlich sehr ernste Dinge mit dir zu besprechen, Ludwig. Von offenen Schuldscheinen bis hin zu Gewalt gegen Geldverleiher.«

»Wie auch immer, heute geht's keinesfalls!« Ludwig von Lohfeld zog sich ungerührt an und wandte sich an seinen Diener: »Steht mein Pferd bereit?« Als Karl schweigend nickte, nahm er Gerte und Satteltasche und ging in Richtung Ausgang. »Ein anderes Mal«, brummte er, ehe er kurzerhand durch die Haustür verschwand.

Wir anderen blieben fassungslos in der Halle zurück und schwiegen betreten. Amtmann Wolff benötigte einen Moment, um sich zu fassen, während sich draußen Hufschläge entfernten. Schließlich schüttelte der Edelmann ungläubig den Kopf und wandte sich mit betrübtem Lächeln an Fräulein Charlotte.

»Nun, wie dem auch sei. Ich freue mich wirklich sehr, dich nach all den Jahren wiederzusehen, Charlotte. Deine Großtante Louise lässt dich auch ganz herzlich grüßen. Wir alle waren schon lange in Sorge, wie es dir hier im Haus dieses … Griesgrams ergeht.« Er trat vor das gnädige Fräulein und strich ihr sanft über die Wange. »Aber jetzt, da ich dich in deiner liebreizenden Anmut und offen zugewandten Art sehe, bin ich froh und erleichtert. Deine Seele scheint mir keinen größeren Schaden genommen zu haben.«

»Nun, manchmal ist es ein wenig bedrückend, doch ich versuche stets, nach vorn zu schauen. Außerdem habe ich ja den guten Apoll und Anna, meine Musik und Bücher, die mich allesamt aufmuntern.« Charlotte lächelte und deutete dann in meine Richtung. »Auch mit dem Herrn Amtsauditor Frahm ist etwas mehr Leben ins Haus gekommen.«

»Das ist doch schön«, sagte der Amtmann herzlich und klopfte mir jovial auf die Schulter. »Ich hatte das insgeheim gehofft. Der gute Herr Frahm hat hier eine schwierige Ausbildungsstation angetreten: Er sollte nicht nur die Rückstände in der Vogtei aufarbeiten, sondern auch einmal nach dem Rechten sehen im Hause Lohfeld. Ich denke, Sie leisten sehr gute Arbeit, junger Mann!«

»Untertänigsten Dank, ehrenwerter Herr Amtmann«, antwortete ich mit einer Verbeugung und war verlegen ob des Lobes. Für einen Moment kehrte Schweigen ein, dann war es Charlotte, die mit strahlendem Gesicht in die Runde blickte.

»In einer Stunde wird das Dejeuner serviert. Wäre es nicht schön, wenn ihr zum Essen bliebet?«, fragte sie freudig und deutete in Richtung des Speisezimmers. »Auch ohne meinen Vater gibt es doch viel auszutauschen, nicht wahr?« Leonore nickte begeistert und warf mir einen schwärmerischen Blick zu.

»Liebend gern, wir bleiben mit Vergnügen, Charlotte«, erwiderte Amtmann Wolff. »Ich sehe, dass du trotz deiner Jugend schon eine veritable Hausherrin und Gastgeberin bist.« Dann legte er eine Hand auf meinen Arm. »Lass mich vor dem Essen noch rasch ein paar Worte mit Herrn Frahm wechseln. Ich muss hören, wie es um die Vogtei steht. Ich bin sicher, ihr beiden Großcousinen habt derweil auch einiges zu besprechen.«

»Oh ja, gewiss, nach all den Jahren«, antwortete Charlotte lachend und legte Leonore den Arm um die Taille. »Ich sage nur kurz unserem Hausmädchen Bescheid, dass wir zwei Gäste haben. Komm mit, Leonore!« In einer Fröhlichkeit, die ich bis dahin noch nie an Charlotte beobachtet hatte, zog sie Leonore mit sich in Richtung Küche.

Derweil gingen der Amtmann und ich hinaus in den Garten. Wir schlenderten eine Weile durch das verwilderte Grün, dann setzten wir uns auf die Steinbank vor dem Haus. Der gnädige Herr bedankte sich für den Brief, den ich ihm vor einigen Tagen als ersten Zwischenbericht über die Lage im Lohfeld-Haus geschickt hatte. Leider konnte ich ihm zu den rätselhaften Umtrieben des Hausherrn nicht viel Neues berichten; eine endgültige Erklärung stand ja noch aus. Immerhin erzählte ich ihm von meinen Entdeckungen unterm Dachstuhl, die die Schulden des Hausherrn erklären mochten. Kopfschüttelnd nahm Wolff es zur Kenntnis und erklärte, welche Mühen er hatte, den mit Gewalt bedrohten Hamburger Geldverleiher von einer Anzeige abzubringen. Den offenen Wechsel habe er zudem wieder einmal selbst begleichen müssen.

Als jüngste Neuigkeit berichtete ich vom kürzlichen Absturz des Meteoriten, der anschließenden fieberhaften Suche Ludwigs von Lohfeld nach dem Absturzort und von meiner Vermutung, dass er sich das Himmelsgestein für seine eigene Sammlung sichern wolle. In dieser Absicht sei der gnädige Herr wohl auch gerade so zielstrebig aufgebrochen.

»Ludwig ist schon ein seltsamer, kauziger Geselle«, sagte der Amtmann und schüttelte den Kopf. »Seine grobschlächtige Art ist dabei fast beängstigend. Seit den Schüssen auf den Gläubiger neulich muss man sogar regelrecht Angst vor ihm haben. Das macht mir große Sorgen.«

»Als ich gestern seine Abwesenheit nutzen wollte, um mich in seinen Gemächern heimlich nach weiteren Hinweisen umzusehen, bin ich leider erwischt worden. Als der gnädige Herr später von meinem Fehltritt erfuhr, hatte ich in der Tat Angst. Ich befürchtete, er würde mich aus dem Haus werfen. Zum Glück hatte es bisher keine Folgen für mich. Aber bei seinem Jähzorn weiß man nie.«

»Da Sie das Risiko in meinem Auftrag eingegangen sind, brauchen Sie sich keine Sorgen zu machen, Herr Frahm. Sollte Ludwig Sie wirklich vor die Tür setzen, kommen Sie nach Moisburg. Dann absolvieren Sie Ihre Amtszeit eben in unserer Vogtei. Das bin ich Ihnen schuldig.« Amtmann Wolff legte mir freundlich die Hand auf die Schulter. »Aber nun genug von dem alten Kauz! Wie geht's meiner Großnichte? Vorhin wirkte Charlotte so gutgelaunt und lebensfroh auf mich, dass ich noch immer ganz verwundert bin. Muss ich mir um sie keine Sorgen machen?«

»Zu Beginn meiner Tage hier erschien mir das gnädige Fräulein oft sehr in sich zurückgezogen und etwas schwermütig. Aber im Lauf der

Zeit hat sie dann auch ein anderes Gesicht gezeigt: freundlich zugewandt, gutgelaunt und an vielen Dingen interessiert. Ja, ich denke, man muss sich in der Tat keine Sorgen um die junge Dame machen.«

»Da bin ich ja beruhigt, lieber Herr Frahm.«

»Sie hat übrigens sogar einen Verehrer, der bei ihrem Vater formell um sie wirbt. Allerdings ist sie von ihm nicht allzu begeistert.«

»Ein missliebiger Bewerber lässt sich wohl ersetzen«, erwiderte Amtmann Wolff und lächelte geheimnisvoll. »Übrigens hatte ich vorhin den Eindruck, dass Charlotte Ihnen recht gewogen ist. Es ist die Art, wie sie Ihnen Blicke zuwirft. Und andersherum verhält sich's doch wohl ganz ähnlich, oder? Was meinen Sie, junger Mann?«

Seine Bemerkung kam völlig überraschend. Ich war nicht in der Lage zu antworten, so sehr hatten mich seine Worte schlagartig in Unruhe und Verlegenheit versetzt. Unweigerlich musste ich schlucken und blickte betreten zu Boden. Worauf wollte der Amtmann hinaus?

»Ah, Ihnen hat's die Sprache verschlagen! Na, Sie müssen mir keine Antwort geben«, erwiderte der Amtmann und lachte schallend. Dann klopfte er mir aufmunternd auf den Rücken. »Aber jetzt lassen Sie uns zu den beiden jungen Damen gehen. Ich verspüre langsam Hunger.«

An diesem Mittag erlebte ich zum ersten Mal im Hause Lohfeld, dass mehr als zwei Speisende am Mittagstisch saßen. Charlotte hatte den Kopf der Tafel ihrem Großonkel überlassen, während sie mit Leonore auf der einen Tischseite saß und ich den beiden gegenüber auf der anderen. Apoll beschnupperte die beiden Gäste und legte sich dann in üblicher Manier neben dem Stuhl seiner Herrin zu Boden. Er sah nur kurz auf, wenn sie ihm einen Happen zuwarf. An diesem Tag kredenzte Anna unserer Runde einen wunderbaren Rehbraten.

»Wir müssen uns jetzt öfter sehen, liebe Charlotte. Als Freundinnen ist das zwingend«, sagte Leonore und sah ihre Tischnachbarin ernst an. »Wie gut, dass ich Vater überreden konnte, mich mitkommen zu lassen.« Sie ergriff die Hand ihrer Großcousine und die beiden lächelten einander an. In ihren eleganten Kleidern, deren Stoffe gelb und hellblau leuchteten, waren die jungen Frauen ein bezaubernder Anblick.

»Du hast recht, Lore! Wenn mein Vater euch nicht herkommen lassen möchte, komme ich notfalls zu Fuß zu dir nach Moisburg. Apoll wird mich sicher begleiten.« Sie lachte und kraulte den Hund hinter den Ohren.

»Nein, das kommt nicht in Frage! Ich werde dich mit der Kutsche holen und auch wieder zurückbringen«, schaltete sich der Amtmann ein. »Ihr beide schreibt euch einfach, wann ihr meine Fahrdienste benötigt.«

»Schade wäre dabei jedoch, dass ich den lieben Herrn Frahm dann nicht sehen könnte«, lächelte Leonore verschmitzt. »Er war auch einer der Gründe, warum ich heute unbedingt mitkommen wollte.« Plötzlich setzte sie ein schmollendes Gesicht auf. »Er schreibt mir ja leider nicht. Und wenn doch einmal, dann nur sehr knapp und kühl.«

Die Siebzehnjährige sah mich mit einem herausfordernden Lächeln an, was mich zum zweiten Mal an diesem Tag überforderte. Ich wusste nicht, wie ich reagieren sollte, und rettete mich, indem ich einen Schluck Wein trank. Auch wenn ich sonst ein selbstsicherer Mensch bin, verfüge ich in solchen Momenten oft nicht über genug

Schlagfertigkeit, um mich souverän zu befreien. Charlotte beobachtete mein hilfloses Zaudern mit einem Lächeln.

Der Amtmann schien den Wortwechseln zwischen uns Jüngeren mit stillem Vergnügen zu lauschen. »Du weißt, dass der Herr Auditor viel zu tun hat, Leonore. Er hat keine Zeit für ausufernde Korrespondenz mit jungen Damen. Halte ihn nicht von seiner Arbeit ab!«, schaltete er sich mit einem Mal ein und bewahrte mich so vor einer Situation peinlichen Schweigens. In diesem Moment brachte Anna zudem die Desserts an die Tafel, denen sich nun alle am Tisch widmeten.

Kurz darauf sagte der Amtmann, dass er und Leonore bald aufbrechen müssten; am späten Nachmittag werde noch der ehrenwerte Landdrost Friedrich von dem Bussche in der Vogtei Moisburg erwartet. Gegen drei Uhr verabschiedeten wir uns. Die jungen Damen versprachen einander, fleißig zu schreiben und schon bald einen Gegenbesuch Charlottes in Moisburg ins Auge zu fassen. Mit einer Miene, in der sich Schwärmerei und Vorwurf abwechselten, forderte Leonore mich erneut auf, ihr ebenfalls zu schreiben, was ich – um des lieben Friedens willen – gelobte. Schließlich bat mich der Amtmann, ihn weiter auf dem Laufenden zu halten, falls es mir gelänge, neue Erkenntnisse zu sammeln.

Charlotte und ich begleiteten die beiden zu ihrem Phaeton und winkten der sich langsam entfernenden Kutsche nach. Einen Augenblick lang blieben wir noch am Wegesrand stehen, als das Gefährt schon außer Sicht war. Als ich das gnädige Fräulein von der Seite betrachtete, war ich froh zu sehen, wie glücklich sie der Besuch gemacht hatte.

»Was für ein wunderbarer Tag heute«, sagte sie strahlend, als wir uns schließlich dem Haus zuwandten. »Lassen Sie uns noch ein wenig durch den Garten schlendern, lieber Herr Jakob.« Sie zeigte auf den zugewucherten Pfad, der sich durch das Grün schlängelte, und schenkte mir ein bezauberndes Lächeln. Wir gingen gemächlich zwischen den Bäumen hindurch und unterhielten uns über den Besuch.

»Mein Großonkel ist ein fantastischer Mensch«, sagte Charlotte. »Freundlich und zuvorkommend, so ganz anders als mein Vater.«

»In der Tat hat der ehrenwerte Herr Amtmann vor allem die Menschen im Blick und weniger die Macht. Ich bin auch ganz sicher, er hält seine Hand von Moisburg aus schützend über das Haus Lohfeld.«

»Ja, das beruhigt mich sehr.« Charlotte nickte und lachte mit einem Mal. »Seine Tochter hatte ich nicht so lebhaft und lustig in Erinnerung. Leonore ist wie eine frische Windböe – ihre Energie und Freude sind ansteckend. Es ist so schön, dass wir unsere Freundschaft heute erneuert haben.« Daraufhin sah sie mich mit schelmischem Grinsen an. »Sie, lieber Herr Jakob, hat sie zudem ganz tief ins Herz geschlossen. Ich glaube, Leonore hegt wahrhaftig Gefühle für Sie. Sie hat es mir gegenüber angedeutet und man sieht es ihr auch an.«

»Ach«, antwortete ich stockend, »das ist nur die jugendliche Schwärmerei eines Mädchens. Nichts von Tiefe und Dauer. Ich versuche, das kleine Flämmchen behutsam zu ersticken.«

»Ich verstehe«, sagte sie bedächtig und blieb stehen. Mit erhobenem Zeigefinger sah sich mich an. »Aber seien Sie bitte einfühlsam! Sie dürfen meine Großcousine nicht in ihrer jungen Seele verletzen.«

»Ja, selbstverständlich! Könnten Sie mir nicht dabei helfen, Fräulein Charlotte? Als Ihre Freundin würde Leonore sicherlich auf einen Rat von Ihnen hören.«

»Das will ich gerne versuchen«, lächelte sie nickend. »Es ist auch nur zu fair, dass ich mich auf diese Weise für Ihre Hilfe gegen den unsäglichen Herrn Dehmel revanchiere – eine Hand wäscht die andere. Lassen Sie uns den beidseitigen Schutzpakt besiegeln, Herr Jakob!« Mit einem wundervollen Lächeln bot sie mir die Hand. Ich ergriff sie ohne zu zögern und beeidete mit ihr ein Bündnis, das zwar scherzhaft gemeint war, für mich aber eine tiefere Bedeutung hatte. Vergeblich versuchte ich, in ihrem schönen Gesicht zu lesen, ob es ihr womöglich ähnlich erging.

Kapitel 9

Obwohl ich fast bis Mitternacht wach lag und ein Buch las, bekam ich nicht mit, wann der gnädige Herr zurückkehrte. Es zeigte sich am nächsten Morgen erneut, dass er noch schlief, als ich meinen Amtsdienst in der Vogtei schon längst begonnen hatte. Ungeduldig lauschte ich durch die offenstehende Tür, um mitzubekommen, wenn sich im Haus etwas regte. Ich hatte den Entschluss gefasst, mich noch einmal in aller Form für meine Verfehlung zu entschuldigen. An diesem Vormittag wollte ich so früh wie möglich ein weiteres Mal mein Glück bei ihm versuchen, ehe er sich womöglich erneut auf seine hartnäckige Suche in die Wälder begab.

Gegen elf Uhr hörte ich endlich, wie Herr von Lohfeld seinen Diener zu sich rief. Er möge ihm das Frühstück bringen und dann alles für einen anschließenden, neuerlichen Aufbruch vorbereiten. Das war für mich das Zeichen. Zeitgleich mit Karl, der auf einem Silbertablett das Frühstück brachte, erreichte ich die Gemächer des gnädigen Herrn. Nach kurzem Anklopfen öffnete ich dem Diener die Tür und trat hinter ihm ins Zimmer.

»Guten Morgen, verehrter gnädiger Herr«, sagte ich und verneigte mich tief. »Bitte entschuldigen Sie meine Impertinenz, einfach ungebeten hier hereinzustürmen. Ich wollte Sie nur noch einmal untertänigst um Verzeihung ersuchen für meinen Affront vor zwei Tagen. Es ist mir äußerst unangenehm, mich in so tadelnswerter Weise verhalten zu haben.«

»Was?«, fragte Ludwig von Lohfeld verwirrt, während er zusah, wie Karl Platz auf dem Schreibtisch schaffte und das Essen vor ihm abstellte. Nachdem der Diener gegangen war, brach er ein Stück Brot ab und schob es sich mit etwas Käse in den Mund. »Herrje, Frahm, ich habe jetzt keine Zeit für Ihren Unsinn!«, brummte er unwillig und fuchtelte mit der Hand, um mir anzuzeigen, dass ich ihn allein lassen solle.

»Gewiss, gnädiger Herr. Ich will Sie auch nicht weiter stören«, sagte ich. »Es war mir nur wichtig, es Sie wissen zu lassen.«

»Ja ja, es ist gut«, murmelte er mit einem Bissen im Mund. Als ich mich nach einer Verbeugung in Richtung Tür abwenden wollte, schien er mit einem Mal zu zögern und sah mich an, als wäre ihm eine Idee gekommen. »Warten Sie, Frahm!«

»Gnädiger Herr?«

»Mir ist gerade eine angemessene Strafe für Ihr Fehlverhalten eingefallen.« Er lächelte grimmig. »Ob's Ihnen gefällt oder nicht: Sie begleiten mich heute auf meine schwierige Suche nach dem Absturzort des Meteoriten! Damit können Sie mir Ihre Loyalität beweisen und auch Ihre große Neugier befriedigen, die Sie ja wohl zu Ihrer Missetat getrieben hat.« Kauend musterte er rasch mein Äußeres. »Ziehen Sie robuste Kleidung an – wir wandern auch durchs Unterholz.«

»Sehr wohl, gnädiger Herr. Und vielen Dank für diese Gelegenheit der Wiedergutmachung!« Ich verbeugte mich und verbarg meine Freude über diese »Strafe«.

»In einer Viertelstunde in der Halle«, sagte er mit einem Blick auf seine Taschenuhr. Dann setzte Ludwig von Lohfeld sein Frühstück fort, während ich in mein Zimmer eilte und Wanderkleidung anzog.

Als ich pünktlich in die Flurhalle hinunterkam, standen dort bereits der gnädige Herr, Karl und Charlotte mit ihrem Hund Apoll. Offensichtlich sollte uns das Tier begleiten – seine Herrin hockte vor ihm und kraulte sein Fell.

»Pass gut auf die beiden auf, Apoll, hörst du?« Das gnädige Fräulein warf mir einen freundlichen Blick zu, ehe sie sich an ihren Vater wandte. »Ich hoffe sehr, du wirst heute fündig werden, Vater. Und kommt bitte nicht erst wieder in tiefster Nacht zurück.«

»Seit wann gibst du hier Befehle?«, brummte Ludwig von Lohfeld, wobei ein kaum merkliches Lächeln über sein Gesicht huschte. »Es ist schon gut, Charlotte.« Langsam packte er weiter seinen Rucksack. Es war, stellte ich überrascht fest, eines der seltenen Male, dass der gnädige Herr seiner Tochter nicht abschätzig oder boshaft begegnete.

Nach einer raschen Verabschiedung brachen wir auf. Anders als sonst schien Apoll diesmal nicht seiner Faulheit zu erliegen. Sichtlich munter eilte er uns durch den Garten voraus. Karl hatte mir ebenfalls einen ledernen Rucksack gepackt, in dem sich etwas zu essen und zu trinken für unsere Wanderschaft befand.

Raschen Schrittes machten wir uns auf den Weg. Schon bald hatten wir das Lohfeld-Haus hinter uns gelassen und durchquerten Elstorf in südöstlicher Richtung. Nachdem wir die Dorfkirche St. Nicolai passiert hatten, verließen wir den Ort und wanderten durch die Felder. Trotz seiner sechzig Jahre und einer leicht gebeugten Haltung schlug der gnädige Herr eine schnelle Gangart ein, sodass ich mich bemühen musste, mit ihm Schritt zu halten. Zweifellos wurde er von großer Ungeduld und Erwartung angetrieben. Sein Blick war zielstrebig und verbissen nach vorn gerichtet.

Wir marschierten durch meist schon abgeerntete Felder und ließen das Dörfchen Schwiederstorf links hinter uns zurück. Dann passierten wir die sanften Anhöhen der sogenannten Trockenen Berge. Glücklicherweise war das Wetter auf unserer Seite: ein weiter, blauer Himmel, über den hoch aufgetürmte weiße Wolken wie riesige Schiffe langsam dahinzogen.

»Unser Ziel ist der Nordteil des Stuvenwalds«, durchbrach Ludwig von Lohfeld nach einiger Zeit das Schweigen. Mit seinem Wanderstock deutete er nach vorn, wo eine Viertelmeile entfernt die Silhouette eines Waldes über fast die gesamte Breite des Horizonts emporragte. Die Kronen der Eichen und Buchen zeigten schon erste Einsprengsel von Gelb und Orange – der Herbst kündigte sich an.

»Warum gerade diese Gegend, gnädiger Herr?«, fragte ich neugierig.

»Weil ich die Gebiete nördlich von hier bereits vergeblich abgesucht habe. Als der Meteorit herunterkam, konnte ich lediglich beobachten, dass er südlich des Hasselbrack in die Wälder gestürzt ist. Also habe ich dort mit der Suche begonnen und mich dann langsam durch die Forste Langengarten und Kölken nach Süden vorgearbeitet. Leider ohne Erfolg.« Er zeigte schräg hinter sich, wo die genannten Wälder zu sehen waren.

»Meinen Respekt, Herr von Lohfeld«, erwiderte ich und tippte kurz an die Krempe meines Hutes. »Querfeldein und bergauf, bergab durchs dichte Unterholz, war das gewiss ein äußerst mühseliges Unterfangen.«

»Das war es in der Tat«, sagte Ludwig von Lohfeld grimmig lachend. »Und nichts anderes steht uns heute bevor, Frahm. Machen

Sie sich darauf gefasst! Es geht darum, am Waldboden, aber auch im Geäst und Unterholz nach Spuren von Feuer und Zerstörung zu suchen. Ein herabgestürzter Meteorit hinterlässt zwangsläufig eine deutliche Schneise der Verwüstung. Danach gilt es zu fahnden. Mit der Zeit werden Ihnen die Beine, der Nacken und die Augen schmerzen. Betrachten Sie das einfach als Buße für Ihren Affront!« Er warf mir einen spöttischen Blick zu.

»Wie gesagt, gnädiger Herr: Ich nehme die Strafe an.«

»Nun denn, auf zum Stuvenwald!« Zum ersten Mal, seit ich den gnädigen Herrn kannte, wirkte er regelrecht munter entschlossen und tatkräftig. Seine sonstige Verschlossenheit und die abweisende, grimmige Schroffheit waren zugunsten eines agilen, neugierigen Tatendrangs von ihm gewichen. Eine Zeitlang setzten wir unsere Wanderung schweigend fort. Apoll stöberte derweil durch die Brachwiesen und das Gebüsch links und rechts des Weges und scheuchte dabei Fasane und Hasen auf.

»Der Blutgrund«, murmelte Herr von Lohfeld mit einem Mal und deutete in Richtung einer länglichen Senke rechts von uns. In dem Tal erstreckte sich ein bereits abgeernteter Acker, dessen seltsam rötliches Erdreich sofort ins Auge stach. »Sie erinnern sich an Ihre Übersetzung von neulich, Frahm? Der Meteoritenfall im Jahr 1209 hier im Rosental?«

»Oh ja, gewiss«, erwiderte ich erstaunt und betrachtete den roten Ackerboden. »Das Blut einer Schlacht zur Zeit Karls des Großen soll das Erdreich hier verfärbt haben. Ging es in den Quellen nicht auch um ein Irrlicht und um einige damals von ihren Bewohnern verlassenen Gehöfte?«

»Sie haben ein gutes Gedächtnis«, sagte der gnädige Herr und blieb stehen. Er blickte eine Weile durch die Senke und schüttelte den Kopf. »Leider lässt sich nichts davon heute mehr nachvollziehen. Aber es bleibt ein bedeutsamer Quellenbeleg für die sehr seltenen Begleiteffekte eines Meteoritenabsturzes.«

»Sie meinen Ihre Theorie der Feuertore?«, fragte ich vorsichtig, während er sich wieder in Bewegung setzte. »Ich wüsste wirklich gern mehr darüber, gnädiger Herr.«

»Sie werden es noch erfahren, Frahm«, erwiderte er lächelnd. »Doch nicht hier und heute. Etwas Geduld noch! Zuerst gilt es eine große Aufgabe zu bewältigen.« Er nickte in Richtung des Stuvenwalds, der nur noch ein kleines Stück entfernt lag. »Wir müssen nämlich schneller sein als die Konkurrenz. Ich habe bisher zwar noch keinen von denen gesehen, aber sie sind da, ganz gewiss. Dem elendigen Brookmann ist der Absturz sicher nicht entgangen, er hat seine Späher längst ausgesandt.«

»Konkurrenz? Späher?«, fragte ich überrascht. »Mit Verlaub, was meinen Sie damit, gnädiger Herr?«

»Nun, ich bin nicht der Einzige, der sich für Meteoriten interessiert. Heinrich Brookmann aus Bremen ist ein passionierter Sammler, der stets sehr viel Geld in die Hand nimmt, um von überallher Himmelsgestein zu erwerben. Er hat sicherlich seine Sucher hierhergeschickt und eine hohe Belohnung ausgelobt.«

»Erstaunlich. Wer ist dieser Herr, wenn ich fragen darf?«

»Brookmann besitzt die größte Sammlung an Himmelsgestein hier im Norden. Ich korrespondiere hin und wieder mit ihm über Astronomisches und wir sind beide auch Förderer der jüngst gegründeten Sternwarte Lilienthal im Teufelsmoor. Er ist ein selbstgerechter Geldsack aus reichem Hause, dem es nur um seine Sammlung geht. Von meinen Studien hält er im Übrigen nicht das Geringste.« Ludwig von Lohfeld lachte grimmig und ballte entschlossen die Faust. »Der Bursche darf auf gar keinen Fall vor mir fündig werden!«

Einigermaßen verblüfft über die Aussage, dass wir nicht die Einzigen waren, die auf der Suche nach dem Absturzort des Meteoriten waren, folgte ich dem gnädigen Herrn, der seine Schritte unbewusst beschleunigt hatte. Der Stuvenwald war nun zum Greifen nah. An seiner nordwestlichen Ecke ragten drei vorgelagerte schmale Wäldchen wie die Fransen einer Decke in die hügelige Landschaft hinein. Als wir den westlichsten dieser Zipfel erreichten, hielten wir unter den Baumkronen inne und blickten ins dunkle Innere des Waldes. Ludwig von Lohfeld setzte seinen Rucksack ab und entnahm ihm eine präzise gezeichnete und von Hand kolorierte Landkarte.

»Wir beginnen hier im Nordwesten und suchen sämtliche Bereiche nördlich der Straße ab, die von Nenndorf aus durch den Stuvenwald führt und später in den Rahlenweg übergeht. Wenn sich da nichts findet, setzen wir die Suche südlich der Straße fort.« Er zeigte auf eine feine Linie, die sich auf der Landkarte gerade durch eine grün kolorierte Fläche zog.

Nach einem erfrischenden Schluck Wasser aus der Feldflasche machten wir uns an die Arbeit. In den folgenden knapp vier Stunden durchstreiften wir das Areal nördlich der Straße, wobei wir uns langsam von Westen nach Osten vorarbeiteten. Wir gingen stets in einem Abstand von zwanzig bis dreißig Schritten voneinander entfernt, sodass wir in breiterer Linie den Wald durchkämmen konnten als einer allein. Wie der gnädige Herr vorhergesagt hatte, war es ein äußerst mühseliges und kräfteraubendes Unterfangen, sich durchs Gehölz zu kämpfen. Weglos ging es über Stock und Stein, über umgestürzte Bäume, knorrige Wurzeln und durch dichtes Gestrüpp. Der Einzige von uns, dem diese Widrigkeiten nichts anzuhaben schienen, war Apoll. Munter und neugierig streifte der Hund durchs Unterholz, nahm stets aufs Neue Witterung auf und verschwand immer wieder aus unseren Augen. Nach einer Weile kam er dann von irgendwoher wieder in Sichtweite. Manches Mal mussten wir ihn jedoch rufen, worauf er mit schuldbewusster Miene angetrottet kam. Der Hund hörte allerdings nur auf den gnädigen Herrn, dessen barsche Stimme ihm offensichtlich seit Langem vertraut war.

Es war gegen vier Uhr am Nachmittag, als wir ermattet und verschwitzt auf einer kleinen Lichtung endlich eine Pause einlegten. Vergeblich hatten wir alles abgesucht. Ich holte die eingepackten Speisen und Feldflaschen aus dem Rucksack, wir setzten uns auf einen Baumstamm und stärkten uns mit etwas Brot, Schinken, Käse und reichlich Wasser. Während des bescheidenen Mahls schwiegen wir und lauschten dem munteren Gesang der Vögel. Trotz seiner Erschöpfung und Enttäuschung leuchtete in der Miene des gnädigen Herrn auch weiterhin die euphorische Kraft seines besessenen Eifers. Zweifellos war er trotz aller Misserfolge und Rückschläge weiter fest entschlossen, seine Suche fortzusetzen.

»Es ist wie verhext«, murmelte er kopfschüttelnd, »noch immer keine Spur von dem Meteoriten. Und doch muss er hier irgendwo niedergegangen sein. Ich kann es förmlich spüren.« Er sah mich mit einem Blick an, aus dem Ungeduld und unerschütterliche Zuversicht sprachen.

»Ihr Wort in Gottes Ohr, gnädiger Herr«, sagte ich lächelnd und warf Apoll ein Stückchen Schinken zu. Ludwig von Lohfeld holte derweil erneut die Landkarte hervor und breitete sie vor uns aus.

»Also, wir nehmen uns jetzt den Bereich zwischen dieser Straße und der südlich davon verlaufenden vor, die von Langenrehm nach

Ohlenbüttel führt. Beide Wege durchschneiden den Stuvenwald nahezu parallel und bilden so einen Korridor. Den werden wir jetzt von Ost nach West abgehen.« Damit faltete der gnädige Herr die Karte zusammen und erhob sich. Die Erholungspause war für ihn beendet. Rasch klaubte ich unsere Vorräte zusammen und packte sie in meinen Rucksack, während Apoll und Herr von Lohfeld bereits aufbrachen. Einmal mehr war ich verblüfft über die unerschöpfliche Energie des Sechzigjährigen.

Nach wenigen Minuten kreuzten wir die Landstraße, einen lehmigen Weg mit tief eingegrabenen Fahrspuren der Kutschen und Fuhrwerke. Er zog sich schnurgerade durch den Wald, hier und da waren einige besonders tückische Schlaglöcher mit Ästen oder Steinen aufgefüllt worden. Südlich dieser Straße setzten wir unsere Suche also im nächsten Korridor fort. Zunächst wandten wir uns nach Süden. Auch in diesem Abschnitt des Stuvenwalds war das Gelände nur schwer begehbar; schnell waren wir wieder erhitzt von der Anstrengung.

Dann plötzlich, nach kurzer Suche, geschah das Unfassbare: Wir wurden fündig. Als ich just über das knorrige Wurzelwerk einer umgestürzten Buche stieg, fiel mein Blick auf versengtes Geäst, das ein Stück voraus auf dem moosigen Waldboden lag. Es war deutlich zu sehen, dass die belaubten Äste mit enormer Kraft von einem Baum gerissen und durch Feuer angesengt oder verkohlt worden waren. Eine menschliche Ursache für diese Verwüstung ließ sich nicht erkennen.

»Hier, gnädiger Herr«, rief ich aufgeregt, »hier ist etwas.« Ludwig von Lohfeld, der zwanzig Schritte von mir entfernt durchs Unterholz schritt, hielt abrupt inne und starrte mich für einen Moment regungslos an. Dann eilte er rasch zu mir herüber. Ich hatte derweil über mir die ebenfalls verkohlte Stelle am Baumstamm entdeckt, wo die Äste abgerissen worden waren.

»Ja! Das … muss es sein!« Mit weit aufgerissenen Augen blickte mich der gnädige Herr in einer seltsamen Mischung aus Unglauben und Euphorie an. In einer unerwarteten Geste der Anerkennung und des Dankes klopfte er mir plötzlich auf die Schulter. Zum ersten Mal schenkte mir der sonst so mürrische Ludwig von Lohfeld ein aufrichtiges, freundliches Lächeln. Doch schon im nächsten Augenblick war er wieder voll und ganz in seinem Element und suchte fieberhaft die nächste Umgebung ab. »Hier drüben sind ebenfalls Spuren«, rief er kurz darauf, ein gutes Dutzend Schritte entfernt.

Als wir in den nachfolgenden zwei Stunden in größerem Umkreis um den Fundort herum den Wald absuchten, entdeckten wir gleich mehrere solcher Stellen. Stets lag abgerissenes Geäst am Boden, das meist auch durch Brand verkohlt war. An einer Stelle waren gar Feuerspuren am Waldboden zu erkennen. In einer Linie zogen sie sich durchs Laub und Moos, bis sie an einem schwarz verbrannten Flecken endeten. Aufgeregt kniete sich der gnädige Herr dort auf den Boden und grub fieberhaft mit bloßen Händen im Erdreich. Nach einiger Zeit förderte er ein grauschwarzes Gebilde von der Größe einer Walnuss zutage. Sein Gesicht strahlte in einer fast kindlichen Glückseligkeit.

»Es ist nur ein winziges Bruchstück, aber immerhin«, rief er froh. Dann sagte er bedächtig: »Der Meteorit muss vor dem Aufprall zerbrochen sein. Zumindest sind einige Partikel von ihm abgefallen, die dann wie ein Trümmerregen in den Wald niedergegangen sind. Das meiste waren wohl Kleinstteilchen, die bei der Landung verglüht sind. So etwas hier ist eine Ausnahme.« Langsam drehte er den kleinen Brocken in seiner Handfläche.

»Das freut mich, gnädiger Herr! Ein echtes Objekt aus dem fernen All! So ist unsere Suche zu einem erfolgreichen Ende gekommen.«

»Oh nein, noch nicht«, erwiderte Ludwig von Lohfeld und schüttelte entschieden den Kopf. »Ich will den Kern des Meteoriten finden. So groß, wie der Feuerball kurz vor dem Absturz durchs Teleskop aussah, könnte der Himmelskörper – auch wenn er einige Partikel verloren hat – noch die Größe eines Fasses haben. Er muss ganz in der Nähe heruntergekommen sein.« Er deutete mit ausgestrecktem Arm in den Wald und drehte sich langsam im Kreis. »Verstehen Sie, Frahm? Er muss hier irgendwo sein! Bei solch einer Größe ist es womöglich gar ein Feuertor – das wäre … ungeheuerlich! Auf solch eine Chance, die Gott einem gewiss nur einmal zuteilwerden lässt, habe ich mein halbes Leben gewartet.« Sein Antlitz leuchtete förmlich und war erfüllt von jener Besessenheit, die fast schon ans Wahnhafte grenzte.

Ehe ich etwas entgegnen konnte, schritt er aufgeregt die dunkle Spur am Waldboden ab und blickte immer wieder in die Baumkronen hinauf. »Das war die Flugbahn des Meteoriten. Entlang dieser Achse müssen wir weitersuchen.« Er nickte mir kurz zu und setzte sich in südliche Richtung in Bewegung. »Apoll, los, hierher, du Streuner! Es geht weiter«, rief er in den Wald. Doch von dem Tier war keine Spur zu sehen oder zu hören. Zuletzt hatte ich den Hund einige Zeit vor unserem Fund gesehen.

Während wir der Richtung der Flugbahn folgten, stießen wir auf weitere Stellen, an denen Partikel des Himmelskörpers niedergegangen waren. Ludwig von Lohfeld untersuchte diese Orte sehr gewissenhaft, doch es war ihm nicht vergönnt, ein zweites Bruchstück zu finden. Immer wieder sahen wir uns nach Apoll um und riefen ihn, doch der Hund blieb verschwunden.

»Vielleicht ist er seinem Jagdinstinkt gefolgt und hat ein Wildtier erlegt, das er nun in Ruhe verspeist«, sagte der gnädige Herr abwinkend. »Er wird schon kommen. Wir haben außerdem keine Zeit, dem verrückten Kerl hinterherzulaufen.«

Wir gingen nach Südosten, der Wald wurde allmählich heller; nicht weit von hier musste sich demnach der östliche Rand des Stuvenwalds befinden. Mit einem Mal erschienen zwischen den Bäumen vor uns die Umrisse dreier dunkler, niedriger Holzhäuser. Als wir dazwischen hindurchgingen, standen wir auf einer gerodeten Freifläche, dem Vorplatz der winzigen Ansiedlung. Neben den beiden ärmlichen Katen aus Balken, Brettern und Lehm befand sich noch ein niedriger Stall. Daran schlossen sich zwei größere umzäunte Gatter an, die jedoch keine Tiere enthielten. In der Mitte des Platzes waren ein ummauerter Brunnen und ein alter Hackklotz zu sehen, in dem eine schwere Axt steckte.

»Ich glaube, das sind die Katen der Dreesen-Brüder«, sagte Ludwig von Lohfeld nachdenklich. »Die beiden leben hier mit ihren Familien, sie haben ein paar Schweine und Federvieh. Manchmal bieten sie auch ihre Dienste als Handlanger an. Einfache, aber gute Leute.«

Als wir eine Weile auf dem Platz standen und uns umsahen, fiel mir mit einem Mal die ungewöhnliche Stille auf. An diesem Ort war nicht der geringste Laut zu hören, nicht einmal eine Vogelstimme. »Es ist merkwürdig ruhig hier, gnädiger Herr. Eine seltsam unnatürliche Totenstille.«

»In der Tat«, murmelte er mit gerunzelter Stirn und nickte. Dann ging er kurzentschlossen auf die beiden Katen zu und klopfte mit seinem Wanderstock wuchtig an die Brettertüren. Indes, keine Reaktion war zu vernehmen. »Hallo? Ist jemand zu Hause?«, rief er laut. Doch auch nach längerem Warten blieb es völlig still.

»Vielleicht sind die Leute unterwegs?«, fragte ich, obwohl mir das mehr als unwahrscheinlich erschien. Ohne auf meine Frage einzugehen, riss der gnädige Herr nun nacheinander beide Türen auf und blickte ins Innere der Hütten. Kopfschüttelnd wandte er sich daraufhin dem Stall zu. Als er auch dort hineingesehen hatte, kratzte er sich ratlos an der Stirn.

»Alle Menschen und Tiere sind fort.« Seine Miene war ernst und nahezu versteinert. Zugleich schien er in Gedanken versunken. Nach einer Weile blickte er zurück in Richtung des Waldes, aus dem wir gekommen waren. »Herrje, wo ist bloß der Hund, wenn man ihn braucht? Apoll!« Sein lautes Rufen durchdrang die Totenstille wie Donner. »Das Tier könnte vielleicht eine Spur der Dreesens oder der Tiere wittern«, sagte er an mich gewandt.

»Ich begreife nicht, wo er abgeblieben ist«, sagte ich. »Ich mache mir Sorgen um ihn.« Mehrmals rief ich selbst nach dem Hund, doch vergeblich. Wo mochte er stecken? Es ging inzwischen auf sieben Uhr am Abend zu und die Sonne sank bereits dem Horizont entgegen.

Der gnädige Herr hatte unterdessen eine der Katen betreten und öffnete von innen die Fenster, die nicht viel mehr waren als wacklige Klappen aus Brettern und verdreckten Tüchern. Dank des einfallenden Lichts ließ sich in dem langen Innenraum etwas erkennen. Die Behausung war armselig eingerichtet. Am hinteren Ende befanden sich vier Schlafplätze mit Stroh und alten, zerrissenen Decken. Den vorderen Teil der Hütte beherrschte ein klappriger Holztisch mit einer Bank und zwei Schemeln. Merkwürdig war, dass auf dem Tisch zwei Holzschalen standen, die zur Hälfte mit Gerstensuppe gefüllt waren; daneben lag Brot, von dem bereits etwas abgebrochen war. Die Löffel hingegen lagen auf dem lehmigen Boden der Hütte. Zwei Tonbecher neben den Schalen waren halb mit Wasser gefüllt. In der Mitte des Tisches stand in einem Berg aus Wachs der Rest einer vollständig heruntergebrannten Kerze.

»Wie seltsam! Man könnte meinen, hier habe bis eben noch jemand gegessen«, sagte ich verblüfft. Ludwig von Lohfeld sah sich mit gerunzelter Stirn um und nickte schweigend.

Irritiert verließen wir die Kate und begaben uns hinüber ins Nachbargebäude. Auch hier wirkte die Szenerie so, als hätten die Bewohner ihre Hütte erst vor wenigen Augenblicken verlassen. Als wir uns zuletzt im Stall umsahen, stellten wir fest, dass die Gatter der beiden Pferche für die Schweine und Hühner mit Hanfseilen gesichert waren. Nichts deutete darauf hin, dass man die Tiere herausgeholt und ins Freie gelassen hätte. Gleichwohl war keinerlei Spur von ihnen zu entdecken.

»Was für eine rätselhafte Sache ist das?«, sagte ich und schüttelte den Kopf. Zu meiner Ratlosigkeit gesellte sich nun auch Besorgnis. Hatte sich an diesem Ort ein Verbrechen ereignet? Ludwig von Lohfeld reagierte nicht auf meine Frage, sondern schien in Gedanken versunken.

Nach einer Weile verließen wir den Stall und gingen zurück zur Mitte des Vorplatzes. Die Sonne war inzwischen untergegangen und die blaue Stunde angebrochen. Dunkelheit kroch zwischen den Stämmen hervor und hüllte den Wald in düsteres Zwielicht. Da der gnädige Herr noch immer schweigend in Grübeleien vertieft schien, begann ich, erneut nach Apoll zu rufen. Der Hund war nun bereits seit mehreren Stunden verschwunden. Unnatürlich laut und scharf erklangen meine Rufe in der Totenstille, die nach wie vor herrschte. Nicht die geringste Reaktion war zu vernehmen.

»Er ist fort«, murmelte der gnädige Herr plötzlich leise, während er mit einem seltsamen Gesichtsausdruck ins Leere starrte.

»Ja, leider, gnädiger Herr«, erwiderte ich und schüttelte bekümmert den Kopf. »Es ist nun auch schon zu dunkel, um ihn zu suchen.« Ich sah Ludwig von Lohfeld fragend an, doch er schien mir gar nicht zugehört zu haben. Mit leerem Blick sah er in Richtung der beiden Katen und nickte kaum merklich.

Dann zeigte sich zu meiner Überraschung der Anflug eines Lächelns in seinem Gesicht. Mit einem Mal schien er aus seiner Versunkenheit zu erwachen. »Der Meteorit. Wir müssen ihn finden, Frahm! Koste es, was es wolle.« In einer Geste der Entschlossenheit schlug er die Faust seiner Rechten in die linke Handfläche. »Los, auf geht's!«

»Mit Verlaub, gnädiger Herr: Wir können heute auf keinen Fall mehr weitersuchen, weder nach dem Meteoriten noch nach dem guten Apoll.« Mit ausgestrecktem Arm wies ich in Richtung des dunklen Waldes. »Es ist zu finster und wir haben keine Fackeln.«

»Los, los, wir müssen schnell sein!«, rief er euphorisch und sah mich mit funkelndem Blick an. Erneut hatte er mir nicht zugehört! Er ergriff den Ärmel meines Fracks und versuchte, mich hinter sich her zu ziehen.

»Gnädiger Herr, bitte!«, rief ich laut und blieb abrupt stehen. Zum ersten Mal war ich ernsthaft besorgt über seinen Geisteszustand. »Es wird Nacht, so sehen Sie doch!«

Einen Moment lang sah er mich wegen meines Widerworts erbost an und schien voller Jähzorn bereits mit dem Stock ausholen zu wollen. Dann jedoch wurde ihm das Zwielicht um uns herum bewusst. Als würde er aus einem Traum erwachen, blickte er irritiert in die Runde des dunklen Waldes. Schließlich ließ er meinen Ärmel fahren und räusperte sich. »Nun, wir müssen die Suche wohl morgen fortsetzen, Frahm«, sagte er plötzlich entschieden. »So früh als möglich brechen wir auf. Der Meteorit ist hier ganz in der Nähe.«

»Gewiss, gnädiger Herr«, nickte ich, während er bereits losging. »Es geht hierbei aber doch in erster Linie um die verschollenen Menschen und unseren Apoll. Vor allem nach ihnen müssen wir morgen suchen!« Empört hatte ich meine Stimme etwas erhoben, doch meine Worte schienen ihn nicht zu erreichen. Ohne irgendeine Reaktion zu zeigen folgte er einem schmalen Weg, der von der kleinen Siedlung in östlicher Richtung aus dem Wald herausführte. Hier zwischen den Feldern und Wiesen war es noch nicht vollends dunkel.

»Da vorn ist die Landstraße, die durch den Stuvenwald führt«, sagte er und deutete vage in nördliche Richtung. »Das ist für uns der schnellste Weg von hier nach Hause.« Dieses Mal verzichtete ich auf eine Antwort, denn seine engstirnige Fixiertheit auf den eigenen Nutzen und Vorteil hatte mich empört. Wie konnte er ausschließlich an seinen Meteoriten denken und das mögliche Unheil von Mitmenschen ignorieren? Ganz zu schweigen von dem Hund, der seiner Tochter mehr als alles andere am Herzen lag. Hier zeigte der egozentrische und rücksichtslose Ludwig von Lohfeld wieder sein wahres Gesicht.

Nach wenigen Minuten erreichten wir die Landstraße, die uns zurück in den inzwischen finsteren Stuvenwald führte. Irgendwann hatten sich unsere Augen ein wenig an die Dunkelheit gewöhnt und wir konnten den Fahrweg als ein schwarzes Band erkennen. Schweigend folgten wir der Straße. Mit einem Mal fiel mir auf, dass im Unterschied zur Siedlung der Gebrüder Dreesen hier im Wald wieder Vogelstimmen und das Geraschel von vorüberhuschenden Tieren zu vernehmen waren. Es war ein beruhigendes Gefühl.

Auch nachdem wir den Wald im Westen wieder verließen und durch die Felder nach Norden wanderten, wechselten wir kein Wort. Der gnädige Herr war in Gedanken wohl vollauf mit dem Meteoriten beschäftigt, während ich mir Sorgen um die Verschwundenen machte und mich über seine Selbstsucht ärgerte. Auch wenn er mir manches Mal an diesem denkwürdigen Tag in einem freundlicheren Licht erschienen war – nun kehrte meine frühere Abneigung gegen diesen Mann ohne Mitgefühl wieder zurück.

Es war bereits nach zehn Uhr in der Nacht, als wir Elstorf und das Haus des Herrn von Lohfeld erreichten. Das Gebäude lag völlig dunkel da, offenbar hatten sich sämtliche Bewohner längst zu Bett begeben. In der Flurhalle nahm sich jeder von uns eine Kerze. Ohne Gruß und noch immer tief in Gedanken zog sich der gnädige Herr in seine Gemächer zurück. Während auch ich leise in mein Zimmer hinaufging, war ich fast erleichtert, dass das gnädige Fräulein schon schlief. Denn seit unserer Rückwanderung sah ich mit Sorge dem bitteren Augenblick entgegen, in dem Charlotte erfahren würde, dass Apoll nicht mit uns zurückgekehrt war. So blieb noch eine Galgenfrist bis zum Morgen.

Kapitel 10

Aufgrund meiner Erschöpfung von den Anstrengungen des Vortags stand ich am folgenden Morgen ein wenig später auf. Obwohl ich tief und erholsam geschlafen hatte, fühlten sich meine Beine noch bleischwer an. Außerdem war ich aufgrund des am Abend verpassten Diners äußerst hungrig. Als ich mich in Vorfreude auf ein ausgiebiges Frühstück ankleidete, klopfte es plötzlich laut an meiner Zimmertür.

»Herr Frahm, ich muss Sie dringlichst sprechen!«, rief das gnädige Fräulein in ungeduldigem, gereiztem Tonfall. Gleichzeitig pochte sie weiter mit schnellen Schlägen gegen meine Tür. Sofort beschleunigte sich mein Puls und eine ängstliche Aufregung erfasste mich. Dass sie mich wieder mit meinem Nachnamen ansprach, war kein gutes Zeichen. Zweifellos ging es um Apoll.

»Gewiss, gnädiges Fräulein, ich bin sofort bei Ihnen«, antwortete ich und bemühte mich, gelassen zu klingen. Rasch zog ich Schuhe und Frack an, während Charlotte weiter klopfte. Hektisch zupfte ich den Hemdkragen zurecht und richtete meine Frisur. Mit einem Räuspern trat ich schließlich an die Tür und öffnete.

»Herr Frahm«, begann sie unruhig und sah mich mit großen Augen aufgeregt und vorwurfsvoll an. »Wo ist Apoll? Ich habe ihn heute früh schon überall gesucht, doch er ist nicht da. Mein Vater schläft noch, deshalb frage ich Sie, wo mein lieber Hund ist. Sie hatten ihn gestern bei sich und sind erst spät zurückgekommen.«

»Oh, es tut mir unglaublich leid, Fräulein Charlotte«, begann ich und musste schlucken, als ich ihren erwartungsvollen und besorgten Blick sah. »Ich traue mich kaum, es Ihnen zu sagen.«

»Was ist? Ist Apoll tot?« Mit entsetzter Miene starrte sie mich an. Alle Farbe war aus ihrem Antlitz gewichen.

»Nein, er ist verschwunden. Es tut mir unsagbar leid«, erwiderte ich. Ich schloss die Zimmertür hinter mir und deutete zum Speisezimmer im Erdgeschoss. »Kann ich Ihnen das bitte beim Frühstück erklären, Fräulein Charlotte? Da wir gestern Abend kein Diner mehr hatten, habe ich großen Hunger und …«

»Ist das Ihr Ernst? Sie denken jetzt ans Essen?« Sie atmete mit einem Mal schneller und ballte die Hände, die in den Falten ihres Anglaise-Kleids halb verborgen waren, zu Fäusten. Mit einem vernichtenden Blick starrte sie mich an. »Sie wissen ganz genau, wie viel Apoll mir bedeutet. Er ist mein einziger Freund! Aber Sie denken erst einmal an Ihr leibliches Wohl.« So wie sie es sagte und mich dabei erbost ansah, war völlig klar, dass ich im Begriff war, das Privileg ihrer Freundschaft zu verlieren.

Rasch ergriff ich ihre rechte Hand und hielt sie fest umschlossen. Zuerst versuchte sie aufgebracht, sie zurückzuziehen. Dann ließ sie mich gewähren und sah mich an. »Vergeben Sie mir bitte, gnädiges Fräulein Charlotte! Aber Sie sollten längst wissen, dass ich Ihnen nur Gutes will.«

Sie zögerte einen Moment, dann nickte sie langsam und schenkte mir einen so innigen Blick, dass ich wie elektrisiert war. Mit einem leisen Seufzer setzte sie sich in Bewegung und zog mich nun ihrerseits mit sich. »Ich bin es, die sich entschuldigen muss, lieber Herr … Jakob. Ich war so außer mir, dass ich ungerecht war. Es tut mir leid!« Sie führte mich zum Treppenabsatz, wo sie meine Hand losließ. Ein weiteres Mal sah sie mich mit sanftem Blick an. »Außer Apoll habe ich noch einen zweiten Freund, der mir ebenfalls höchst kostbar ist.« Sie lächelte traurig und nickte dann in Richtung des Speisezimmers. »Und der soll natürlich nicht verhungern.«

Erleichtert darüber, dass der Sturm sich gelegt hatte, folgte ich ihr. Im Speisezimmer setzten wir uns an die große Tafel. Während Anna kurz darauf das verspätete Frühstück für mich brachte, fiel mein Blick auf den nun verwaisten Platz neben Charlottes Stuhl. Ich sah das gnädige Fräulein an, das traurig aufs Tischtuch starrte.

»Liebes Fräulein Charlotte, es ist schrecklich. Apoll ist gestern im Wald spurlos verschwunden.« Ich berührte kurz ihre Hand, die reglos auf dem Tisch ruhte. »Er hat sich immer mal von uns entfernt und ist irgendwo durchs Unterholz gestromert, doch er ist nach einiger Zeit stets wiederaufgetaucht. Sie wissen ja, wie er sich in der Natur verhält. Irgendwann aber ist er nicht mehr zu uns zurückgekommen.«

»Wie kann das sein?« Charlotte sah mich bestürzt und fassungslos an. »Haben Sie denn nach ihm gesucht?«

»Natürlich haben wir das«, erwiderte ich schnell. »Doch alles Rufen und Suchen blieb ohne Erfolg. Er war wie vom Erdboden verschwunden.«

»Wo ist das passiert?«

»Auf der Ostseite des Stuvenwalds. Ein Stück südlich der Landstraße, die von Nenndorf nach Buxtehude durchs Gehölz führt.

Ganz in der Nähe ist eine kleine, einsame Siedlung. Ihr Herr Vater sagte, es seien die Katen der Gebrüder Dreesen.« Endlich kam ich dazu, etwas Brot und Schinken zu essen.

»Ich weiß ungefähr, wo das ist«, erwiderte Charlotte und nickte entschlossen. »Gleich nachher werde ich dort nach ihm suchen.«

»Ich werde Ihnen helfen, gnädiges Fräulein!« Rasch schlang ich noch ein Stück Käse herunter und trank einen Schluck Kaffee. »Neben dem traurigen Verschwinden von Apoll gab es aber noch etwas Seltsames.«

»Geht es um den Meteoriten? Haben Sie ihn gefunden?«

»Leider nicht, wir haben nur ein Bruchteil und Spuren von seinem Absturz entdeckt.« Ich schüttelte den Kopf. »Nein, das Seltsame war, dass in der Dreesen-Siedlung nicht ein einziges Lebewesen anzutreffen war. Alle Mitglieder der beiden Familien, aber auch all ihre Schweine und Hühner waren fort. Fast schon gespenstisch! Alles wirkte so, als wären die Menschen gerade eben noch dagewesen. Das Essen stand auf dem Tisch.« Ich kratzte mich nachdenklich am Kinn, während Charlotte mich mit großen Augen gespannt ansah. »Merkwürdig war im Übrigen auch, dass in der Siedlung nicht eine Vogelstimme oder überhaupt etwas zu hören war – es herrschte eine unheimliche Totenstille.«

»Was? Alle Menschen verschwunden? Das ist ja schrecklich!«, rief sie bestürzt und schüttelte fassungslos den Kopf. »Was ist da geschehen?« Mit einem Mal richtete sie sich ruckartig auf. »Könnte es nicht sein, dass Apolls Verschwinden damit in Zusammenhang steht, Herr Jakob? Kann es wirklich reiner Zufall sein, dass sich das Verschwinden in beiden Fällen an diesem einen Ort ereignet hat?«

Verblüfft ließ ich die Gabel sinken und schluckte einen Bissen Ei hinunter. »Eine brillante Schlussfolgerung, Fräulein Charlotte! Auf den Gedanken sind der gnädige Herr und ich überhaupt nicht gekommen.« Ich nickte ihr zu. »Vielleicht hängen die beiden Ereignisse in der Tat zusammen.«

In diesem Augenblick erklang das Poltern lauter Schritte auf der Treppe. Kurz darauf stürzte der gnädige Herr ins Speisezimmer. Seine langen grauweißen Haare hingen ihm wirr auf die Schultern herab – er war offenbar eben erst aufgestanden und hatte sich noch nicht gekämmt. Zudem hatte er flüchtig einen völlig zerschlissenen Morgenmantel übergeworfen.

»Es ist schon nach zehn Uhr, ich habe viel zu lang geschlafen«, rief er missmutig und blieb neben dem Tisch stehen. »Frahm, machen Sie sich schnell bereit, wir müssen schleunigst los, bevor irgendjemand anders den Meteoriten findet.«

»Guten Morgen, Vater«, ergriff Charlotte entschlossen das Wort, ehe ich antworten konnte. »Ich komme mit euch, schließlich ist mein Apoll da draußen verschwunden. Ich muss ihn finden!«

»Das kommt nicht in Frage, närrisches Kind! Du störst uns nur.«

»Mit Verlaub, Vater«, erwiderte sie bestimmt, »da mein treuer Freund verschollen ist, werde ich selbstverständlich nach ihm suchen.«

»Auf gar keinen Fall! Ich dulde keinen Widerspruch!«, rief er ungeduldig.

»Gnädiger Herr, gestatten Sie mir einen Vorschlag«, warf ich vorsichtig ein. »Sechs Augen sehen mehr als vier. Es wäre hilfreich, nicht nur bei der Suche nach dem Meteoriten, sondern auch mit Blick auf die verschwundenen Dreesen-Familien und den guten Apoll. Es kann nur von Vorteil sein.«

Ludwig von Lohfeld hielt für einen Moment inne, warf seiner Tochter einen grimmigen Blick zu und brummte etwas Unverständliches. »Herrje, wie dem auch sei, wir brechen so schnell wie möglich auf«, sagte er schließlich und wandte sich zum Gehen. »Frahm, sagen Sie Karl Bescheid, dass unsere Kutsche unverzüglich bereitgestellt werden soll!« Damit verließ er eilig den Raum und stieg die Treppe hinauf. Charlotte lächelte mir dankbar zu.

Es dauerte eine Weile, bis die schlichte offene Kutsche vor dem Garten des Lohfeld-Hauses bereitstand, weshalb sich unser Aufbruch bis halb zwölf verzögerte. Das Hausmädchen hatte uns auf die Schnelle kleinere Mahlzeiten und Getränke eingepackt, sodass unsere Versorgung für den Tag gesichert war. Charlotte und ich saßen auf der hinteren Bank, Ludwig von Lohfeld trieb auf der vorderen Kutschbank die beiden Pferde zur Eile an. Seit dem Aufbruch hatte er nicht ein einziges Wort mit uns gewechselt, vielmehr starrte er verbissen auf die vor uns liegende Straße und ließ die Peitsche knallen. Nach einer halben Stunde hatten wir die Siedlung der Gebrüder Dreesen erreicht. Ich zeigte Charlotte die verlassenen Katen und den Stall.

»Was in Gottes Namen ist hier bloß geschehen?«, fragte sie bestürzt. Der gnädige Herr war uns schweigend mit gleichgültiger Miene gefolgt und schien mit seinen Gedanken woanders zu sein.

»Es ist ein Mysterium«, antwortete ich kopfschüttelnd. Dann wandte ich mich an den gnädigen Herrn: »Wir sollten die nähere Umgebung absuchen, es muss doch irgendwo Spuren von den Verschwundenen geben. Sie können sich ja nicht einfach in Luft aufgelöst haben.«

»Das ist vergebene Mühe – sie sind fort.« Ludwig von Lohfeld winkte mit entschiedener Miene ab. »Unser Fokus muss auf dem Meteoriten liegen. Lasst uns umgehend mit der Suche nach ihm beginnen! Solch eine Chance hat man nur einmal im Leben.«

»Aber Vater!«, rief Charlotte entsetzt und vorwurfsvoll. »Zuerst muss unsere Sorge den armen Menschen gelten! Vielleicht sind sie Opfer eines Verbrechens geworden oder befinden sich in größter Not.«

»Vertane Zeit!« Ludwig von Lohfeld schüttelte den Kopf.

»Mit Verlaub, gnädiger Herr«, warf ich ein, »wie Ihr Fräulein Tochter denke ich eigentlich auch, wir sollten uns hier sehr genau umsehen. Außerdem könnten wir in der nächstgelegenen Ortschaft – das wäre wohl Langenrehm – fragen, ob man dort etwas über das Verschwinden der Familien weiß.«

»Herrje, dann tut eben, was ihr nicht lassen könnt«, rief der gnädige Herr und sah uns wütend an. Zornig warf er die Peitsche auf den Boden. »Ich habe keine Zeit dafür.« Ohne auf eine Antwort zu warten, stapfte er davon. Fassungslos blickten Charlotte und ich ihm nach, wie er zwischen den beiden Katen hindurch kurzerhand im Wald verschwand.

»Manchmal zweifle ich ernsthaft am Verstand meines Vaters«, sagte Charlotte kopfschüttelnd, »und ebenso an seiner christlichen Moral.«

»In der Tat, gnädiges Fräulein, er ist besessen von dem Meteoriten. Sein Leben lang hat er auf ein solches Himmelsereignis gewartet. Daher gibt es derzeit nichts anderes in seinem Bewusstsein.« Ich seufzte und deutete in Richtung der beiden Katen. »Wir müssen uns wohl allein auf die Suche nach den Verschwundenen machen. Ich zeige Ihnen nachher, wo wir den armen Apoll gestern zum letzten Mal gesehen haben.«

»Ach Apoll, mein lieber Gefährte«, murmelte Charlotte traurig. Sie atmete tief durch und sah sich schließlich tatbereit um. »Gut, machen wir uns an die Suche, Herr Jakob!«

In den nachfolgenden drei Stunden durchkämmten wir die gesamte Siedlung der Gebrüder Dreesen und das Gehölz ringsum. Schon bald fiel auch Charlotte die Totenstille auf. Vorausschauend hatte sie an diesem Tag ein einfaches Leinenkleid und einen Mantel angezogen, sonst hätte sie sich im dichten Unterholz gewiss immer wieder verfangen. Wir suchten auch in den Wiesen und Feldern, die an den östlichen Rand des Stuvenwalds grenzten, nach Spuren der beiden Familien und ihrer Tiere. Doch vergebens, nicht ein einziger Hinweis war zu entdecken, der das rätselhafte Verschwinden hätte erklären können.

Auch die anschließende Suche nach Apoll blieb ohne Erfolg. Durch das Unterholz gingen wir jenen Weg zurück, den der gnädige Herr und ich am Vortag genommen hatten. Wir durchstreiften das gesamte Gelände bis zu jener Lichtung nördlich der Landstraße, wo Lohfeld und ich eine kurze Pause eingelegt hatten. Immer wieder riefen wir laut nach dem Hund, doch alle Mühe war vergebens, er blieb spurlos verschwunden.

Niedergeschlagen kehrten wir gegen drei Uhr zur Siedlung der Dreesens zurück und setzten uns erschöpft auf die Bänke der Kutsche. Wir tranken Wasser und aßen etwas von dem Imbiss, den das Hausmädchen vorbereitet hatte.

»Ich kann das alles nicht verstehen«, rief Charlotte ratlos und zupfte ein paar Blätter und Zweige aus ihrem Kleid. »Was ist hier bloß vorgefallen? Hat sich ein schreckliches Verbrechen ereignet oder gibt es am Ende irgendeine natürliche Erklärung? Sind die Leute womöglich einfach nur von hier fortgezogen? Oder hängt das Verschwinden der beiden Familien und meines lieben Apolls doch zusammen? Es ist mir ein Rätsel.«

»Ob dabei womöglich der Absturz des Meteoriten eine Rolle gespielt hat?«, fragte ich und brach mir ein Stück Brot ab. »Ich habe die halbe Nacht darüber gegrübelt. Dabei kamen mir die Texte in den Sinn, die ich für Ihren Herrn Vater übersetzt habe. Darin wurde häufig das Verschwinden von Menschen in der Folge eines Meteoritenabsturzes erwähnt, doch das Ganze klang meist fabulös und legendenhaft. Vor etwa sechshundert Jahren gab es wohl auch im nahegelegenen Blutgrund einen Absturz und danach Gerüchte, dass einige Höfe plötzlich verlassen gewesen seien. Ich weiß nicht, was man davon halten soll. In unseren Tagen der Aufklärung und der Wissenschaftlichkeit klingt das doch allzu sehr nach mittelalterlicher Mär und Aberglauben.«

»Aber mein Vater hält es für die Wahrheit.« Rasch schob Charlotte ein paar widerspenstige Haarsträhnen unter ihren kleinen Hut.

»Tatsächlich. Soweit ich das Wenige verstehe, das er mir bisher offenbart hat, stellt er die Berichte und Legenden nicht infrage.« Ich schüttelte nachdenklich den Kopf. »Wie auch immer, wir sollten erst einmal bei der Wirklichkeit bleiben, ehe wir so seltsame Überlegungen auch nur in Erwägung ziehen. Ich schlage vor, dass wir nun nach Langenrehm gehen und uns dort umhören, ob jemand etwas über das Verschwinden der Dreesen-Familien weiß.« Ich deutete nach Osten, wo man zwischen den Bäumen hindurch jenseits der Felder die Dächer des Dorfes sehen konnte. Es lag etwa eine Viertelmeile entfernt.

»Gut«, sagte Charlotte und trank einen großen Schluck Wasser. »Mein Vater ist ohnehin noch unterwegs und würde uns wohl auch nicht begleiten wollen.«

Kurz darauf machten wir uns auf den Weg. Bald hatten wir die kleine Siedlung und den Stuvenwald hinter uns gelassen und wanderten durch die weite, offene Landschaft auf das Dorf zu. Wie ich von einer Landkarte in unserer Vogtei wusste, umfasste das Dörfchen Langenrehm kaum mehr als ein Dutzend Gehöfte und lag just auf der Grenze zwischen den Ämtern Moisburg und Harburg; rein verwaltungsmäßig wurde es zu Harburg gerechnet. Da beiden Ämtern Freiherr von dem Bussche als Landdrost vorstand, war dies im Grunde auch unerheblich.

Nach einer knappen halben Stunde passierten wir die Gebäude am Ortsrand – Scheunen, Stallungen sowie einige aus Stein errichtete Bauernhäuser mit hohem Reetdach. In der Ortsmitte lagen der mit einem Gatter umzäunte Dorfanger, ein fest gemauerter Brunnen sowie ein Teich. Alle Bauern, Knechte und Mägde, denen wir auf unserem Weg durch Langenrehm begegneten, fragten wir nach dem Verschwinden der Familien Dreesen. Doch wir ernteten nur überraschte und ungläubige Reaktionen. Die Gesuchten seien erst kürzlich noch im Ort gesehen worden und ganz gewiss auch nicht fortgezogen. Erstaunt mussten wir zudem feststellen, dass kaum jemand im Dorf den Absturz des Meteoriten mitbekommen hatte.

Lediglich ein aufgeweckter junger Bursche hatte den von Heulen und Pfeifen begleiteten nächtlichen Fall des Himmelskörpers gesehen. Doch auch er konnte uns nichts Hilfreiches hierzu mitteilen. Erst am Ende unseres Gesprächs fiel ihm mit einem Mal noch etwas ein. »Zwei Tage nach dem Absturz war da etwas Seltsames«, sagte er und kratzte sich am blonden Schopf. »Ich habe die Alten davon reden hören. Ein übel zugerichteter Fremder ist plötzlich im Dorf erschienen. Da hinten am Teich sei er zusammengebrochen. Gehen Sie mal zur alten Else! Die hat den Mann bei sich aufgenommen.« Er deutete mit einer verdreckten Hand auf ein baufälliges Bauernhaus in der Nähe. Es war zwar fraglich, ob diese Geschichte etwas mit unserer Suche zu tun hatte, doch Charlotte und ich waren willens, der Fährte nachzugehen. Ehe wir uns auf den Weg machten, gab ich dem Burschen zum Dank einen Schilling.

Wir klopften an die alte, schiefe Tür des Hauses. Es dauerte eine Weile, ehe sie knarrend einen Spalt weit geöffnet wurde. Misstrauisch lugte eine sehr alte Frau mit blauem Kopftuch und schmutziger Schürze heraus. Als sie unsere gutbürgerliche Erscheinung wahrnahm, riss sie überrascht die Tür auf und verneigte sich mehrmals. »Ach du meine Güte. Gott zum Gruße, edle Herrschaften!«, begann sie unsicher und sah uns unterwürfig an. »Wie, was …?« Sie schaffte es nicht, ihre Frage zu vollenden, sondern schüttelte überfordert den Kopf.

»Gott zum Gruße, gute Frau«, ergriff Charlotte vor mir das Wort. »Keine Sorge, es ist alles in Ordnung.« Sie lächelte und berührte kurz die über der Schürze gefalteten Hände der alten Frau. »Sie sind doch Else, oder nicht? Man hat uns erzählt, Sie hätten kürzlich einen Fremden aufgenommen.«

Als die Frau mit großen Augen nickte, ergänzte ich behutsam: »Er soll verletzt im Dorf erschienen sein. Wir wollen gern einmal zu ihm.«

»Jawohl, ehrwürdige Herrschaften«, erwiderte die Alte erstaunt und verneigte sich erneut. »Er liegt oben in der Dachstube, ist aber mehr tot als lebendig – es ist ein Elend.« Sie trat in den dunklen Flur zurück und bat uns mit schiefem Lächeln herein. »Bitte, edle Herrschaften. Es ist jedoch sehr, sehr armselig bei mir. Bitte verzeihen Sie das einem armen alten Weib!«

Sofort beschwichtigten wir die Sorge der Frau, bedankten uns und folgten ihr eine klapprige hölzerne Stiege hinauf ins obere Stockwerk. Sie führte uns zu einer kleinen Kammer unter der Dachschräge, die durch ein winziges Fenster nur spärlich erhellt war. Dort ruhte auf einem schmalen Bett ein hagerer, dunkelhaariger Mann. Starr wie ein Toter lag er ausgestreckt mit geschlossenen Augen da, nur mit einem Leinentuch bedeckt. Er mochte Anfang dreißig sein. Sein wie im Schmerz erstarrtes Antlitz war weder Charlotte noch mir bekannt. Mit einem Mal fiel mir ein seltsamer, unangenehmer Geruch in der Kammer auf.

»Vorgestern ist er plötzlich torkelnd im Ort erschienen und wegen seiner furchtbaren Verbrennungen zusammengebrochen.« Vorsichtig zog die Alte das Leinentuch zurück. Charlotte und mir stockte der Atem. Auf der linken Körperhälfte des Mannes waren Brandwunden zu erkennen. Haut und Teile der Kleidung waren zu dunklen, klumpigen Flecken versengt, dazwischen gab es blutige Flächen, hier und da mit Eiter durchsetzt. Die schlimmen Wunden waren zweifellos die Ursache des abstoßenden Geruchs.

»Keiner kennt ihn, niemand weiß, woher er gekommen und was ihm widerfahren ist. Er hat noch kein Wort gesagt, nur manchmal etwas im Fieber gebrabbelt. Seine Kleidung war angesengt, ich habe sie weggeworfen, bis auf den Frack«, erklärte die alte Frau und zeigte auf ein angesengtes, zerlumptes Kleidungsstück, das über einem Schemel neben dem Bett lag. Behutsam deckte sie den Mann wieder zu. »Es ist schrecklich! Ich kann nichts für den armen Kerl tun, als ihm immer wieder etwas Wasser zu geben.«

»Hat denn schon ein Arzt nach ihm gesehen?«, fragte Charlotte mit besorgter Miene und hielt sich ein Taschentuch vor die Nase.

»Nein, gnädige Frau, noch nicht. Der nächste Arzt ist in Elstorf oder in Nenndorf.«

»Hier ist höchste Eile geboten«, sagte ich leise zu Charlotte, die stumm nickte und sich an die Alte wandte.

»Wir sind selbst aus Elstorf und werden gleich morgen den Wundarzt von dort vorbeikommen lassen«, erklärte Charlotte und sah die Bäuerin freundlich an. »Hab Dank dafür, dass du den armen Mann bei dir aufgenommen und gepflegt hast. Gott wird es dir vergelten.« Wir verließen mit der alten Frau die Kammer und folgten ihr wieder hinunter vor die Haustür.

»Hier, gute Frau, für deine Mühe und Fürsorge«, sagte ich und drückte ihr einen Schilling in die runzlige Hand. Sie verneigte sich dankbar und ließ die Münze in ihrer Schürze verschwinden. Beim Abschied lächelte sie und entblößte dabei ihren fast zahnlosen Mund.

Erschüttert von der verstörenden Begegnung begaben wir uns langsam wieder in Richtung Dorfmitte. Es war eindeutig, dass wir in Langenrehm nichts weiter zu den verschollenen Dreesen-Familien finden würden. Also kehrten wir schließlich zu der kleinen Siedlung am Rand des Stuvenwalds zurück.

»Wie entsetzlich der arme Mann zugerichtet war!«, sagte Charlotte und schüttelte traurig den Kopf. »Ich habe noch nie etwas so Schlimmes gesehen. Woher stammen nur seine Verbrennungen? Irgendwo muss ein Feuer gewütet haben und er ist wohl mitten hineingeraten. Furchtbar.«

»Gleich morgen früh müssen wir in Elstorf nach dem Arzt schicken, damit er sich den Verletzten ansieht.« Für einen Moment kamen mir die Feuerspuren des Meteoriten im Wald in den Sinn. Ungewollt musste ich seufzen. »Ich kenne mich nicht mit Verbrennungen aus, aber es sieht sehr ernst aus. Vielleicht lebt er nicht mehr lange.«

»Gott bewahre!«, rief Charlotte bestürzt. Wir ließen das Dorf hinter uns und wanderten durch die Felder zurück. Der vor uns liegende Wald erstreckte sich fast über die ganze Breite des Horizonts. Eine Weile gingen wir schweigend nebeneinander, jeder in Gedanken versunken.

»Wer mag dieser Fremde bloß sein?«, ergriff Charlotte nach einiger Zeit wieder das Wort. »Es ist seltsam, dass er plötzlich in diesem abgelegenen Dorf aufgetaucht ist, noch dazu schwer verletzt. Vielleicht sollten wir einmal in den Nachbarorten fragen, ob man dort etwas von einem Brand weiß.«

»So vieles ist seltsam dieser Tage«, erwiderte ich nachdenklich. »Wir sollten morgen nicht nur nach dem Arzt schicken, sondern auch die Behörden in Kenntnis setzen. Und zwar nicht nur wegen des Fremden, sondern auch wegen der verschwundenen Dreesen-Familien.« Ich wies in Richtung des Stuvenwalds, dem wir uns langsam näherten. »Der gnädige Herr muss gleich morgen dem Dorfschulzen und dem Herrn Amtmann in Moisburg Nachricht über die rätselhaften Geschehnisse zukommen lassen.«

Schweigend setzten wir unseren Weg fort. Der nahe Wald warf bereits abendliche Schatten, die sich wie ein dunkles Tuch über die Wiesen und Felder legten. Es mochte schon nach sechs Uhr sein, die Sonne war längst hinter den Bäumen versunken. Nach kurzer Zeit hatten wir den Waldrand erreicht und traten wieder auf den Platz in der Mitte der verlassenen Siedlung. Wir fanden die Kutsche und alles andere unverändert vor. Die beiden Pferde, die wir nach unserer Ankunft ausgespannt, getränkt und in eines der Gatter gebracht hatten, sahen uns ruhig und gleichmütig an.

»Mein Vater ist zwischendurch nicht hier gewesen«, sagte Charlotte besorgt, nachdem sie die zwei Körbe unter der Kutschbank inspiziert hatte. »Die Feldflaschen und Essensvorräte liegen noch genauso da, wie wir sie zurückgelassen haben. Er hat nichts angerührt.«

»Seltsam, der gnädige Herr muss doch hungrig und durstig geworden sein«, antwortete ich kopfschüttelnd. »Ich fürchte leider, wir können nicht viel mehr tun, als hier auf ihn zu warten.«

»Das stimmt«, nickte Charlotte und schaute in die zunehmende Dunkelheit des Waldes. »Spätestens wenn es finster wird, muss er hier auftauchen. Wir können aber schon einmal nach ihm rufen.« Sie ging ein paar Schritte in Richtung des Waldes und formte die Hände zu einem Trichter. Laut rief sie mehrmals nach ihrem Vater und durchbrach die über der Siedlung lastende Stille. Ich schloss mich ihr an und wandte mich mit meinen Rufen in die entgegengesetzte Richtung. Wir bemühten uns einige Minuten lang, doch es folgte keine Reaktion. Schließlich gaben wir es auf und setzten uns auf die Kutschbank.

Über eine Stunde lang harrten wir so aus, unterhielten uns über die seltsamen Erlebnisse dieses Tages und stärkten uns an den Vorräten. Erst als die blaue Stunde anbrach, vernahmen wir Geräusche im Unterholz. Kurz darauf torkelte – ich kann es nicht anders sagen – Ludwig von Lohfeld zwischen den Bäumen hervor und schleppte sich mit sichtlicher Anstrengung auf die kleine Lichtung. Es war inzwischen so dunkel, dass wir seine Züge erst erkennen konnten, als er schon fast vor uns stand. Vollkommene Erschöpfung war ihm ins Gesicht geschrieben.

»Mein Gott, Vater! Was ist mit dir?«, rief Charlotte erschrocken, als der gnädige Herr sich ächzend am Vorderrad der Kutsche abstützte, dann jedoch kraftlos zu Boden sank. Sofort sprang sie vom Gefährt und kniete sich neben ihren Vater. Der alte Mann hatte die

Augen geschlossen und gab mit verzerrtem Gesicht stöhnende Laute von sich.

»Er ist kaum mehr bei Bewusstsein«, rief ich entsetzt. Charlotte bettete sein Haupt in ihren Schoß und strich ihm beruhigend durchs wirre Haar. Nach einer Weile bangen Wartens kam der gnädige Herr wieder zu Sinnen und versuchte, uns etwas zu sagen. Seine Stimme war jedoch nur ein heiseres Krächzen. »Und er ist halb verdurstet.« Rasch holte ich eine Feldflasche aus der Kutsche. Langsam und vorsichtig flößte Charlotte ihrem Vater Tropfen für Tropfen ein, bis er schließlich von seinem Schwächeanfall erwachte, die Flasche ergriff und gierig trank.

»Nichts! Es ist zum Verzweifeln«, rief Ludwig von Lohfeld plötzlich. »Ich habe den unseligen Meteoriten noch immer nicht gefunden.« In einer Mischung aus Wut und Verzweiflung schüttelte er den Kopf und richtete sich ächzend auf. Als er aufstehen wollte, versagten ihm jedoch seine müden Beine den Dienst. Charlotte und ich mussten ihn stützen und ihm in die Kutsche helfen. Erschöpft und kraftlos ließ er sich gegen die Rückenlehne der hinteren Bank sinken.

»Jetzt fahren wir erst einmal nach Hause, gnädiger Herr«, sagte ich ruhig und rechnete schon mit einer erbosten Reaktion, doch Ludwig von Lohfeld schwieg. Zweifellos war ihm klar, dass eine Fortsetzung der Suche in der Dunkelheit keinen Sinn hatte.

Seine Tochter nahm neben ihm Platz und reichte ihm Brot und Schinken. Hungrig verschlang er alles auf der Stelle. Ich holte unterdessen die Pferde aus dem Gatter, spannte sie ein und setzte mich auf die vordere Bank. Es war mittlerweile so dunkel, dass man kaum mehr die Hand vor Augen sah.

»Wir müssen morgen wiederkommen!«, rief der gnädige Herr, als ich die Pferde zum Aufbruch antrieb. »Und die Suche fortsetzen.«

»Eins nach dem anderen, Vater«, sagte Charlotte ruhig, »du musst dich erst einmal erholen.« Selbst diese Mahnung ließ er in diesem Moment widerspruchslos über sich ergehen, ohne seine Tochter wie sonst wütend anzufahren.

Die Heimfahrt gestaltete sich sehr schwierig. In der tiefen Dunkelheit konnte ich die Pferde nur langsam lenken, denn der Weg durch die Felder hin zur Landstraße war kaum mehr auszumachen. Als wir endlich den breiten Fahrweg erreicht hatten und ihm in den Stuvenwald hinein folgten, geschah etwas Unglaubliches.

Linkerhand erschien plötzlich zwischen den Bäumen ein Licht. Es war ein gutes Stück von uns entfernt, doch es war unübersehbar. Wie eine mannshohe schlanke Fackel leuchtete und loderte das Feuer. Besonders unheimlich war, dass es sich durch den Wald bewegte. Es huschte durchs Unterholz, verschwand hinter den Baumstämmen und tauchte kurz darauf an anderer Stelle wieder auf. So flog der gespenstische Schein in wilder Jagd hin und her durch den finsteren Wald.

»Ein Irrlicht! Seht ihr? Das … ist ein Fackelmann!«, rief Ludwig von Lohfeld aufgeregt und sprang förmlich von der Bank. »Halt an, Frahm, auf der Stelle!«

Sofort zog ich die Zügel an und rief die Pferde zum Anhalten. Mit einem Ruck kam die Kutsche zum Stehen, wodurch der gnädige Herr fast gestürzt wäre. Mit beiden Händen konnte er sich gerade noch an meinem Rücken festhalten. Aufgeregt klopfte er mir auf die Schulter, als wolle er mich zur Eile auffordern.

»Schnell, wir müssen hinterher, Frahm!«, rief er aufgeregt und zerrte hektisch an meinem Rock. »Das Irrlicht ist da, wo wir gestern schon einmal gesucht haben. Direkt dort muss der Meteorit liegen.« Mit diesen Worten stolperte er ungelenk von der Kutsche und stürzte der Länge nach hin. Er stieß einen Schmerzensschrei aus und versuchte, wieder aufzustehen.

»Oh Gott, Vater!« Charlotte stieg rasch ab und war sofort an seiner Seite. Noch einmal versuchte er hochzukommen, doch ihm fehlte die Kraft. Keuchend starrte er ins Unterholz, wo das ferne Licht noch immer hin und her huschte.

»Frahm, gehen Sie allein! Los, um Gottes willen, gehen Sie schon!«, rief er, als ich ihm aufhelfen wollte. Er stieß meine Hand wütend zur Seite und deutete in Richtung des Irrlichts. Doch als wir dem unheimlichen Schein nachsahen, verschwand er plötzlich von einem Moment zum anderen. Überrascht und fassungslos starrten wir noch eine Weile in die Schwärze, bis uns klar wurde, dass das geisterhafte Lichtwunder verschwunden war.

»Es … ist fort«, stammelte der gnädige Herr ungläubig und verzweifelt. Er blickte in alle Richtungen und rappelte sich mühsam auf. Für einen Augenblick schien er zu erwägen, sich trotz der Finsternis durchs Gehölz zu kämpfen.

Doch ehe er den Gedanken aussprechen konnte, legte Charlotte ihm die Hand auf die Schulter und sah ihn entschlossen an. »Wir fahren jetzt nach Hause, Vater, hörst du?« Obwohl er unwillig schnaubte und ihre Hand abschüttelte, gab er nach. Schweigend halfen wir ihm wieder in die Kutsche und setzten die Heimfahrt fort. Bis wir spätabends in Elstorf ankamen, wechselten wir kein Wort mehr. An diesem Abend war ich mehr als beeindruckt von Charlotte. Etwas in ihr hatte sich gewandelt. Noch nie hatte ich sie so bestimmt und entschlossen erlebt.

Kapitel 11

Unruhe und Aufregung trieben mich am folgenden Morgen aus den Federn. In der Nacht hatten mir quälende Gedanken den Schlaf geraubt. Es gab viele offene Fragen und Rätsel, doch keinerlei Antworten: das spurlose Verschwinden der beiden Familien und auch Apolls, der schwerverletzte Fremde in Langenrehm sowie das wunderhafte Mysterium des nächtlichen Irrlichts. Da all das unmittelbar nach Absturz des Meteoriten eingetreten war, stellte sich die Frage, ob dieses Ereignis womöglich die Natur und die Ordnung der Dinge aus dem Gleichgewicht gebracht hatte.

Doch es war müßig, sich den Kopf zu zerbrechen, denn eine Lösung war durch reine Denkarbeit und Logik kaum zu erwarten. Vielmehr galt es, die praktischen Dinge anzugehen. So machte ich mich früh ans Tagwerk. Das Frühstück nahm ich eher flüchtig ein, zumal sich Charlotte entschuldigen ließ. Sie wollte nach ihrem Vater sehen. Der gnädige Herr hatte sich nach unserer späten Rückkehr grußlos und leicht humpelnd in seine Gemächer zurückgezogen. Die Erschöpfung von den Mühen des Tages war ihm deutlich anzusehen gewesen.

Der erste und dringlichste Schritt galt dem Schwerverletzten in Langenrehm. Nach dem Frühstück schickte ich daher Anna zu Doktor Kampen, dem hiesigen Wundarzt in Elstorf. Ich ließ ihm ausrichten, dass er sich möglichst rasch aufmachen solle, um sich des armen Mannes anzunehmen, der nach meinem laienhaften Ermessen dem Tod näher war als dem Leben; die Kosten würde der gnädige Herr übernehmen. Bei ihrer Rückkehr berichtete Anna, dass der Doktor noch anderweitige Verpflichtungen habe, sich jedoch gleich nach dem Mittag auf den Weg machen würde.

Nicht weniger wichtig war es, Maßnahmen hinsichtlich der beiden verschollenen Familien zu ergreifen. Zu diesem Zweck verfasste ich in der Amtsstube zwei kurze Briefe und übergab sie Karl, damit sie sofort per Boten zugestellt würden. Einer war an den ehrenwerten Amtmann Wolff in Moisburg adressiert, der andere an den hiesigen Dorfschulzen. Darin ersuchte ich – ebenfalls im Auftrag des gnädigen Herrn – darum, möglichst zeitnah behördliche Ermittlungen bezüglich des Verbleibs der Familien in die Wege zu leiten. Damit, dass sie seit mindestens zwei Tagen verschwunden waren, begründete ich die besondere Dringlichkeit. Ich bot an, die Amtsträger im Laufe des Tages selbst zum Schauplatz des Rätsels zu begleiten, und bat um rasche Antwort.

Danach blieb mir nicht viel übrig als zu warten. Ich widmete mich halbherzig den Amtsgeschäften in der Vogtei, horchte aber stets, ob sich im Haus etwas regte. Irgendwann kam Charlotte in die Amtsstube und berichtete, ihr Vater habe sich beim Sprung aus der Kutsche den Knöchel verstaucht.

»Er liegt oben auf der Chaiselongue mit einem kalten Wickel«, sagte sie und lächelte. »Das hindert ihn zum Glück daran, sofort wieder in den Stuvenwald aufzubrechen. Genau das hatte er nämlich vor.«

»Gott bewahre, der gnädige Herr soll sich erholen«, erwiderte ich. »Dieser – mit Verlaub – verfluchte Meteorit lässt ihm einfach keine Ruhe. Er ist besessen.«

»In der Tat«, sagte sie und nickte, »dabei muss unsere Sorge den verschollenen Familien und dem verletzten Fremden gelten. Beides kümmert Vater aber nicht im Geringsten.« Sie schüttelte den Kopf und seufzte traurig. »Und meinen guten Apoll werde ich wohl nie wieder sehen.«

»Das tut mir so leid, liebes Fräulein Charlotte.« Ich berührte ihren Unterarm. »Ich weiß, er war Ihnen ein treuer Freund.« Wir schwiegen eine Weile. Schließlich berichtete ich ihr von den Maßnahmen, die ich am Morgen in die Wege geleitet hatte.

Am Vormittag trafen nacheinander die Antworten von Amtmann Wolff und dem Dorfschulzen ein. Beide kündigten an, gegen Mittag in der Vogtei vorstellig zu werden, um dann mit mir und dem gnädigen Herrn zur Dreesen-Siedlung zu fahren.

Gegen elf Uhr wurde ich von meiner eintönigen Arbeit abgelenkt. Wie meistens hatte ich die Tür zur Flurhalle hin offenstehen lassen, sodass mich das aufdringliche Klopfen an der Haustür aufschrecken ließ. In seiner unerschütterlichen Gelassenheit schlurfte Karl zum Eingang und öffnete dem Besucher.

»Zum gnädigen Herrn oder gnädigen Fräulein!«, rief eine Stimme in barschem Ton, ehe der alte Diener etwas sagen konnte. »Ganz egal, zu wem von beiden. Hauptsache sofort und schnell!«

»Gott zum Gruße, junger Herr«, erwiderte Karl ruhig. »Sie müssten sich einen Moment gedulden, ich frage bei den Herrschaften nach. Mit Verlaub, Ihr werter Name war Dehmel, nicht wahr?«

»Ganz recht! Merk ihn dir, alter Kerl, denn ich werde künftig öfter hier ein- und ausgehen.« Ich hörte Dehmel selbstgerecht lachen und spürte, wie mir die Galle hochkam. »Denn ich gehöre in Bälde zur Familie.«

»Wie gesagt, Herr Dehmel, bitte einen Moment Geduld.«

»Ja ja, ich warte in der Halle. Lass mich durch, alter Mann!« Ich hörte plötzlich das Rascheln von Stoff und stolpernde Schritte. »Los, aus dem Weg!« Offenbar hatte der Besucher den Hausdiener einfach zur Seite gestoßen. Karl gab einen protestierenden Laut von sich, doch schon rauschte Dehmel an meiner Tür vorüber.

Ich sprang vom Stuhl auf und eilte in die Halle, wo ich dem alten Diener begegnete. Er kam aus Richtung Haustür und richtete seinen verrutschten Frack. Fassungslos sahen wir zu, wie es sich der unverschämte Gast auf dem Sofa bequem machte. Mit arroganter Miene blickte er uns entgegen.

»Was fällt Ihnen ein, Sie anmaßender Kerl!«, rief ich. Wütend ging ich hinüber zum Sofa und baute mich vor ihm auf. »Verschwinden Sie, bevor ich Sie eigenhändig rauswerfe.« Aus dem Augenwinkel sah ich, wie sich die Zimmertür des gnädigen Fräuleins im ersten Stock öffnete. Doch meine Aufmerksamkeit galt allein Eduard Dehmel.

»Oho, der selbsternannte Hauswächter.« Höhnisch grinste er mich an. »Ich werde es sein, der Sie rauswirft, Frahm. Als Charlottes Gemahl werde ich das ganz sicher als Erstes tun, wenn ich in dieses Haus einziehe.«

»Dazu wird es nie kommen, Widerling!« Siedend vor Zorn packte ich ihn am Kragen und zerrte ihn vom Sofa hoch. Als ihm dabei der edle Hut vom Kopf fiel, trat ich in demonstrativer Zerstörungswut darauf. Zugleich zog ich ihn hinter mir her durch die Halle. Protestierend schlug er mit den Fäusten auf mich ein, doch da er klein und schmächtig war, vermochte mich das nicht aufzuhalten. Ungläubig und erbost starrte er mir ins Gesicht, musste aber die grobe und demütigende Behandlung über sich ergehen lassen. Sein Antlitz war dunkelrot vor Anspannung und Zorn. Während ich ihn in Richtung Haustür schleifte, nahm Karl in aller Ruhe Dehmels Gehstock vom Sofa und hob seinen zerknüllten Hut auf. Dann kam er uns nach. Vor der Tür überholte er uns, öffnete diese und schleuderte beides schweigend in den Garten hinaus.

»Was zum Teufel …«, setzte Dehmel aufgebracht an, doch er kam nicht dazu, den Satz zu beenden. Kaum hatte ich ihn über die Schwelle gezerrt, warf ich ihn die Treppe hinunter. Mit einem Zornesschrei landete er auf dem bemoosten Weg, der durch den Garten zum Haus führte. Er warf Karl und mir wütende Blicke zu, dann rappelte er sich langsam vom Boden auf. »Das hat ein Nachspiel, Frahm! Dafür wirst du bezahlen, verlass dich drauf!«, zischte er mit mühsam gebändigtem Zorn. Missmutig klopfte er Frack und Hose ab, hob Stock und Hut vom Boden auf und richtete den Stecken drohend auf mich. »Charlotte magst du täuschen können, aber ich werde dafür sorgen, dass der gnädige Herr dich aus dem Haus jagt. Ich bin sein künftiger Schwiegersohn.«

»Träum weiter, Dremmel«, sagte ich und lachte in demonstrativer Gelassenheit. Innerlich jedoch spürte ich einen Stich in meinem Herzen beim Gedanken daran, dass Ludwig von Lohfeld die Hand seiner Tochter diesem Schurken zu überlassen gedachte.

»Warte nur ab, du Lügner und Betrüger, wer hier am Ende lacht«, sagte Dehmel finster. Damit wandte er sich um und marschierte durch den Garten davon. Karl ging wieder ins Haus, ich blieb noch kurz vor der Tür stehen und sah Eduard Dehmel über die Straße in Richtung Ortsmitte gehen. Dann verschwand er aus meinem Blickfeld.

Als ich in die Flurhalle zurückkam, stand das gnädige Fräulein unten am Fuß der Treppe. Mit großen Augen sah sie mich an und kam mir langsam entgegen. Ihr schönes Antlitz war in diesem Moment unergründlich für mich, ich vermochte nicht darin zu lesen. Den Blick fest auf mich gerichtet, trat sie vor mich. Eine Weile standen wir uns schweigend gegenüber. Mit einem Mal wurde ihre Miene weicher und ihre Augen schienen zu leuchten. Dann hob sie die rechte Hand, legte sie sanft an meine Wange und strich zärtlich darüber. Ihr Mund formte sich zu einem verzaubernden Lächeln, in ihren Augen schimmerten Zuneigung und Wärme.

»Danke, Jakob«, flüsterte sie so leise, dass ich es fast nur erahnen konnte.

»Ich habe ihn verjagt«, murmelte ich verwirrt, während mich Glück und Erfüllung durchströmten. »Er wird dich nie …«

»Ich weiß«, sagte sie. »Das wird niemals passieren.« Sie lächelte mich an und löste ihre Hand von meinem Gesicht. Rasch ergriff ich sie und hielt sie fest umschlossen.

»Wie froh es mich macht, das zu hören.« Mit klopfendem Herzen sah ich sie an. »Ich bin dir sehr zugetan, Charlotte. Weißt du das?«

»Ich habe es gehofft«, erwiderte sie leise. Ihr zärtlicher Blick erfüllte mich vollkommen und verlieh mir ungeahnten Mut. Ihre Hand in meiner haltend beugte ich mich kurzentschlossen vor und küsste sie auf den Mund. Dann standen wir uns wie gelähmt gegenüber und sahen uns verwirrt und zugleich berauscht in die Augen. Das Herz schlug mir bis zum Hals und ich wagte kaum Luft zu holen.

Schließlich war es Charlotte, die den Bann brach. Sie schöpfte Atem, lächelte mich an und zog ihre Hand sanft aus meiner. Ohne ein weiteres Wort wandte sie sich ab und ging zur Treppe. Ihr Kleid raschelte leise, als sie die Stufen hinaufstieg. Ich sah ihr nach, bis sie oben die Galerie betrat und zu ihren Gemächern ging. Als sie die Tür öffnete, wandte sie sich noch einmal um. Sie schenkte mir ein wundervolles Lächeln und hob kurz die Hand. Dann verschwand sie in ihrem Zimmer.

Noch eine ganze Weile blieb ich reglos in der Flurhalle stehen. Ich konnte kaum fassen, was geschehen war: Charlotte und ich hatten einander unsere Zuneigung offenbart. Ein unbeschreibliches Glücksgefühl durchflutete mich und ließ mich unweigerlich lächeln. Eine euphorische Stimmung weckte in mir den Wunsch, die ganze Welt zu umarmen. Was für eine Seligkeit! Freudetrunken kehrte ich in die Amtsstube zurück. Ruhelos ging ich eine Weile auf und ab und versuchte, wieder Herr meiner Sinne zu werden.

Wie mochte es Charlotte in ihrem Zimmer ergehen? Ob sie auch so aufgewühlt war? Nur zu gern wäre ich zu ihr geeilt und hätte sie in meine Arme geschlossen. Mit solchen und ähnlichen Gedanken dauerte es eine Zeitlang, bis ich mich wieder gefasst hatte. An Arbeit vermochte ich dennoch nicht zu denken. Die folgenden Stunden verstrichen damit, dass ich verträumt durchs Fenster auf die Bäume im Garten schaute oder ziellos irgendwelche Papiere in die Hand nahm, um sie kurz darauf wieder achtlos zur Seite zu legen.

Um die Mittagszeit kamen der ehrenwerte Amtmann Wolff aus Moisburg und der hiesige Dorfschulze im Hause Lohfeld an. Ersterer hatte den Ortsvorsteher von Elstorf unterwegs mit der Kutsche abgeholt. Karl brachte die beiden Amtsleute ins Speisezimmer und gab dem gnädigen Herrn und mir Bescheid.

Während wir auf Ludwig von Lohfeld warteten, brachte ich die beiden Besucher auf den jüngsten Stand der Dinge. Das betraf nicht nur das Verschwinden der beiden Dreesen-Familien, sondern auch das rätselhafte Erscheinen des schwerverletzten Fremden in Langenrehm und das Irrlicht.

»Wie seltsam. Was sind das für merkwürdige Dinge?«, sagte Amtmann Wolff und schüttelte den Kopf. Der großgewachsene, hagere Mann stand am Fenster und kratzte sich mit nachdenklicher Miene am Ansatz seiner weiß gepuderten Perücke.

»Ja, in der Tat mysteriös.« Der rundliche Dorfschulze hatte auf einem Stuhl an der Tafel Platz genommen. Mit Hingabe widmete er sich dem Imbiss, den Karl und Anna gebracht hatten. Einen Hühnerschenkel in der Hand, wandte er sich an mich. »Auditor Frahm, Sie sagen, in Langenrehm weiß man auch nichts über die verschollenen Menschen?«

»So ist es. Wir haben jeden befragt, der uns begegnet ist. Niemand wusste etwas zu sagen«, antwortete ich. In diesem Moment betrat Ludwig von Lohfeld den Raum. Der Hausherr stützte sich auf seinen Gehstock und bewegte sich humpelnd mit langsamen, vorsichtigen Schritten.

»Sieh an, welch hoher Besuch in meinen Hallen«, sagte er kühl mit verschlossener Miene. Er reichte den Gästen kurz die Hand und setzte sich auf den Platz am Kopf der Tafel. »Die Herren wollen also nach den Dreesens suchen? Ich fürchte, das ist vergebliche Mühe.«

»Auditor Frahm hat uns bereits geschildert, wie hoffnungslos es aussieht«, sagte Amtmann Wolff. »Dennoch müssen wir alles versuchen. Außerdem ist da auch noch der Verletzte, den es zu retten gilt.«

»Doktor Kampen ist gewiss bereits auf dem Weg zu ihm«, ergänzte ich rasch.

»Nun, ich komme jedenfalls mit!«, sagte der Hausherr entschieden. »Ich habe in der Gegend noch etwas zu erledigen. Seit Tagen suche ich dort nun schon einen niedergestürzten Meteoriten.«

»Aber, mit Verlaub, Ihr Knöchel, gnädiger Herr«, gab ich zu bedenken.

»Das wird schon gehen, Frahm. Keine Sorge.«

»Ach, du suchst den Meteoriten, der neulich herunterkam? Das war auch bei uns in Moisburg zu beobachten.« Der Amtmann nickte kurz und wies mit seinem eleganten Stock auf die Beine des gnädigen Herrn. »Wenn du derzeit schlecht zu Fuß bist, ist das kein Problem: Ich bin mit der großen Kutsche gekommen. Vielleicht müssen wir den verletzten Fremden transportieren.« Er sah Ludwig von Lohfeld an, der jedoch in Gedanken versunken schien.

Die drei älteren Herren stärkten sich vor dem Aufbruch noch einmal. Ich aber ärgerte mich über den gnädigen Herrn. Wie konnte er nur an Himmelsgestein denken, wenn ein Mann mit dem Tode rang und zwei Familien verschwunden waren!

Dann brachen wir auf. Zu meinem Bedauern konnte ich Charlottes geliebtes Antlitz vorher nicht noch einmal sehen. Selbst nach so kurzer Zeit schon empfand ich Sehnsucht nach ihr. Angesichts der wichtigen Mission trat diese Empfindung jedoch bald in den Hintergrund. Amtmann Wolff, der an der Seite des gnädigen Herrn auf der vorderen Bank saß, trieb die Pferde zur Eile an. Eine halbe Stunde später erreichte unsere Kutsche die kleine Siedlung im Stuvenwald.

Wir zeigten dem Amtmann und dem Dorfschulzen den Schauplatz des Verschwindens. Erstaunt und ratlos folgten uns die Amtsleute durch die beiden jäh verlassenen Katen. Bald löste sich Ludwig von Lohfeld aus unserer Gruppe. Während ich die beiden durch den leeren Stall führte und ihnen von unserer vergeblichen Spurensuche berichtete, humpelte er schwerfällig und langsam über den Vorplatz. An der Richtung, in die er zum Wald spähte, konnte ich erkennen, dass er die Stelle suchte, an der uns das Irrlicht erschienen war. Offenbar wollte er dorthin, aber sein Knöchel machte ihm einen Strich durch die Rechnung: Trotz des Stocks kam er nur mühsam und mit schmerzverzerrter Miene humpelnd voran; an einen Gang durchs Unterholz war nicht zu denken. Als ihm dies klar wurde, schlug er mit dem Stock zornig auf den Boden ein, sodass Erde und Laub aufspritzten. Enttäuscht hinkte er zur Kutsche zurück und wartete auf uns.

»Als hätten sich die Familien just beim Essen in Luft aufgelöst«, sagte Amtmann Wolff, als wir allesamt wieder das Gefährt bestiegen. »Das hier ist vielleicht einer dieser rätselhaften Fälle, die nie aufgeklärt werden.« Er schüttelte den Kopf und ergriff die Zügel. »Wie kann es sein, dass Menschen spurlos verschwinden?«

»Gespenstisch! Man könnte fast an etwas Übernatürliches denken«, sagte der Dorfschulze und machte es sich hinten neben mir bequem. »Als würde es einem Märchen oder einer Sage entspringen.«

Der Amtmann lenkte die Kutsche langsam zurück auf die Landstraße, wo in östlicher Richtung die Dächer des Dorfes Langenrehm zu erkennen waren. Während wir allesamt schweigend in die vorüberziehende Landschaft schauten, fiel mir auf, wie der gnädige Herr bedächtig nickte. »Übernatürlich«, murmelte er leise, in Gedanken versunken.

»Was sagst du, Ludwig?«, fragte Amtmann Wolff und sah seinen Verwandten von der Seite neugierig an.

»Ach nichts«, winkte dieser ab. »Es ist nur: Auch Übernatürliches folgt Naturgesetzen, nur sind sie uns oft noch unbekannt.«

»Aha. Meine Güte, ich wusste nicht, dass du eine philosophische Ader hast, Ludwig«, sagte Amtmann Wolff, lachte und klopfte dem gnädigen Herrn aufmunternd auf den Oberschenkel. »Daran zeigt sich doch wieder einmal: Wir müssen uns häufiger sehen, mein Lieber.«

Wie nicht anders zu erwarten, ignorierte der gnädige Herr die freundliche Geste und blickte schweigend über die Felder. Während der Fahrt dachte ich noch eine Weile über seine Worte nach. Bezogen sie sich auf seine seltsame Theorie der Feuertore, in deren Zentrum Meteoritenabstürze standen? Vermutete Ludwig von Lohfeld nach seiner kruden Idee, dass es zwischen dem Verschwinden der Dreesen-Familien und dem Erscheinen des Irrlichts einen Zusammenhang gab? Meinte er, diese scheinbar übernatürlichen Effekte folgten einem Naturgesetz, das uns bislang unbekannt war? Hatte er genau das zwei Tage zuvor mit seiner Bemerkung andeuten wollen, als wir in der Nähe des sogenannten »Blutgrunds« gestanden hatten?

Mir blieb keine Zeit für weitere Grübeleien, denn kurz darauf erreichten wir Langenrehm. Amtmann Wolff brachte die Kutsche beim Teich in der Ortsmitte zum Stehen. Sogleich fand sich eine Schar Schaulustiger ein, die sich vor den Herrschaften ehrerbietig verneigten. Der Amtmann und der Dorfschulze befragten einige Bauersleute und Knechte nach den verschwundenen Familien, doch wie am Vortag vermochte niemand hierzu etwas zu sagen.

»Davon weiß ich leider nichts«, brummte ein zahnloser Landmann abwinkend. Dann senkte er jedoch die Stimme und sah uns geheimniskrämerisch an. »Aber andere seltsame Dinge sind hier passiert. Vor drei Tagen ist aus dem Nichts ein verbrannter Fremder aufgetaucht. Und seit zwei Nächten zeigt sich an der Straße durch den Wald ein Geisterlicht, ein Fackelmann.« Zustimmendes Gemurmel erhob sich unter den Bauern.

»Weißt du noch mehr über das Irrlicht, Mann? Wo genau zeigt es sich?«, fragte Ludwig von Lohfeld in drängendem Ton. Neugier und Ungeduld waren ihm anzusehen.

»Mit Verlaub, ich kann nicht viel mehr dazu sagen, edler Herr«, erwiderte der Landmann. »Man kann es in der Nacht von hier aus immer mal wieder in der Ferne sehen. Die genaue Stelle kenne ich aber nicht. Es tut mir untertänigst leid.«

»Gut, gut«, sagte der Amtmann lächelnd in die Runde. Daraufhin wandte er sich an mich. »Dann führen Sie uns bitte zu dem verletzten Fremden, Auditor Frahm.«

Während wir zu dem nahegelegenen Haus der alten Bäuerin gingen, wandte sich Johann Wolff an den Dorfschulzen. »Ich werde Amtmann Brandes in der Vogtei Harburg über die rätselhaften Vorfälle in Kenntnis setzen, denn das Dorf Langenrehm liegt an der Ämtergrenze und fällt in seine Zuständigkeit. Unser Kollege soll sich ebenfalls um Aufklärung bemühen.«

Kurz darauf betraten wir das baufällige Haus der alten Frau, die von dem hohen Besuch überfordert schien. Sie begrüßte uns schüchtern und sagte matt, wir sollten einfach hinaufgehen. Der Wundarzt sei bereits bei dem Kranken.

»Ah, Doktor Kampen«, sagte der Dorfschulze, als wir die Dachkammer betraten und sogleich den abscheulichen Geruch vom Vortag wahrnahmen. »Gott zum Gruße!«

Der Arzt stand über das Bett gebeugt und betrachtete den Oberkörper des Fremden. Das Laken war bis zur Hüfte hinabgeschoben.

»Guten Tag, die Herrschaften«, erwiderte er und nickte uns zu. Er deutete auf den Schwerverletzten. Zu meiner Überraschung bewegte der Mann dieses Mal unruhig den schweißnassen Kopf und brabbelte mit schmerzverzerrter Miene etwas vor sich hin.

»Wie steht's um ihn, Doktor?«, fragte Amtmann Wolff besorgt und hielt sich ein Seidentuch vor die Nase.

»Er hat schwerste Verbrennungen am ganzen Leib und sehr hohes Fieber. Ich fürchte, er wird nicht zu retten sein.«

»Verbrennungen, sagen Sie?«, ergriff Ludwig von Lohfeld das Wort. Er schob mich kurzerhand zur Seite, trat näher ans Bett und sah den Fremden gebannt an. »Ist bekannt, wer der Mann ist?«

»Die alte Frau sagt, dass niemand im Dorf ihn kennt«, erwiderte der Arzt.

»Gibt es keinen Hinweis bei seinen Habseligkeiten?« Der Dorfschulze sah sich forschend im Raum um und entdeckte den halb versengten Frack, der über dem Schemel lag. Rasch ging er hinüber, ergriff das Kleidungsstück mit angewiderter Miene und durchsuchte die Taschen. Als er sich die Innenseite vornahm, förderte er schließlich eine lederne Brieftasche hervor, der er ein gefaltetes Schriftstück entnahm. Neugierig las er das Schreiben.

»Und? Was steht drin?«, rief der gnädige Herr aufgeregt. Ungeduldig trat er neben den Dorfschulzen, als wolle er ihm den Brief entreißen. Doch der ließ sich nicht beirren und drehte sich zur Seite.

»Wenn der Fremde der Empfänger des Schriftstücks ist, wovon ich ausgehe, dann heißt er Ansgar Neuwirth und stammt aus Buxtehude. Das Schreiben hat ihm ein gewisser Heinrich Brookmann aus Bremen geschickt und …«

»Brookmann?«, unterbrach Ludwig von Lohfeld den Dorfschulzen und starrte den Verletzten fassungslos an. »Jetzt verstehe ich.« Seiner aufgeregten Miene nach schienen sich in seinem Kopf Mosaikteile zusammenzufügen.

»Dieser Brookmann hat den Mann hier gegen eine schöne Belohnung mit der Suche nach dem Meteoriten beauftragt, der neulich in unserer Gegend zur Erde gestürzt ist«, fuhr der Dorfschulze fort. Dann wandte er sich an den gnädigen Herrn. »Kennen Sie Brookmann?«

»Er ist der größte Sammler von Himmelsgestein hierzulande. Es war klar, dass er bei diesem Absturz seine Sucher ausschicken würde«, sagte Ludwig von Lohfeld und nickte mit düsterer Miene.

»Aha, dann ist er als Sammler wohl dein Konkurrent?«, fragte Amtmann Wolff und nahm den Brief vom Dorfschulzen entgegen. Mit einem Kopfschütteln sah er auf den Verletzten hinunter. »Kann der arme Mann sich bei seiner Suche diese Verbrennungen zugezogen haben? Vielleicht hat er den Meteoriten entdeckt und der war noch in einem so heiß lodernden Zustand, dass er sich verbrannt hat? Wäre das möglich, Ludwig?«

»Durchaus«, murmelte der gnädige Herr und schüttelte kaum merklich den Kopf. »So oder so ähnlich.«

»Mit Verlaub, ehrenwerte Herren«, ergriff Doktor Kampen das Wort. »Ich will Sie nicht unterbrechen, doch ich muss noch zu zwei anderen Kranken. Jedenfalls … dieser Mann kann nicht hierbleiben. Die alte Frau ist mit seiner Pflege völlig überfordert. Wenn er noch etwas länger leben soll, muss er umgehend woandershin.«

»Das ist gar kein Problem! Er kommt einfach mit in mein Haus«, erwiderte der gnädige Herr prompt und blickte entschlossen in die

Runde. »Das Gesinde und vor allem meine Tochter können sich bestens um ihn kümmern.« Erstaunt sahen wir ihn an. Diese großmütige Geste passte so gar nicht zu ihm. Ludwig von Lohfeld war bekanntermaßen kein barmherziger Samariter. Es musste also etwas anderes dahinterstecken: der Meteorit.

»Das ist wirklich wunderbar, lieber Ludwig«, erwiderte der Amtmann und klopfte seinem Verwandten anerkennend auf die Schulter. »Danke für deine christliche Nächstenliebe!«

»Sehr gut«, nickte der Arzt mit einer Verbeugung. »Der Transport muss wegen der großen Schmerzen des Verletzten allerdings mit größter Vorsicht erfolgen.«

»Wir bringen ihn in meiner Kutsche nach Elstorf«, schlug Amtmann Wolff vor. Nach einer kurzen Aussprache wurde der Plan angenommen, Doktor Kampen erhielt seinen Lohn und verabschiedete sich von uns.

Wir ließen ein paar Dorfburschen eine Bahre aus Brettern zimmern, die mit Stroh und Laken gepolstert wurde. Darauf wurde Ansgar Neuwirth vorsichtig aus dem Haus getragen und zur Kutsche gebracht. Als die Bahre auf dem Gefährt befestigt war, blieb nur noch Platz für Amtmann Wolff und den gnädigen Herrn. Während die beiden in langsamer Fahrt aufbrachen, gaben der Dorfschulze und ich der alten Frau und den Dorfburschen noch einen Obolus für ihre Mühen. Dann machten wir beide uns zu Fuß auf den Rückweg nach Elstorf.

Es war schon dunkel, als wir unser Ziel endlich erreichten und ich mich vom Dorfschulzen verabschiedete. Im Hause Lohfeld war bereits nächtliche Ruhe eingekehrt, doch Karl brachte mir noch einen verspäteten Imbiss. Von ihm erfuhr ich, dass der gnädige Herr bereits eine Stunde vor mir zurückgekehrt war. Der Verletzte sei im Gästezimmer neben Charlottes Gemächern untergebracht worden. Die junge Dame habe sich in mitfühlender Weise des armen Mannes angenommen und ihm zur Linderung seiner Schmerzen etwas Laudanum verabreicht. Irgendwann sei er endlich eingeschlafen.

Kapitel 12

Mein erster Gedanke am nächsten Morgen galt Ansgar Neuwirth. Noch vor dem Frühstück ging ich zum Gästezimmer, in dem er die Nacht verbracht hatte. Mein leises Klopfen blieb unbeantwortet. Ich öffnete die Tür einen Spalt breit und lugte in den Raum. Der Verletzte schien zu schlafen, seine Brust hob und senkte sich in ruhigem Rhythmus. Sein Körper war mit einem dünnen Laken bedeckt, darunter waren an manchen Stellen locker aufgelegte Tücher und Verbände zu erkennen. Direkt neben dem Bett standen ein Stuhl und ein Tisch, auf dem saubere Leinenstoffe lagen. Neben einer großen, mit frischem, klarem Wasser gefüllten Waschschüssel waren Fläschchen mit Laudanum, Essig und Mutterkraut-Tinktur aufgereiht.

Vorsichtig schloss ich die Tür wieder und ging hinunter ins Speisezimmer. Zu meiner großen Freude sah ich Charlotte am Kopfende der Tafel sitzen. Als ich eintrat, blickte sie auf und schenkte mir ein Lächeln. Ich eilte rasch zu ihr, setzte mich neben sie und ergriff ihre Hände.

»Guten Morgen, Charlotte«, sagte ich. Wir sahen einander beglückt in die Augen. Mein Herz schlug schneller vor Aufregung und Freude. Ihr erging es zweifellos ähnlich, wie ihr leuchtender Blick und ihr inniges Lächeln verrieten.

»Lieber Jakob«, begann sie leise und eine leichte Röte legte sich über ihre Wangen. »Wie ich mich freue, dich zu sehen.« Mit sanftem Druck erwiderte sie die Berührung meiner Hände. Einmütig und zärtlich verbunden strahlten wir uns an und wussten, wie sehr wir einander zugetan waren. Der wundersame, stille Gleichklang zweier liebender Seelen bedurfte keiner Worte.

Trotz unserer Versunkenheit waren wir noch so weit in der Wirklichkeit verankert, dass wir die plötzlich herannahenden Schritte in der Flurhalle vernahmen. Rasch rückten wir etwas voneinander ab und bemühten uns, unbefangen zu wirken. Das Hausmädchen wünschte uns einen Guten Morgen und stellte ein schwer beladenes Tablett mit Geschirr und Speisen auf den Tisch. Daraufhin widmeten wir uns dem Frühstück.

»Wie geht es unserem armen Mitbewohner? Gibt es überhaupt noch Hoffnung für ihn?«, fragte ich, als wir unsere Mahlzeit beendet hatten.

»Ach, es ist schrecklich!«, sagte Charlotte. »Ich fürchte, wir werden ihn auf Dauer nicht am Leben halten können. Seine Brandwunden sind so großflächig und schwer, dass sie kaum heilen können, und das Fieber zehrt an ihm.« Sie seufzte und schüttelte den Kopf. »Im Grunde können wir ihm nur mit Laudanum seine letzten Tage etwas erleichtern.«

»Das ist sehr traurig«, sagte ich langsam. »Der Mann war beauftragt, nach dem Meteoriten zu suchen. Dabei scheint er sich so schwer verletzt zu haben.«

»Das nimmt auch mein Vater an: dass die Verbrennungen von dem Himmelskörper herrühren.« Charlotte schüttelte nachdenklich den Kopf. »Mir erscheint das jedoch seltsam, denn der Mann wurde ja erst zur Suche losgeschickt, nachdem der Meteorit auf die Erde gestürzt war. Wie soll er sich da verbrannt haben? Übrigens kommt mein Vater sehr oft zu dem Kranken, nur um zu sehen, ob er ansprechbar ist. Ihn treibt aber nicht – was ein Wunder wäre – Mitgefühl an, sondern er will lediglich erfahren, wo genau der Stein gelandet ist.«

»Ja, das ist seine Hoffnung«, sagte ich, »sonst hätte er sein Haus wohl kaum so großzügig als Obdach angeboten.« Nun war es an mir, verständnislos den Kopf zu schütteln ob der berechnenden Art des gnädigen Herrn.

Nach dem Frühstück begleitete ich Charlotte hinauf ins Gästezimmer, um mir ein Bild von der Lage zu machen. Zu unserer Überraschung war Herr Neuwirth wach – sofern man seinen Zustand so bezeichnen mag. Er bewegte den Kopf leicht von der einen zur anderen Seite, Schweiß stand ihm auf der Stirn, doch Ober- und Unterkörper lagen starr und reglos da. Seine halb geöffneten Augen schauten unter den zitternden Lidern ziellos ins Leere. Ab und zu gab er einen stöhnenden oder wimmernden Laut von sich. Insgesamt schien der Verletzte nicht an der Oberfläche seines Bewusstseins zu sein, sondern wie in Trance dahinzudämmern.

Charlotte trat ans Krankenbett und hob behutsam das Laken an. Es war immer noch der gleiche verstörende Anblick wie am Vortag, zudem verbreitete sich im Raum sogleich wieder der unangenehme Geruch. »Ich werde die Verbände wechseln. Die Tücher sind feucht und kühl, das soll bei Verbrennungen der Haut am besten sein und kann auch das Fieber senken.« Vorsichtig hob sie einen Stoff nach dem anderen vom Körper des Kranken und warf sie in einen Weidenkorb unter dem Tisch. Dann nahm sie neue, saubere Tücher, tauchte sie ins Wasser, wrang sie kräftig aus und legte sie mit größter Behutsamkeit auf die schrecklichen Wunden.

In diesem Moment öffnete sich die Tür hinter uns und der gnädige Herr trat ein. Auf einen eleganten Gehstock gestützt, humpelte er langsam in den Raum und sah erwartungsvoll zu dem Verletzten hinüber. Wortlos ging er an mir vorbei und trat an die freie Seite des Bettes. Von der Wand zog er sich einen Stuhl heran und nahm Platz. Nach einem kurzen Blick auf seine Tochter, die den Kranken versorgte, stierte er neugierig in dessen bleiches, schmerzverzerrtes Gesicht. »Er ist nun endlich wach, oder?«, murmelte er zu sich selbst. Anstelle einer Antwort warf Charlotte ihm einen vorwurfsvollen Blick zu. »Guter Mann, können Sie mich hören?«, fragte Ludwig von Lohfeld und beugte sich zu Ansgar Neuwirth hinab, der klagende Laute von sich gab. »Sie waren doch im Auftrag von Heinrich Brookmann auf der Suche nach dem abgestürzten Meteoriten – haben Sie ihn gefunden? Stammen daher Ihre Verbrennungen? Wo … ist er gelandet?« Ungeduldig starrte er den Verletzten an.

Ansgar Neuwirth schien die Worte gar nicht wahrzunehmen. Er wirkte vielmehr, als befände er sich in einer Sphäre jenseits unserer Welt. Sein Blick ging weiterhin ins Leere. Gleichwohl schien er unsere Gegenwart zu bemerken. Sobald Charlotte einen Verband abnahm und erneuerte, versuchten seine Augen, in ihre Richtung zu blicken. Zudem gab er dann manchmal einen krächzenden Ton von sich.

»He, hören Sie mich nicht?«, insistierte der gnädige Herr ungeduldig und berührte Neuwirth an einer unverletzten Stelle seiner Schulter. Sanft rüttelnd versuchte er, die Aufmerksamkeit des Mannes auf sich zu ziehen. »Sagen Sie mir, wo der Meteorit in der Erde liegt! Nur Sie wissen es.«

Eine ganze Weile lang schienen die Worte des Hausherrn ohne jegliche Reaktion zu verhallen. Doch mit einem Mal hustete Ansgar Neuwirth heiser, schluckte verkrampft und räusperte sich mit schmerzverzerrter Miene. Sogleich hielt Charlotte inne, füllte ein Glas mit Wasser und setzte es vorsichtig an die trockenen Lippen des Mannes, der schließlich ein paar Schlucke trank. Gebannt verfolgten der gnädige Herr und ich, wie in den geschundenen Leib des Verletzten etwas Leben zurückkehrte.

»Wald …«, krächzte Neuwirth mit einem Mal. Darauf folgte ein Schwall kehliger Laute und wirrer, unzusammenhängender Silben, die keinen Sinn ergaben. Der arme Mann brachte keinen ganzen Satz zustande. Zwischendurch waren hin und wieder einzelne Worte wie »Feuer«, »schwarz« oder »Birken« zu verstehen.

»Herrje!«, schimpfte Ludwig von Lohfeld und schüttelte unzufrieden den Kopf. »Guter Mann, ich verstehe Sie nicht.« Ungeduldig sah er den Schwerverletzten an. »Es ist sehr wichtig. Geben Sie sich Mühe!«

Erneut setzte der Redefluss ein. Dieses Mal ließen sich Worte wie »Kreis«, »Zeichen« oder »fünf« heraushören. Doch letztlich blieb auch das nur unverständliches Gebrabbel.

Als der gnädige Herr den Verletzten mit säuerlicher Miene erneut zu rütteln begann, ergriff Charlotte über das Bett hinweg den Arm ihres Vaters und sagte mit erbostem Blick: »Mit Verlaub, Vater, kannst du den armen Mann nicht in Ruhe lassen! Er ringt mit dem Tode. Das ist weder der Ort noch die Zeit für deine närrische Besessenheit!«

»Wie kannst du es wagen!«, rief Ludwig von Lohfeld empört und starrte Charlotte zornig an. »Eine Frechheit! Verlass den Raum!«

»Nein! Du bist es, der den Raum verlässt, und zwar sofort!« Sie warf ihrem Vater einen vernichtenden Blick zu. Nie zuvor hatte ich sie derart aufgebracht und furchtlos gesehen. »Du bist ein eigensüchtiger Dämon, ohne christliche Moral und Werte wie Mitgefühl oder Nächstenliebe. Immer geht es nur um dich.« Entschlossen stand sie auf und machte Anstalten, um das Bett herum auf ihn zuzugehen. Alles an ihr war eine Drohung. »Ich bin nicht willens, deine furchtbare Selbstsucht noch länger hinzunehmen.«

»Was fällt dir ein? Du missratenes …«, setzte der gnädige Herr an. Doch beim Anblick seiner Tochter verstummte er und zeigte eine seltsame Mischung aus Überraschung, Empörung und sogar Furcht. Erstaunt musste er erkennen, dass Charlotte nicht länger das ängstliche Kind war, das sich von ihm einschüchtern ließ.

»Charlotte, es ist gut … warte«, sagte ich beschwichtigend, ergriff rasch ihr Handgelenk und hinderte sie am Weitergehen. Sie blieb stehen, sah aber nicht mich an, sondern starrte weiter zornig in Richtung ihres Vaters. Wie bei einem Dammbruch schien sich alle aufgestaute Wut und Trauer vieler Jahre jäh entladen zu wollen. Ihr schneller Atem und ihr vernichtender Blick hatten etwas Zerstörerisches, und ich war besorgt, sie könne etwas tun, was sie später bereuen würde.

»Mit Verlaub, gnädiger Herr, vielleicht wäre es für den Moment wirklich besser, wenn Sie …?« Ohne den Satz zu beenden, wies ich mit dem Kopf in Richtung Tür. »Vielleicht ist Herr Neuwirth ja an einem anderen Tag klarer in dem, was er sagt.«

Ludwig von Lohfeld brummte unwillig und schnaubte aufgebracht. Finster sah er seine Tochter an und erwog schon harsche Worte.

Ehe er seiner Wut freien Lauf lassen konnte, kam ich ihm zuvor: »Ich gehe mit Ihnen, die Amtsstube wartet.« Behutsam schob ich Charlotte zurück zum Tisch und drückte ihre Hand. Dann ging ich zur Tür und öffnete sie. »Gnädiger Herr?«, fragte ich vielsagend und verneigte mich vor ihm. Mit missmutigem Brummen erhob er sich endlich und durchquerte schwerfällig das Zimmer. Er warf einen letzten bösen Blick auf seine Tochter, die sich aber bereits wieder dem Kranken zugewandt hatte. Schließlich traten wir hinaus auf die Galerie und ich schloss die Tür hinter uns. Ohne ein weiteres Wort zu verlieren, hinkte Ludwig von Lohfeld in Richtung seiner Gemächer.

Den weiteren Vormittag verbrachte ich mit Arbeiten in der Vogtei. Zwischendurch bekam ich mit, dass Doktor Kampen vorbeikam und nach dem Verletzten sah. Beim Dejeuner berichtete mir Charlotte bestürzt, dass der Wundarzt keine Überlebenschancen für Ansgar Neuwirth sah. Ein großer Teil seiner Haut sei unheilbar zerstört, die Wunden seien zu schwer und das Fieber lasse sich nicht senken. Wohl schon in wenigen Tagen werde der Mann sterben. Gleichwohl habe der Doktor sie gebeten, Neuwirth in gleicher Weise weiterzupflegen, um sein Ende möglichst schmerzfrei zu gestalten.

»Er tut mir so leid«, sagte sie und schüttelte traurig den Kopf. »Manches Mal sehe ich deutlich, wie sehr ihn die Schmerzen quälen. Dann gebe ich ihm Laudanum, bis er wieder ruhiger wird. Es ist schrecklich.«

»Du machst das bewundernswert, Charlotte«, erwiderte ich und strich ihr über den Handrücken. »Mehr kann man für den armen Mann nicht tun.«

»Wäre da nur nicht mein unsäglicher Vater!«, rief sie vorwurfsvoll und holte tief Luft. »Ohne Mitgefühl verfolgt er nur seine eigenen Ziele. Obwohl ich ihn heute Morgen verscheuchen konnte, tauchte er in seiner Besessenheit erneut zweimal auf. Zum Glück schlief der arme Herr Neuwirth, sodass er jedes Mal schnell wieder verschwand.«

»Er war sehr aufgebracht wegen dir.«

»Ich weiß, aber daran muss er sich wohl oder übel gewöhnen.« Charlotte nickte entschlossen. »Die Zeiten, da seine Tochter sich ihm in allem gefügt hat, sind vorbei. Seine widerliche Selbstsucht und all die Zurückweisungen, mit denen er mir begegnet ist, werde ich künftig nicht mehr ohne Widerspruch hinnehmen.«

»Ich freue mich, dich so selbstbewusst und kämpferisch zu sehen. Wenn ich an jene Charlotte zurückdenke, die ich anfangs hier kennenlernte … Man könnte meinen, du seiest plötzlich aus einem tiefen Schlaf erwacht.«

»Weißt du auch, wer mich geweckt hat, Jakob?«, fragte sie und lächelte mich an. Dann beugte sie sich vor, strich mir zärtlich über die Wange und gab mir einen raschen Kuss. Eine Weile lang saßen wir schweigend da, hielten uns an den Händen und sahen einander glücklich an. Diesmal verbargen wir unsere Zuneigung nicht mehr. Als Anna hereinkam und das Geschirr abräumte, fiel ihr Blick auf unsere Hände, die ineinander verschlungen auf dem Tisch lagen. Das Hausmädchen ließ sich nicht das Geringste anmerken. Erst als sie den Raum verließ, begann sie zu lächeln.

Auch wenn es uns schwerfiel, gingen Charlotte und ich nach dem Dejeuner wieder getrennte Wege und unseren jeweiligen Tätigkeiten nach. Zurück in der öden Amtsstube, konnte ich mein Glück kaum fassen. Eine so holde und wunderbare Seele wie Charlotte zu finden, hätte ich mir nie träumen lassen. Ich dankte Gott dem Herrn, dass er unser beider Wege zusammengeführt hatte.

Am Nachmittag führte ich mehrere Gespräche mit Bittstellern und säumigen Pachtzahlern aus Elstorf und Nachbardörfern. Die Zeit verstrich wie im Fluge; ehe ich mich's versah, ging es auf den Abend zu. Kurz vor dem Diner kam noch der Dorfschulze vorbei, um den gnädigen Herrn über die Suche nach den beiden Dreesen-Familien in Kenntnis zu setzen. Sein Bericht gab aber keinen Anlass zur Hoffnung.

»Den ganzen Tag lang waren mehrere Amtsleute und Büttel der Ämter Moisburg und Harburg zugange, aber vergebens.« Der rundliche Mann kratzte sich an der geröteten Stirn. »Es wurden die Bewohner der Dörfer rund um Langenrehm befragt, aber niemand wusste etwas zum Verschwinden der Familien zu sagen.«

»Unheimlich«, sagte ich und sah zum gnädigen Herrn hinüber. Wir standen in der Flurhalle, da der späte Besucher nur wenig Zeit hatte. Ludwig von Lohfeld wirkte nicht sonderlich interessiert an dem Bericht, vielmehr sah er ausdruckslos und gelangweilt zu Boden. Einmal mehr erweckte er den Eindruck, dass ihm die Schicksale anderer Menschen gleichgültig waren.

»Sogar unser ehrenwerter Landdrost Herr von dem Bussche war zugegen. Er bezeichnet den Fall als eine der rätselhaftesten Geschichten, die ihm je untergekommen sei.« Der Dorfschulze schüttelte ratlos den Kopf. »Es gibt nicht die entfernteste Spur einer Erklärung. Man könnte fast an etwas Übernatürliches denken.«

»Für manches sind die Menschen noch nicht bereit«, murmelte der gnädige Herr orakelhaft. Ohne seine Worte näher zu erläutern, nickte er dem Dorfschulzen kurz zu, wandte sich um und stieg langsam die Treppe hinauf.

»Was meinte Herr von Lohfeld bloß?«, fragte der Amtsträger und sah mich ratlos an. »Mit Verlaub, er ist ein seltsamer Kauz.«

Als der Dorfschulze wieder gegangen war, beendete ich meine Arbeit in der Amtsstube. Kurz darauf war es Zeit für das Diner. Charlotte und ich speisten gemeinsam und machten danach einen Abendspaziergang durch Elstorf. Auch wenn wir beim Dejeuner unsere Gefühle füreinander unverstellt und offen gezeigt hatten, wagten wir es beim Gang durchs Dorf nicht mehr; zu viele neugierige Blicke ruhten auf uns. Als wir jedoch zum Lohfeld-Haus zurückkamen, gingen wir leise in den Garten auf der Suche nach einem unbeobachteten Ort. Unauffällig schlichen wir in eine entlegene Ecke und verbargen uns hinter einem hohen Fliederbusch. Glücklich fielen wir uns in die Arme und hielten uns eng umschlungen.

Plötzlich jedoch rissen uns laute Stimmen, die von der Vorderseite des Hauses herüberschallten, aus der innigen Versunkenheit. Es war unverkennbar eine Auseinandersetzung im Gange, wie der wütende Tonfall verriet. Mit Bedauern lösten wir unsere Umarmung und machten uns rasch auf den Weg nach vorne zum Hauseingang. Noch ehe wir um die Ecke des Gebäudes kamen, erkannte ich die Stimmen der beiden Streitenden. Sie gehörten Hausdiener Karl und dem mir so verhassten Eduard Dehmel, der offenbar einen neuerlichen Besuchsversuch unternahm.

»Ich kann deine frechen Lügen nicht mehr hören, alter Kerl!«, rief der Widerling. »Ha, Charlotte aushäusig unterwegs und der Hausherr nicht zu stören? Das kannst du jemand anderem erzählen!« In diesem Augenblick erreichten wir die Vorderseite des Hauses und konnten sehen, wie Dehmel spöttisch auf einen bulligen Mann an seiner Seite zeigte. »Heute habe ich Verstärkung mitgebracht. Also vergiss dein Abwimmeln! Mein guter Freund hier wird schnell ungeduldig.«

»Mit Verlaub, werter Herr, ich kann mich nur wiederholen«, erwiderte Karl und sah erleichtert zu Charlotte und mir herüber, als wir den Eingang erreichten.

»Verdammt, willst du also wirklich Prügel beziehen, alter Narr? Mach sofort den Weg frei oder es …«

»Was ist das für ein unverschämter, unflätiger Tonfall, Herr Dehmel? Wie können Sie es wagen!«, sagte Charlotte in eisigem Ton. Wir gingen an den beiden Männern vorbei, stiegen die Treppenstufen hinauf und stellten uns demonstrativ neben Karl in den Hauseingang. »Da Sie mich neulich wohl nicht verstehen wollten, sage ich es jetzt noch einmal ganz deutlich: Sie sind mir unerträglich, Herr Dehmel! Schlagen Sie sich eine Verbindung zwischen uns ein für alle Mal aus dem Kopf und verschwinden Sie! Haben Sie verstanden?«

»Liebes Fräulein Charlotte, Sie können mich nicht kränken und schon gar nicht verjagen«, sagte Eduard Dehmel und lachte kopfschüttelnd. Falls er von ihrer barschen Reaktion überrascht war, so überspielte er es meisterhaft. »Ihr verehrter Herr Vater ist in dieser Frage allein das Maß aller Dinge. Nur sein Wort hat für mich Autorität – seinem Votum werden wir uns beide zu beugen haben.« Mit hinterlistigem Grinsen sah er das gnädige Fräulein herausfordernd an. »Und so, wie ich ihn verstanden habe, bin nun einmal ich – ob Ihnen das zusagt oder nicht – der anerkannte Bewerber um Ihre Hand.«

»Glauben Sie mir, Herr Dehmel, ich werde das meinem Vater ganz schnell ausgeredet haben. Das ist eine Kleinigkeit.« Charlotte lächelte frostig. »Sie sollten sich jedenfalls keinen falschen Hoffnungen hingeben – das ist sinnlos!«

»Nun, all das werde ich mit dem gnädigen Herrn besprechen, mit Verlaub, liebes Fräulein Charlotte.« Er verneigte sich mit falschem Grinsen. »Und zwar jetzt!« Er wandte sich erneut an Karl. »Also, melde mich sofort deinem Herrn. Sonst suchen wir ihn selbst im Hause.« Er nickte in Richtung seines finsteren Begleiters, der drohend seine muskulösen Oberarme reckte und anspannte.

Unauffällig flüsterte uns in diesem Moment der Hausdiener zu, dass sich der gnädige Herr nicht in seinen Gemächern, sondern bei Ansgar Neuwirth aufhalte. Mit einem Mal kam mir eine Idee.

»Wie können Sie es wagen zu drohen, Dehmel! Sie warten gefälligst hier. Ich frage den gnädigen Herrn, ob er gewillt ist, Sie zu empfangen«, sagte ich entschlossen und blickte ihn kühl an.

»Wehe, Sie kommen mir genauso wie der alte Kerl hier«, erwiderte der arrogante Widerling. »Ein Nein werde ich nicht akzeptieren!«

»Wir werden sehen«, murmelte ich nur und eilte ins Haus. Charlotte sah mir erstaunt nach, wie ich die Treppe hinaufsprang und zum Zimmer Ludwigs von Lohfeld ging. Natürlich dachte ich nicht im Traum daran, dem Herrn des Hauses den Besucher zu melden. Mein Plan sah vor, den lästigen Belagerer ein für alle Mal loszuwerden.

Als ich ins Zimmer des gnädigen Herrn stürzte, stellte ich erleichtert fest, dass er tatsächlich nicht zugegen war. Rasch sah ich mich um und fand, wonach ich suchte. Die doppelläufige Flinte des Hausherrn stand an der Wand hinter seinem Schreibtisch. Ich vergewisserte mich, dass sie geladen und schussbereit war, verließ das Zimmer mit der Waffe in der Hand und eilte wieder die Treppe hinunter. Als Charlotte mich sah, hob sie erschrocken die Hände.

»Nun, Dehmel, der gnädige Herr wird Sie nicht empfangen«, sagte ich leise in drohendem Ton. »Weder heute noch irgendwann.« Vielsagend blickte ich auf die Flinte hinab, die ich auf den Boden gerichtet hielt. »Ich denke, wir verstehen uns.«

»Was …«, setzte Eduard Dehmel stotternd an und wich zurück. Auch sein Begleiter verstand die Botschaft sofort.

»Verlassen Sie jetzt bitte unser Anwesen und kommen Sie nicht noch einmal wieder«, sagte Charlotte in ruhigem, bestimmtem Ton. »Sie müssen sich ein neues Ziel für Ihre Erbschleichereien suchen, Herr Dehmel. Hier gibt es nichts für Sie zu holen. Leben Sie wohl.« Damit wandte sie sich um und ging ins Haus. Nach einem letzten Blick auf die fassungslosen Besucher schlossen Karl und ich uns dem gnädigen Fräulein an. Ich warf die Tür hinter uns zu, wir hörten von draußen grimmiges Fluchen und kurz darauf sich entfernende Schritte.

»Eine solche Seite hätte ich dir nicht zugetraut, Jakob«, sagte Charlotte, als wir in die Flurhalle traten. Sie lächelte und schüttelte in gespieltem Vorwurf den Kopf.

»Es war nur eine spontane Idee«, antwortete ich lachend. »Immerhin hat sie die gewünschte Wirkung erzielt.«

»Mit Verlaub, junger Herr«, ergriff Karl mit einer kurzen Verbeugung das Wort, »ich vermute, das haben Sie vom gnädigen Herrn gelernt.« Ein Schmunzeln huschte über sein Gesicht, als er in Richtung Küche davonging.

Kapitel 13

In den folgenden Tagen bereitete uns die schnelle und deutliche Verschlechterung des Zustands von Ansgar Neuwirth große Sorgen. Täglich suchte Doktor Kampen den Schwerverletzten auf, brachte weiteres Laudanum mit und untersuchte den Mann, dessen Lebenskräfte mehr und mehr schwanden. Das Ende seiner Erdentage rückte näher.

»Ich muss es deutlich sagen, Fräulein von Lohfeld: Sein Tod kann schon heute oder morgen eintreten. Er ist ein Sterbender.« Der hagere Arzt, dessen schütteres graues Haar kaum den Kopf bedeckte, beugte sich tief über den Kranken und musterte ihn durch sein Lorgnon. Schließlich richtete er sich auf und schob das Brillenglas wieder in seine Westentasche.

»Es ist schrecklich«, sagte Charlotte betrübt. »Er sollte zumindest keine Schmerzen haben.« Sie sah hinunter auf Ansgar Neuwirth, der immer wieder stöhnte und unzusammenhängende Worte von sich gab. Hin und wieder öffnete er die Augen und starrte mit glasigem Blick ins Leere.

»Geben Sie ihm nur reichlich von dem Laudanum. Mehr können wir für den armen Mann nicht mehr tun.« Der Wundarzt nahm seinen dunklen Hut und seine Tasche und ging zur Tür. »Ich schaue morgen früh wieder herein.«

Nachdem Doktor Kampen gegangen war, nahm ich in gedrückter Stimmung meine Dienstaufgaben in der Amtsstube in Angriff. Charlotte verbrachte derweil fast die gesamte Zeit im Zimmer des Schwerverletzten und begleitete sein trauriges Sterben. Immer wieder kam wohl auch der gnädige Herr in der Hoffnung hinzu, er könne doch noch etwas von dem Mann erfahren.

Mir kam unterdessen in den Sinn, dass die Angehörigen von Ansgar Neuwirth dringend über seinen Zustand in Kenntnis zu setzen seien. Wie aus dem Auftragsschreiben in seiner Rocktasche hervorging, stammte er aus Buxtehude. Also verfasste ich ein Eilersuchen an die dortigen Amtskollegen, die Gattin oder die Eltern des Mannes zu benachrichtigen, damit sie sich rasch auf den Weg nach Elstorf machten. Das Schreiben ließ ich umgehend durch einen Boten zustellen.

An diesem Abend saßen wir in äußerst bedrückter Stimmung beim Diner. Charlotte hatte die Situation den Appetit verschlagen. Sie aß nur wenig und war gleichsam stets auf dem Sprung. Sie wollte den Sterbenden nur ungern allein lassen. Einmal mehr beeindruckte mich ihre tief empfundene und gelebte christliche Nächstenliebe. Unruhig und voller Sorge eilten wir nach dem Diner rasch ins Gästezimmer. Zu unserer Überraschung war der gnädige Herr zugegen. Tief hinabgebeugt stand er über dem Bett, den Kopf zur Seite gewandt, sodass sich sein linkes Ohr unmittelbar über dem Mund des Sterbenden befand.

»Vater …«, setzte Charlotte bereits fragend an, doch Ludwig von Lohfeld winkte nur unwirsch ab, ohne aufzublicken. Seine ganze Aufmerksamkeit galt Ansgar Neuwirth.

»Schhhh«, zischte er ungehalten, als ich die Zimmertür schloss. Offenbar lauschte er gebannt auf etwas, das der Sterbende so leise sagte, dass Charlotte und ich es nicht hören konnten. Erstaunt sahen wir einander an und standen wie angewurzelt im Raum, um ja kein Geräusch zu verursachen. In dieser Stille vernahm ich nach einiger Zeit ebenfalls ein zartes Hauchen und Flüstern des Mannes, der mit geschlossenen Augen und schmerzverzerrter Miene im Bett lag. Aber es gelang mir nicht, auch nur ein Wort zu verstehen. Was immer er da flüsterte, blieb für Charlotte und mich ein Geheimnis.

Ludwig von Lohfeld indes harrte in seiner herabgebeugten Haltung aus. Aufmerksam horchend verzichtete er auf jede Zwischenfrage und ließ den Sterbenden gewähren. Manchmal wurden die leisen Worte von einem klagenden Stöhnen unterbrochen, wenn Schmerzen den armen Mann überwältigten. Doch er setzte seine Rede fort, als sei es ihm ein Bedürfnis. Hin und wieder nickte der gnädige Herr zu dem, was er vernahm.

Nach einigen Minuten endlich verstummte Ansgar Neuwirth, worauf ihn der Hausherr wie zum Dank leicht an der Schulter berührte. Es war eine ungewöhnliche Szene, als wenn die beiden Männer ein Geheimnis miteinander teilten, das der eine dem anderen weitergegeben hatte. Als sich der gnädige Herr schließlich aufrichtete, zeigte sein Antlitz einen Ausdruck, den ich nie zuvor an ihm gesehen hatte. Es war eine Mischung aus feierlichem Ernst, Ergriffenheit und tiefer Erfüllung.

Natürlich war Charlotte und mir klar, was Ludwig von Lohfeld von dem todgeweihten Mann auf dem Sterbebett erfahren hatte. Angesichts der unübersehbaren Erregung des Hausherrn gab es nur eine Erklärung: Ansgar Neuwirth hatte ihm die Einschlagstelle des Meteoriten im Stuvenwald verraten. Ich konnte mir zwar kaum vorstellen, wie er den Absturzort in dem weiten Areal, das wir bereits vergeblich durchsucht hatten, präzise beschreiben wollte, doch offenbar war es ihm gelungen. Die Miene des gnädigen Herrn war frei von Zweifel. Die einzige Alternative zur Nennung des Absturzortes war, dass der Sterbende womöglich eine Erklärung für das Verschwinden der Dreesen-Familien genannt hatte.

Doch bevor ich den Hausherrn danach fragen konnte, trat Charlotte mit sorgenvoller Miene an das Sterbebett und schob ihren Vater beiseite. Ansgar Neuwirth hatte wieder begonnen, jammervoll zu stöhnen und den Kopf vor Schmerzen hin und her zu bewegen. Sie nahm ein Fläschchen Laudanum, goss den Inhalt in eine Tasse mit schnabelförmigem Ausguss und setzte sich auf die Bettkante. Behutsam hob sie den Kopf des Sterbenden ein wenig an und gab ihm die Medizin.

Ihr Vater trat unterdessen langsam und geistesabwesend an ein Zimmerfenster und starrte mit entrückter Miene in die schwarze Nacht. Mein Blick wanderte zwischen Vater und Tochter hin und her. Zu meiner Erleichterung linderte das opiumhaltige Mittel das Leid des Sterbenden. Sein qualvolles Stöhnen verstummte nach einer Weile und er glitt hinüber in einen Dämmerzustand. Im Zimmer breitete sich eine merkwürdige Stille aus wie eine Vorbotin des nahenden Todes.

Doch während Charlotte und ich einander voller Sorge ansahen, wandte sich Ludwig von Lohfeld mit einem Mal um und ging auf seinen Stock gestützt zur Tür. Ohne ein Wort und ohne uns eines Blickes zu würdigen verließ er den Raum und schloss die Tür. Offenbar wollte er sich mit dem neu gewonnenen Wissen zurückziehen. Was immer er von Ansgar Neuwirth erfahren hatte, es musste seine Besessenheit befeuern. Wir hörten noch, wie sich seine Schritte auf der Galerie entfernten.

Unsere Aufmerksamkeit galt in dieser Stunde jedoch dem armen Mann, der sich anschickte, über die Schwelle des Todes zu treten. Ansgar Neuwirth kehrte nicht mehr ins wache, bewusste Leben zurück. Sein Puls verlangsamte sich, sein Atem flachte ab und schien manches Mal auszusetzen. Im Laufe der folgenden zwei Stunden nahm sein starres Antlitz eine fahle, bleiche Färbung an und wirkte schon fast wie das maskenhafte Gesicht eines Toten.

Dass es mit dem jungen Mann nun so rasch aufs Ende zuging, erweckte in mir den Eindruck, er habe nur noch seine Botschaft – was auch immer das war – übermitteln wollen. Womöglich hatte ihn nur diese letzte Aufgabe noch am Leben gehalten. Jetzt, da er sein Wissen an den gnädigen Herrn weitergegeben hatte, konnte er sich zügig auf die letzte Reise begeben. Immerhin war es ein gewisser Trost, dass der Sterbende am Ende von allen irdischen Lasten und Pflichten befreit war.

Wir schickten Anna sogleich zu Doktor Kampen. Doch der Wundarzt konnte nur noch den Tod des Mannes feststellen. Er bedeckte die Leiche mit einem Laken und verabschiedete sich so rasch, wie er gekommen war. Er versprach, auf seinem Heimweg Pastor Peters von dem Todesfall in Kenntnis zu setzen.

Kurz darauf – es war gegen zehn Uhr – erschien der Geistliche und waltete seines Amtes. Nachdem er gemeinsam mit Charlotte und mir für den Toten gebetet hatte, spendete er ihm den letzten Segen. Es war merkwürdig, ohne Angehörige für einen Fremden zu beten, doch es war natürlich unsere Christenpflicht. Immerhin hatte ihn besonders Charlotte an seinen letzten Erdentagen begleitet und ihm nach besten Kräften zur Seite gestanden. Auf diese Weise hatte sie zweifellos eine Bindung zu Ansgar Neuwirth entwickelt. Dennoch war es traurig, dass er nicht im Kreis seiner Familie, sondern von Fremden ins Jenseits verabschiedet wurde.

Nachdem Pastor Peters gegangen war, verließen auch Charlotte und ich das Totenzimmer und gingen hinunter in die Bibliothek. Wir waren bedrückter Stimmung, wozu auch die Dunkelheit im Haus ihren Teil beitrug. Rasch entzündete ich die Kerzen zweier Kandelaber, sodass sich ein warmes Licht im Raum ausbreitete. Charlotte nahm in einem Fauteuil Platz, ich brachte ihr eine Decke, die sie sich dankbar über die Beine legte. Nachdem Anna uns schließlich noch etwas Tee gebracht hatte, saßen wir fast eine Stunde beieinander.

Unter dem noch frischen Eindruck des miterlebten Todes schwiegen wir die meiste Zeit oder sprachen über das Schicksal des Verstorbenen. An den gnädigen Herrn oder die Botschaft Ansgar Neuwirths an diesen dachten wir in dieser Stunde nicht. Im Angesicht des Todes war es ohne Bedeutung.

Eine Stunde vor Mitternacht verließen wir die Bibliothek und gingen hinauf in den ersten Stock. Für einen Moment hielten wir uns an den Händen, dann verabschiedeten wir uns voneinander und begaben uns auf unsere Zimmer. Als ich in meinem Bett lag, ließ mich der traurige Verlauf des Tages lange Zeit keine Ruhe finden. Ich musste daran denken, dass die Wahrsagerin einen Tod prophezeit hatte. Es dauerte, bis ich einschlief.

Umso ungnädiger war das Erwachen, als mich ein lautes Klopfen an der Tür so abrupt aus dem Schlaf riss, dass ich zuerst gar nicht wusste, wo ich war. Verwirrt richtete ich mich auf und versuchte mich zu orientieren. Da öffnete sich schon die Tür und im Schein einer Kerze erkannte ich das Gesicht des alten Hausdieners.

»Verzeihen Sie untertänigst die Störung, junger Herr«, sagte Karl mit einer Verbeugung und trat an mein Bett. Er trug noch seine Dienstkleidung und sah mich unsicher an. »Ich bin ratlos und besorgt. Der gnädige Herr ist verschwunden.«

»Was sagst du da?« Ich brauchte einen Moment, bis ich die Bedeutung seiner Worte erfasste.

»Seit jeher schon bringe ich Herrn von Lohfeld eine Viertelstunde nach Mitternacht ein Gläschen Rotwein. Er liegt dann meist schon in seinem Bett. Ohne den Schlummertrunk finde er keinen Schlaf, hat er mir stets eingeschärft«, erklärte der Diener. »Als ich gerade mit dem Weinglas zu ihm ging, war keine Spur von ihm zu entdecken. Er ist nicht in seinen Gemächern.«

»Vielleicht befindet er sich anderswo im Haus?«

»Mit Verlaub, das kann kaum sein, junger Herr. Alle Räume sind dunkel und vollkommen still.«

»Warst du in der Sternwarte?«

»Ja, da ist er ebenfalls nicht.« Er schüttelte nachdenklich den Kopf. »Seltsam, oder nicht?«

»In der Tat«, sagte ich und schwang mich aus dem Bett. Rasch warf ich mir den Rock über und strich mir durch die wirren Haare. »Lass uns noch einmal alle Räume absuchen und auch schauen, ob sein Mantel an der Garderobe hängt.« Ich entzündete meine Kerze an seiner und wir traten hinaus auf die Galerie. Das Haus lag in völliger Dunkelheit, kein Laut war zu hören. »Wir könnten nach ihm rufen, aber ich möchte Fräulein Charlotte auf keinen Fall wecken«, sagte ich. »Wir teilen uns am besten auf. Such du in den Zimmern im Erdgeschoss, ich nehme mir dieses Stockwerk und das unterm Dach vor.« Er nickte und eilte polternd die Treppe hinab.

Sogleich ging ich ebenfalls auf die Suche. Von meinem Zimmer aus nahm ich mir reihum alle Räume vor, die an der Galerie lagen. Zunächst warf ich vergebens einen Blick in den oberen Salon, dann folgte das Gästezimmer, was mir zu dieser mitternächtlichen Stunde schwerfiel. Die Umrisse des Leichnams unter dem Laken ließen in mir eine vage Gespensterfurcht aufsteigen. Nach einem raschen Blick durch den Raum – der gnädige Herr war auch hier nicht – schloss ich rasch wieder die Tür. Das nächste Zimmer, Charlottes Gemach, wollte ich überspringen, um sie nicht zu wecken. Doch gerade, als ich leise daran vorüberging, öffnete sich die Tür. Vor Schreck blieb mir fast das Herz stehen, hatte ich mich doch gerade noch vor Geistern geängstigt.

»Jakob? Was …«, setzte Charlotte irritiert zu einer Frage an, als sie mein entsetztes Gesicht sah. Mit einer Kerze in der Hand trat sie auf die Galerie und berührte mich am Oberarm. »Ich habe Schritte gehört.«

»Um Gottes Willen, hast du mich erschreckt!« Ich seufzte erleichtert. »Wir sind auf der Suche nach deinem Vater. Karl kam vorhin zu mir und sagte, er sei verschwunden. Jetzt wollen wir das ganze Haus nach ihm absuchen.«

»Wie, er ist verschwunden! Was hat das zu bedeuten?«, fragte sie besorgt und folgte mir, als ich in Richtung der Gemächer des gnädigen Herrn ging.

Ohne anzuklopfen betrat ich das Zimmer, in dem einige Kerzen für etwas Licht sorgten. Rasch suchten wir die Räume ab, auch die Schlafkammer und die Sternwarte unterm Dach. Doch wie bereits Karl vor uns, vermochten auch wir keine Spur von Ludwig von Lohfeld zu finden.

Von der Galerie aus stiegen wir die Treppe hinauf ins Dachgeschoss, wo sich außer den Gesindekammern für Karl und Anna noch ein großer Trockenboden für die Wäsche befand. Allerdings suchten wir auch hier vergeblich. Durch unser Rumoren wurde das Hausmädchen geweckt, das sich uns mit schläfriger Miene anschloss.

Inzwischen begann ich zu ahnen, dass wir Ludwig von Lohfeld nicht im Haus finden würden. Hatte er sich in tiefster Nacht auf den Weg zum Stuvenwald gemacht? Wenn er vom sterbenden Ansgar Neuwirth tatsächlich den genauen Absturzort des Meteoriten erfahren hatte, war es seiner Besessenheit zuzutrauen, dass er nicht bis zum Anbruch des nächsten Tages warten konnte. Allerdings erschien es mir völlig aussichtslos, in der Finsternis des nächtlichen Waldes irgendetwas zu finden.

Nach erfolgloser Suche gingen wir hinunter in die Flurhalle, wo wir Karl trafen. Er hatte nicht nur das Erdgeschoss, sondern auch den umliegenden Garten ohne Erfolg durchkämmt. Alles sprach dafür, dass Ludwig von Lohfeld in aller Stille das Haus verlassen und sich gen Südosten auf den Weg gemacht hatte.

»Herrje, der Rock und der Gehstock des gnädigen Herrn sind tatsächlich fort«, sagte Karl bestürzt nach einem Blick auf die Garderobe. Er sah mit besorgter Miene in die Runde. »Er hat das Haus wohl wirklich verlassen. Ich verstehe es nicht.«

»Er muss sich regelrecht hinausgeschlichen haben, sodass wir es nicht mitbekamen«, sagte ich ungläubig. »Es liegt auf der Hand, dass er sich auf den Weg zum Stuvenwald gemacht hat. Dank Ansgar Neuwirth hat er offenbar eine konkrete Spur.«

»Aber das wäre Irrsinn! Mein Vater kann doch nicht wirklich glauben, dass er nachts da draußen irgendetwas findet«, rief Charlotte und rang voller Sorge die Hände.

»Du kennst seine Besessenheit«, erwiderte ich und berührte sie am Arm, um sie zu beruhigen. »Es wird ihm schon nichts geschehen. Er ist unverwüstlich und voll unerschütterlicher Lebenskraft, wenn es um seine große Leidenschaft geht.«

»Es kann ihm dennoch etwas geschehen. Er könnte sich in der Dunkelheit verlaufen.«

»Ja, natürlich, aber wir müssen auf den Morgen warten, Charlotte. Jetzt hat es einfach keinen Sinn, nach ihm zu suchen.«

Obwohl wir beunruhigt und aufgewühlt waren, beschlossen wir, zu Bett zu gehen und den Tagesanbruch abzuwarten. Nachdem Anna und Karl sich zur Nacht verabschiedet hatten, brachte ich Charlotte noch bis zur Tür ihres Zimmers, wo wir betrübt voneinander schieden.

Als ich in meinem Bett lag, kam ich lange Zeit nicht zur Ruhe. Meine Gedanken kreisten um den gnädigen Herrn und seinen heimlichen Aufbruch. Ob er tatsächlich, während ich hier bequem lag, den dunklen Wald durchforstete? Und ob er das begehrte Objekt schon gefunden hatte?

Nach langem Grübeln musste mein Geist der Müdigkeit Tribut zollen. Bevor ich ins Reich der Träume hinüberglitt, kam mir noch in den Sinn, dass der gnädige Herr seiner Tochter oder mir möglicherweise eine Nachricht hinterlassen haben könnte. Darauf hatten wir leider nicht geachtet. Für einen Augenblick erwog ich, mich noch einmal aufzuraffen, doch am Ende siegte die Müdigkeit. Ich beschloss, mich gleich nach dem Aufwachen auf die Suche zu begeben.

Kapitel 14

Mein Schlaf in dieser Nacht war unruhig. Mehrmals erwachte ich, als ob etwas tief in mir mein Bewusstsein alarmieren wollte. In dieser Art von Halbschlaf erschienen mir vor meinem inneren Auge mehrere Male Visionen vom gnädigen Herrn, wie er sich im Dunkeln durchs Unterholz kämpfte. Äste schlugen ihm ins Gesicht, manchmal stürzte er zu Boden, doch sein Antlitz wirkte entschlossen und voller Zuversicht.

Als endlich das Morgengrau durchs Fenster schimmerte, war ich erleichtert, aufstehen zu können und die erschreckenden Bilder hinter mir zu lassen. Mir fiel der Gedanke wieder ein, dass uns der gnädige Herr vor seinem Aufbruch vielleicht eine Nachricht hinterlassen haben könnte, und wollte sofort danach suchen. Ich sprang aus dem Bett, wusch mein Gesicht und kleidete mich rasch an, da klopfte es plötzlich leise an meiner Tür.

»Ja?«, fragte ich überrascht und hielt inne.

»Jakob, ich bin es«, hörte ich Charlotte sagen. »Du bist schon auf? Entschuldige bitte die frühe Störung.«

»Das ist kein Problem«, beeilte ich mich zu antworten, zupfte mein Hemd zurecht und öffnete die Tür. Eine Kerze in der Hand, stand sie auf der Galerie und lächelte mich unsicher an. Sie sah blass aus und hatte dunkle Ringe unter den Augen. »Guten Morgen, Charlotte. Du bist auch so früh wach?«

»Die Nacht war nicht sehr erholsam, ich habe nur ein paar Stunden geschlafen. Ständig musste ich an meinen Vater denken und bekam kaum ein Auge zu.«

»Mir ging es ähnlich«, antwortete ich und seufzte. Ich trat zu ihr hinaus und schloss die Tür. »Mir kamen immer wieder Bilder vor Augen, wie er in tiefer Dunkelheit durch den dichten Wald irrt.« Ich ergriff ihre Hand und lächelte sie aufmunternd an. »Aber nun ist es ja endlich hell und wir können nach ihm suchen. Vorher würde ich aber gern noch in seinem Zimmer nachsehen, ob er vor seinem Aufbruch vielleicht eine Nachricht hinterlassen hat.«

»Ach, daran haben wir gestern in der Aufregung gar nicht gedacht«, sagte sie. »Ja, lass uns rasch nachsehen!« Entschlossen wandte sie sich zum Gehen und zog mich hinter sich her.

Obwohl draußen bereits der Tag dämmerte, war es im Haus noch dunkel. Wir eilten über die Galerie zu den Gemächern Ludwigs von Lohfeld. Charlotte zündete einige im Raum verteilte Kandelaber an, warmes Licht breitete sich aus. Zunächst nahmen wir uns den großen, mit Papieren bedeckten Schreibtisch vor. Und tatsächlich wurden wir fündig.

»Hier, Jakob!«, rief Charlotte aufgeregt und zeigte auf einen weißen Umschlag, der an einem Tintenglas lehnte. Am Vorabend hatten wir ihn gar nicht wahrgenommen, da wir nur nach dem gnädigen Herrn gesucht hatten. In einer geschwungenen Schrift war Charlottes Name darauf geschrieben. Ungeduldig ergriff sie das Kuvert und öffnete es. Mit großen Augen entfaltete sie ein Schreiben aus vielen

Zeilen, das in einem flüchtigen, offenbar eiligen Schreibstil abgefasst war. Darunter prangte die raumgreifende Unterschrift Ludwigs von Lohfeld.

»Setz dich, Charlotte«, sagte ich und schob den Schreibtischstuhl in ihre Richtung. Ohne von dem Papier aufzublicken, nahm sie langsam Platz. Ich schaute ihr gebannt über die Schulter, um den Brief ebenfalls lesen zu können.

»Charlotte, meine Tochter!

Wie du gewiss längst bemerkt hast, bin ich nicht mehr daheim. In aller Eile werde ich das Haus gleich in tiefer Nacht verlassen und mich auf den Weg zum Stuvenwald machen. Nachdem sich mein sehnlichster Wunsch erfüllt hat, indem mir der arme Herr Neuwirth das große Geheimnis enthüllte, hält mich keine irdische Macht mehr in diesen vier Wänden. Ich mache mich auf den Weg, eines der großen Rätsel unseres Universums zu lösen.

All die vielen Jahre habe ich sehnsuchtsvoll auf diese Gelegenheit gewartet – du weißt das besser als jeder andere. Das ganze Leben habe ich diesem Ziel untergeordnet, alle Aufgaben und Pflichten gegenüber der Familie und dem Land hintangestellt. Dieser eremitenhafte Verzicht wird nun belohnt: Ich kenne endlich den Ort, an dem ich durch das Tor treten kann, das mich in Gottes Sphären führen wird. Unsagbare Wunder und überirdische Wahrheiten erwarten mich.

Mach dir nur keine Sorgen um deinen Vater! Er ist unterwegs zur Erfüllung seiner heiligsten Berufung. Und sollte ich von dort nie mehr zurückkehren, so musst du wissen, dass ich das Ziel meiner Träume erreicht habe. Kein Grund also für Gram, sondern für Freude! Ich weiß, all das mag dir zunächst traurig und schwer erscheinen, doch du bist – auch ohne je einen wahren Vater gehabt zu haben – eine erwachsene Frau geworden und wirst gewiss deinen Weg in dieser Welt gehen. Wende dich in Notfällen oder mit Geldsorgen an Amtmann Wolff in Moisburg – er ist ein stets treuer Verwandter und wird dir helfen.

Mein Lebenswerk habe ich auf den vielen Seiten festgehalten, die links auf dem Schreibtisch liegen. Übergib diese Papiere bitte Auditor Frahm. Er ist der Einzige, der je den Hauch einer Ahnung davon erlangt hat, worum es mir seit jeher ging. Diese Seiten sind die Essenz meiner Forschungen und halten für die Nachwelt eine kostbare Wahrheit bereit. Wenn du mein Handeln besser verstehen möchtest, findest du darin den Schlüssel. Auditor Frahm mag mit diesen Papieren im Übrigen verfahren, wie es ihm angemessen erscheint.

Leb wohl, Tochter. Ich muss nun aufbrechen, meine Seele zieht es mit unbändiger Kraft hinfort.

Dein Vater Ludwig von Lohfeld

Nachdem ich den Brief zu Ende gelesen hatte, legte ich eine Hand auf Charlottes Schulter. Sie saß wie versteinert da und hielt die Seite noch immer starr vor sich, als ob sie die Zeilen wieder und wieder lesen wollte. Erst nach einiger Zeit ließ sie das Schreiben auf den Tisch sinken und begann leise zu schluchzen. Tränen liefen ihr über die Wangen. Rasch beugte ich mich zu ihr hinunter und schloss sie in die Arme. Sie weinte bitterlich und zitterte. Eine ganze Weile lang harrten wir so aus, bis sie mit einem Seufzer durchatmete und sich aus der Umarmung löste.

»Es ist furchtbar. Ich weiß nicht, was ich sagen soll«, flüsterte sie und sah mich hilfesuchend an. »Mein Vater ist vielleicht für immer fortgegangen?« Zögerlich erhob sie sich und schüttelte niedergeschlagen und ratlos den Kopf. Ich wischte ihre Tränen ab und strich ihr tröstend über die Wange.

»Es tut mir sehr leid, Charlotte«, sagte ich und ergriff ihre Hand. »Aber ich bin bei dir. Du musst das nicht allein durchstehen.«

Sie nickte langsam, schien aber tief in ihrer Traurigkeit versunken. Erst nach einiger Zeit raffte sie sich schließlich auf und deutete in Richtung Tür. »Ich danke dir, Jakob. Ich würde mich gern für einen Augenblick zurückziehen.« Sie drückte sanft meine Hand. »Das alles muss ich erst einmal verarbeiten, verstehst du?«

»Natürlich«, erwiderte ich und begleitete sie zur Tür. Schweigend gingen wir über die Galerie zu ihrem Zimmer, wo sie sich mit traurigem Blick verabschiedete. Einen Augenblick lang verharrte ich besorgt vor ihrer Tür, doch mir war klar, dass sie Zeit für sich benötigte.

Also ging ich zurück in die Gemächer Ludwigs von Lohfeld. Ich war neugierig und ungemein gespannt auf das Manuskript, das auf seinem Schreibtisch auf mich wartete. Seinerzeit hatte ich ja nur einen flüchtigen Blick darauf erhaschen können, als der unsägliche Herr Dehmel mich ertappte.

Dieses Mal würde mich niemand bei der Lektüre stören. Zurück in dem großen Zimmer, setzte ich mich an den Schreibtisch und zog den hohen Papierstapel zu mir. Ich drehte ihn um, sodass die erste

Seite obenauf lag. Am Grad der Abnutzung und Vergilbung der Ränder ließ sich erkennen, dass der Beginn des Manuskrips schon vor Jahren verfasst worden sein musste. Er bildete quasi einen einleitenden Prolog zum Gesamttext. Aufgeregt begann ich zu lesen.

Wie ich es gehofft und der gnädige Herr im Schreiben an Charlotte betont hatte, erklärte das Werk tatsächlich, was den Hausherrn seit Jahren umgetrieben hatte. Die Seiten enthielten den Schlüssel zum Geheimnis der Feuertore und damit vermutlich auch zu dem Ereignis, das sich jüngst im Stuvenwald ereignet hatte.

In der Einleitung zu seinem Werk erläuterte Ludwig von Lohfeld, dass der Erwerb eines bestimmten Buches seine Studien im Grunde ausgelöst hatte. Im Jahr 1768 hatte er bei einem Hamburger Buchhändler ein äußerst seltenes Werk erworben: »Die unaussprechlichen Kulte« des Prager Universitätsgelehrten Gregor von Junzt. Das 1723 in Prag erschienene Buch war nur in kleiner Auflage gedruckt worden. Noch im selben Jahr war es aufgrund seines okkulten und unchristlichen Inhalts verboten worden und der Autor Gregor von Junzt verlor seinen Lehrstuhl. Die Schrift – eine Sammlung verborgener und vergessener uralter Kulte und Mythen – verschwand daraufhin aus Buchhandel und Bibliotheken. Lediglich gute Kenner und Sammler okkulter Literatur wussten noch von seiner Existenz.

Ludwig von Lohfeld legte dar, dass eine Passage aus dem Werk des Gregor von Junzt ihn so fasziniert habe, dass er beschloss, ihren Wahrheitsgehalt zu überprüfen. Sie entstammte dem vierten Kapitel der »Unaussprechlichen Kulte«, in dem es um vergessene Überlieferungen aus dem frühchristlichen Umfeld ging. Dies sei der zündende Funke für seine seither so beharrliche, akribische Suche gewesen.

Nachstehend gebe ich den Textabschnitt im Originalwortlaut Gregor von Junzts wieder – er ist ohne Zweifel der Schlüssel zur gesamten Thematik:

»Ein heute längst verlorenes Wissen hüteten einst die Ebionäer an den östlichen Gestaden des Jordans. Genannt ward der Mythos nur ein einzig Mal in ihrem apokryphen Evangelium, verfasst hundertfünfzig Jahre nach Jesu Geburt. Doch der Papyrus ging verloren, als die Ostgoten das römische Reich beherrschten. Seither gab es keine Kunde mehr über den Kult der Feuertore, allein Gerüchte lebten fort. Aus dem Mund eines alten Prager Thora-Gelehrten – er weilt längst beim Herrn – wurde mir einst die uralte Lehre zuteil. Sein kostbares Wissen soll nicht dem Vergessen anheimfallen. Es ist dies: Schon Griechen, Syrer und Römer verehrten vom Himmel fallende Steine, wussten sie doch, dass viele Meteore Pforten in sich tragen. Pforten, die sich hinüber in die andere Welt und aus der anderen Welt in die unsrige öffnen.«

Hier nahm also alles seinen Anfang. Ich war irritiert und fasziniert zugleich und las aufgeregt weiter.

»Stürzt ein Meteor zur Erde, so ist es wie beim Stein, der ins Wasser fällt: Es ziehen sich weite Kreise um die Absturzstätte. Innerhalb dieser Ringe liegt das Portal, das Feuertor. Alles, was in diesem Kreise lebt, wird durch die Pforte gezogen, ob es mag oder nicht. Zugleich treten aus der jenseitigen Sphäre oftmals Seelen als Irrlichter ihre Reise in unsere Welt an. Im Laufe der Zeit werden die Ringe kleiner, bis sie nach langer Zeit ganz verschwinden und sich das Feuertor wieder schließt. Die göttlichen Portale sind für die Zeit ihrer Öffnung also Ursache für das Verschwinden von Menschen und das Erscheinen von Feuermännern. Dieses Wissen, das die frühen Christen und Judenchristen wie die Ebionäer noch besaßen, ist heute lange vergessen.«

Ich erstarrte. War das der Grund für das Verschwinden der Dreesen-Familien und ihrer Tiere sowie letztlich auch Apolls? Gespannt erhoffte ich mir weitere Klarheit.

»Menschen, Geister und Seelen können die Tore durchschreiten und die andere Welt betreten. Der Durchgang führt durchs Feuer, denn ohne reinigende Katharsis, ohne Purgatorium geht es nicht ins Jenseits und nicht ins Diesseits. So gibt es die Flamme, die zur Erde zurückkehrende Geister und Seelen als Irrlichter und Feuermänner lodern lässt. Dann ist da das Feuer, das die aus unserer Welt Hinüberziehenden im Seelenbrand läutert. Doch anders als die Toten im Fegefeuer kann der lebende Mensch die Portale schadlos passieren wie weiland der Prophet Esra, der im Feuer zu Gott ging und wohlbehalten zurückkehrte.

Der allmächtige Schöpfer sendet uns die Tore seit jeher als eherne Brücke zwischen den Welten, damit wir suchenden Pilger stets zu unserem Gott gelangen können. Drum gilt, dass ein jeder, der das Portal eines Meteors findet, in Gottvertrauen durchs Feuertor treten mag. Die Gnade und die Wunder des Allmächtigen harren seiner.«

Damit endete das lange Zitat aus dem Buch des Gregor von Junzt. Verblüfft las ich weiter in der Einleitung des gnädigen Herrn. Noch einmal stellte er klar, dass diese Passage den Grundstein zu seinen Untersuchungen gelegt habe. Seither treibe ihn ruhelos der Wunsch um, dass sich der vergessene Mythos der Ebionäer bewahrheite. Vergeblich habe er nach weiteren Schriften des Gregor von Junzt gesucht – in der Hoffnung, dass sich der Gelehrte noch an anderer Stelle zu den Feuertoren geäußert habe. Doch er habe keine anderen Texte von ihm gefunden. Auch den Mann selbst habe man nach 1723 nie wieder gesehen. Ebenso das verlorene Fragment aus dem Evangelium der Ebionäer: Auch nach jahrelanger Suche sei er, Lohfeld, dem Text nirgendwo begegnet. Daher sei ihm letztlich nur der mühsame und langwierige Weg geblieben, durch Quellenstudium nach Meteoritenabstürzen und auffälligen Effekten in deren Umfeld zu fahnden. Beginnend mit dem antiken Steinkult habe er seither alle erdenklichen Belege gesichtet und gesammelt sowie ältere Absturzorte von Meteoriten besucht.

Die Einleitung endete damit, dass er fest von der Wahrheit des Mythos überzeugt sei und dass er keinen größeren Traum im Leben hege, als eines Tages selbst ein Feuertor zu durchschreiten. Stand Ludwig von Lohfeld gerade in diesen Stunden womöglich davor, sich seinen Lebenstraum zu erfüllen? Und sollte Gregor von Junzts Theorie der göttlichen Portale tatsächlich die Erklärung für die rätselhaften Ereignisse im Stuvenwald sein?

Fassungslos und verblüfft ließ ich die gelesenen Seiten auf den Tisch sinken. Mit der Lektüre war mir endlich klar geworden, wie die Grundlagen und Annahmen der Theorie um die Feuertore aussahen. Alles klang nach einer plausiblen, in sich geschlossenen Erklärung. Und doch blieb für mich als Freund der Wissenschaften und der Aufklärung unserer Tage ein unüberwindlicher Vorbehalt: Konnte es eine solche von Gott geschaffene Brücke zwischen den Sphären wahrhaftig geben? War diese Theorie nicht vielmehr ein Produkt religiösen Wunderdenkens oder antiquierten Aberglaubens?

Lauter Glockenklang riss mich mit einem Mal aus meinen Gedanken. Die Turmuhr der Elstorfer Kirche schlug die achte Stunde. Da ich langsam Hunger bekam, beschloss ich, mitsamt dem Manuskript zum Frühstück zu gehen. Ich löschte die Kerzen, ergriff den Papierstoß und verließ die Gemächer des gnädigen Herrn. Im Speisezimmer nahm ich an der leeren Tafel Platz und setzte während des

Frühstücks, das Anna mir brachte, meine Lektüre fort. Seite um Seite studierte ich die Niederschrift des gnädigen Herrn, seine umfangreiche Sammlung und Deutung vieler historischer Meteoritenabstürze, flackernder Irrlichter und spurlos verschwundener Menschen.

Als ich gerade über den ältesten vermutlichen Meteoriten der Welt las, den Schwarzen Stein an der Kaaba in Mekka, den Gott der Legende nach durch den Erzengel Gabriel zur Erde sandte, betrat Charlotte das Speisezimmer. Ihr Gesicht verriet zu meiner Erleichterung, dass sie sich etwas gefasst hatte. Ich ließ die Seiten auf dem Tisch liegen und eilte ihr entgegen. »Geht es dir etwas besser?«, fragte ich und ergriff ihre Hand.

»Ein wenig«, sagte sie und lächelte schwach. »Vom eigenen Vater einen solchen Abschiedsbrief zu erhalten, ist schwer zu ertragen. Wir hatten gewiss kein sonderlich gutes, schon gar kein inniges Verhältnis und es sollte mich daher wohl nicht so tief treffen. Doch nach dem frühen Tod meiner lieben Mutter hatte ich nur noch ihn. Wenn er nun wirklich für immer fort ist …« Sie seufzte und ließ den Satz offen.

»Das weiß nur Gott allein, Charlotte«, antwortete ich. Sie nahm auf dem Stuhl neben mir Platz, ich setzte mich ebenfalls und zeigte auf die Manuskriptseiten. »Ich kenne nun die seltsame Theorie, der dein Vater sein ganzes Leben gewidmet hat. Die Lehre von den Feuertoren ist ein in sich durchaus logisches Konstrukt, das zugleich aber so unglaublich und übernatürlich klingt, dass man es in unserem Jahrhundert kaum als Wahrheit betrachten kann.« In groben Zügen schilderte ich ihr, was ich aus dem Manuskript des gnädigen Herrn erfahren hatte. Zwischendurch brachte Anna das Frühstück für Charlotte, das sie mit Ausnahme des Tees jedoch ignorierte. Aufmerksam lauschte sie meinem Bericht.

»Du musst zugeben, dass es recht plausibel klingt, oder?«, sagte ich am Ende meiner Schilderung.

»Ja, schon«, sagte sie mit hochgezogenen Augenbrauen. »Es wäre eine Erklärung für das plötzliche Verschwinden der Dreesen-Familien samt ihren Tieren und auch für das Erscheinen des Irrlichts. Sogar dass mein lieber Apoll seither unauffindbar ist, ließe sich damit begründen. Dennoch ist es so absonderlich und wundersam, dass ich es kaum glauben kann.«

»Es geht mir ganz genauso – ich bin hin- und hergerissen.« Zögerlich schüttelte ich den Kopf. »Doch wie sind die Verbrennungen des seligen Ansgar Neuwirth zu erklären? Kam er dem Meteorit zu nahe und geriet in dessen engeren Umkreis, sodass er sich nur mit schwersten Brandwunden vor dem Verschwinden im Feuertor retten konnte?«

»Das klingt durchaus schlüssig«, sagte Charlotte. »Deshalb konnte er meinem Vater den genauen Absturzort mitteilen.«

»Und der gnädige Herr ist daraufhin umgehend aufgebrochen, um zu genau dieser Stelle zu gelangen, bevor sich das Feuertor womöglich wieder schlösse und er die Erfüllung seines Lebenstraums versäumte. Unfassbar.«

»Es könnte aber auch ganz anders sein«, erwiderte Charlotte und sah auf die Manuskriptseiten herab. »Vielleicht ist das hier nur Unfug, eine märchenhafte Legende. Wenn dem so wäre, könnten wir meinen Vater im Stuvenwald noch finden.«

»Womöglich, Charlotte. So oder so, wir suchen nach ihm – das ist alles, was uns zu tun bleibt. Lass uns aufbrechen.«

Wir beendeten das Frühstück und bereiteten uns auf die Suche vor. Karl schickte nach Pferden für uns und ich bat Anna, dem Dorfschulzen und dem Büttel Bescheid zu geben, dass sie möglichst rasch in den Stuvenwald nachkommen möchten.

Dann brachen wir auf. Vom Vormittag bis fast zum Abend suchten wir erneut jenen Teil des Waldes ab, in dem wir das Irrlicht gesehen hatten. Doch selbst mit Unterstützung der beiden Amtsleute und weiterer Helfer blieb unsere Suche erfolglos: Ludwig von Lohfeld blieb verschollen. War er auf tödliche Weise in die Irre gelaufen oder hatte er seine Glückseligkeit beim Durchschreiten des Feuertors gefunden?

Epilog

Ludwig von Lohfeld wurde nie mehr gesehen, auch Wochen, Monate und Jahre später blieb er spurlos verschwunden. Vier Tage lang hatte die Suche nach ihm in den Wäldern westlich von Langenrehm gedauert, dann wurde sie von Amts wegen eingestellt. Offiziell wurde der gnädige Herr nach einiger Zeit als verschollen erklärt. Sein Verschwinden war zugleich der Schlusspunkt in der Reihe der rätselhaften Geschehnisse im Herbst 1784.

Die Familien der Gebrüder Dreesen blieben ebenfalls für immer wie vom Erdboden verschluckt. Auch nach vielen Jahren gab es keinerlei Hinweise auf ihren Verbleib. Dasselbe galt für Charlottes Hund Apoll. Was jenes gespenstische Irrlicht anbelangt, das ich mit eigenen Augen gesehen hatte, so gab es noch etwa ein halbes Jahr lang immer wieder Berichte über sein Erscheinen. Einige Bauern in der Gegend westlich von Langenrehm, aber auch mehrere nächtliche Wanderer und Reisende sahen es angeblich aus der Ferne durch den Stuvenwald geistern. Im Frühling 1785 endeten die Berichte über das spukhafte Phänomen – seither wurde es nie mehr gesehen.

Im Licht der seltsamen Theorie über die Feuertore betrachtet, passte alles ins Bild. Der merkwürdigen Lehre zufolge könnte sich mit dem Absturz des Meteoriten für eine gewisse Zeit ein Feuertor geöffnet haben – mit all den fatalen Auswirkungen, die Gregor von Junzt beschrieben hatte. Demnach wäre durch den Absturz ein Portal mit großem Wirkungskreis entstanden, der im Laufe der Zeit kleiner und kleiner wurde, ehe sich das Tor wieder vollends schloss.

Natürlich lässt sich dies nicht im Geringsten beweisen, aber ich muss zugeben, dass ich mich der Theorie nicht gänzlich verschließen kann. Auch heute noch bin ich hin- und hergerissen zwischen dieser fragwürdigen Lehre und unserer modernen Wissenschaft. So bleibt für mich die Frage, ob es sich damals wirklich um ein Feuertor handelte, ein unlösbares Mysterium, das ich in diesem Erdenleben wohl nicht mehr aufzuklären vermag.

Gleichwohl habe ich mich auch später weiter mit dieser Thematik befasst und viele Mühen auf das Manuskript Ludwigs von Lohfeld verwandt. Nach mittlerweile drei Jahren habe ich es nun so weit in eine wissenschaftliche Form gebracht, dass ich es im Gedenken an ihn zur Veröffentlichung bringen möchte. Bei aller Fragwürdigkeit der Theorie wäre es meines Erachtens fast ein Sakrileg, dieses umfangreiche Wissen untergehen zu lassen.

Auch sonst bleibt mein Lebensweg für immer mit dem Hause Lohfeld verbunden. Charlotte und ich haben vor zwei Jahren geheiratet, und seit sechs Monaten ist unsere kleine Tochter Louise unser liebstes Glück. Das mir anfangs so düster erschienene Haus in Elstorf ist nun erfüllt von neuem Leben. Dank dem uns stets wohlgesonnenen Amtmann Wolff in Moisburg konnte ich meine Ausbildung als Auditor in der Elstorfer Vogtei rechtmäßig abschließen, sodass ich nun als Amtsschreiber in ein und demselben Haus meiner Dienstaufgabe nachgehen und mit meiner kleinen Familie leben kann.

Zu guter Letzt sei noch berichtet, dass ein Jäger im vergangenen Jahr den so lange vergeblich gesuchten Meteoriten zufällig im tiefen Wald entdeckt hat. Der kopfgroße Brocken Himmelsgestein war ein gutes Stück weiter südlich von jenem Bereich niedergegangen, den wir seinerzeit so mühsam durchforscht hatten. Die Absturzstelle lag in der Nähe einer auffälligen Gruppe von fünf im Kreis stehenden Birken inmitten des Stuvenwalds. Genau dieses markante Kennzeichen muss es gewesen sein, das Ansgar Neuwirth dem gnädigen Herrn vor seinem Tod verriet.

Am Ende wird es wohl für immer ein Rätsel bleiben, ob Ludwig von Lohfeld sein ersehntes Ziel tatsächlich erreicht und das Feuertor zu Gott durchschritten hat. Wäre es nicht wahrhaftig ein Wunder, wenn es solche Portale gäbe und wenn niederstürzende Meteoriten eine Brücke zum Allmächtigen schlügen? Womöglich ist dies in Gottes Weltenplan genauso vorgesehen, nur wir Menschen haben es vergessen. Ohne das alte, verlorene Wissen klingt es für uns wie ein übernatürliches Mirakel. Doch vielleicht ist es so, wie der Heilige Aurelius Augustinus sagt: »Wunder geschehen nicht im Widerspruch zur Natur, sondern nur im Widerspruch zu dem, was uns über die Natur bekannt ist.«

Finis

Nachwort

»Es gab Zeiten, wo man, befangen im Aberglauben und Vorurtheilen, voll ungereimter Ansichten, den Meteorsteinen göttlichen Ursprung zuschrieb. Als himmlische Symbole und Heiligthümer, als auf die Erde gefallene, und in Steine verwandelte Sterne, wurden sie in Tempeln niedergelegt und angebetet.«

Karl Cäsar von Leonhard
Geologie oder Naturgeschichte der Erde (1841)

Die dem Roman zugrundeliegende Idee der Feuertore als Portale zwischen den Sphären Gottes und der Menschen gehört selbstredend ins Reich der Fantasie, basiert jedoch auf dem historischen Steinkult der Antike. Die Verehrung heiliger Steine, sogenannter Bätyle, war in der phönizischen, griechischen, römischen und altarabischen Kultur weit verbreitet. Sie galten als von Gott gesandt und »beseelt«. Meist handelte es sich hierbei um Meteoriten, da gerade sie als vom Himmel herabgestürzte Objekte einen göttlichen Ursprung suggerierten.

Diese historische Grundlage habe ich im Roman abgewandelt zu einer Art Durchgangspassage zwischen den Sphären – die Feuertore. Nach meiner Fiktion kann sich bei einem Meteoritenabsturz, zeitlich und örtlich begrenzt, ein Portal öffnen. Es ist geprägt von Feuer und saugt wie ein Schwarzes Loch in einem gewissen Umkreis alle Lebewesen auf, um sie auf direktem Weg zu Gott zu entrücken; Seelen und Geister wiederum können durch die Passage aus dem Jenseits in unsere Welt gelangen.

Um diese fantastische Fiktion im Roman glaubwürdig zu verankern, habe ich antike sowie mittelalterliche Quellen angeführt. Einige unverändert im Originalwortlaut, doch die meisten – eigentlich ein Tabu für einen Historiker – manipuliert oder gar frei erfunden. Alles im Dienste der Authentizität – ich bitte die Leserinnen und Leser um Nachsicht. Die Handlung habe ich am Ende des 18. Jahrhunderts angesiedelt, an der Schwelle vom »abergläubischen« Mittelalter zu Aufklärung und Wissenschaftlichkeit. Gerade in dieser Epoche schien mir ein »besessener Suchender« wie Ludwig von Lohfeld glaubwürdig darstellbar.

Ebenfalls im Sinne der Authentizität habe ich als Schauplätze reale ländliche Orte in Nordniedersachsen gewählt, das alte Amt Moisburg zwischen Buxtehude und Buchholz. Als Großstadtmensch aus Hamburg ist die schöne Region um Rosengarten und Stuvenwald eine meiner Lieblingsgegenden. Übrigens sind einige im Roman auftretende Charaktere wie der Landdrost, der Amtmann oder der Pastor namentlich überliefert. Nicht belegt sind hingegen die im Roman genannten Meteoritenabstürze in der Region – sie sind lediglich in meiner Fantasie niedergegangen. Der geografisch naheste, tatsächliche Einschlag eines Meteoriten fand im Jahr 1855 bei Bremervörde statt.

Sollten vorort lebende Leserinnen und Leser sich über die Lage mancher Orte oder Straßen wundern, so mag dies daran liegen, dass ich nicht moderne Quellen wie Google Maps zugrundegelegt habe, sondern die Landesaufnahmen durch Offiziere des Hannoverschen Ingenieurkorps aus den Jahren 1769 und 1772. Vor 250 Jahren gab es Straßen und Wege, die heute nicht mehr existieren. Auch die Lage und Größe der Dörfer sowie die Ausdehnung des Stuvenwalds haben sich in dieser Zeit stark verändert. In diesem Zusammenhang noch ein Hinweis zu der im Roman erwähnten Wüstung Trintlo: Diese vor Jahrhunderten verschwundene Siedlung lag laut alten Quellen im Bereich Rosengarten und ist nicht zu verwechseln mit dem noch heute bestehenden Trintlo bzw. Trelde bei Buchholz.

Zu guter Letzt möchte ich mich bedanken: zunächst bei meiner Frau Ina für ihre wie immer schonungslose und sehr konstruktive

Erstlektüre des Manuskripts sowie bei unserer Tochter Laura für die guten Gespräche im Vorfeld, die bei der Ausgestaltung des Plots und der Charaktere hilfreich waren. Zu großem Dank bin ich Ines Eifler verpflichtet, die dem Buch durch ihr hervorragendes Lektorat den letzten Schliff verliehen hat. Schließlich danke ich einmal mehr Thomas Stolze für sein Vertrauen, seine Geduld und seinen Mut, erneut einen historisch-fantastischen Roman im Hansanord Verlag erscheinen zu lassen.

Hamburg-Langenfelde im Winter 2022/2023